suhrkamp nova

Die Insel Strand im nordfriesischen Wattenmeer: Marlene hat gerade ihr Studium beendet und fängt als Verkäuferin in einem Erlebnisdorf an, in dem alles so ist wie um 1900 – Brauchtum, Handwerk, Kleidung. Die aufwändige Inszenierung wird von zahlreichen Saisonkräften aufrechterhalten, die jenseits der »Kostümgrenze« in einfachen Baracken wohnen. Bald lernt Marlene Janne kennen, die hier aufgewachsen ist, und fühlt sich ungewohnt stark zu ihr hingezogen. Doch nicht nur die Gefühle für sie, auch die Insel selbst scheint Marlenes Wahrnehmung zu verändern. Im Watt erinnern die Überreste der versunkenen Stadt Rungholt ständig daran, welches Unheil durch den steigenden Meeresspiegel droht. Je näher sie und Janne sich kommen, desto deutlicher spürt Marlene, dass Janne ein Geheimnis hat. Und sie ist nicht die Einzige. Immer öfter beobachtet Marlene merkwürdige Vorfälle, bis sie schließlich einen Zusammenhang erahnt.

Strand war eine Insel in der Nordsee, von der heute nur noch Pellworm und Nordstrand übrig sind. *Leute von früher* erzählt vom Bewahren und Verschwinden, von Abschied und Neubeginn. Von alten Legenden und moderner Lohnarbeit, vom Verliebtsein und der Suche nach einem Platz im Leben. Humorvoll, klug und mit großer Zärtlichkeit.

Kristin Höller

LEUTE VON FRÜHER

Roman

Suhrkamp

Die Arbeit der Autorin am vorliegenden Buch wurde
vom Deutschen Literaturfonds e. V. gefördert.

Erste Auflage 2024
Originalausgabe
© Suhrkamp Verlag AG, Berlin, 2024
Alle Rechte vorbehalten.
Wir behalten uns auch eine Nutzung des Werks
für Text und Data Mining im Sinne von § 44b UrhG vor.
Umschlagabbildung: *Ocean*, Stefanie Werner, Wiesbaden
Umschlaggestaltung: Lübbeke, Naumann, Thoben, Köln
Satz: Dörlemann Satz, Lemförde
Druck: CPI books GmbH, Leck
Printed in Germany
ISBN 978-3-518-47400-6

www.suhrkamp.de

LEUTE VON FRÜHER

Für Sarah

Strange dreams and weather
They have taught me a lesson
I see stained scenes of heaven saying:
Save Me

Nilüfer Yanya, *Paralysed*

1

Es war ein Wetter ohne Jahreszeit: vierzehn Grad und ein schwerer Himmel. Marlene betrat die Fähre unbeeindruckt von den Fangnetzen, den dekorativen Tauen an den Holzbohlen. Es war alles da, die sprudelnde Gischt, die keifenden Möwen. Husum am Horizont, bald nur ein Strich auf dem Wasser.

Sie war bereits morgens angekommen, aber sie hatte warten müssen, bis die Flut zurück war, hatte auf einer Mauer gesessen und sich schließlich ein Brötchen am Hafen gekauft. Es faszinierte sie bis heute, dass der Preis für Krabben täglich schwankte; als sie noch zur Schule ging, war ihr so der Aktienmarkt erklärt worden.

Etwa fünfzig Menschen gingen mit ihr an Bord. Marlene hatte nur eine Windjacke und einen Rucksack bei sich. Die Fähre sah innen aus wie ein alter Zug, vertäfelte Wände, blankgescheuerte Bänke, sogar Vorhänge an den Fenstern. Eine verstaubte Tafel pries Grog an, aber nichts deutete darauf hin, dass er tatsächlich ausgeschenkt wurde. Es war, als hielte alles hier die Luft an, oder vielmehr: als würde vorher nochmal Luft geholt.

Marlene schaute aufs Wasser, in der Erwartung, dass es etwas in ihr auslösen würde. Aber das Meer glich dem Himmel darüber, bloß auf den Kopf gestellt, und nach zehn Minuten zückte Marlene ihr Handy, um die letzten Nachrichten durchzusehen. *Krabben sehen aus als wär ihnen was unangenehm*, hatte sie Paul vorhin geschrieben. *Haha*, hatte er bloß geantwortet.

Es war ihr nicht schwergefallen, Hamburg zu verlassen. Ihre Untermieterin war eine höfliche Kommunikationswissenschaftlerin mit gepflegten Händen. Marlene selbst hatte fast neun Jahre studiert und am Tag ihres Abschlusses einen Bräter an die Wand geworfen, unzählige Splitter wie Kunstschnee auf den Küchenfliesen.

Die Überfahrt dauerte dreißig Minuten. Nach etwa zwanzig Minuten ging sie wie alle anderen wieder nach draußen und stellte sich neben die geparkten Autos an die Reling. Als der grüne Fleck vor ihnen an Kontur gewann, erinnerte sie sich, gelesen zu haben, dass es keinen Sandstrand gab; dennoch war sie kurz enttäuscht. Die Insel sah aus wie ein riesiger Golfplatz. Perfekt und saftig bis zu den Rändern, Schafe auf den Deichen, ein paar wippende Boote. Eine Landschaft, die immer in der Sonne lag, wenn man sie sich vorstellte. Der Wind war so stark, dass er ihr die Haare am Hinterkopf scheitelte. Die Fähre erreichte den Anlieger und dockte an, die Menschen bildeten eine lose, unaufdringliche Schlange. Marlene schulterte ihren Rucksack und reihte sich ein.

Als sie Strand zum ersten Mal betrat, zwickte ihr Unterleib, und sie spürte, dass sie zu bluten begann. Sie hatte keine starken Schmerzen, bemerkte kaum Stimmungsschwankungen, ab und zu vergaß sie sogar, dass sie einen Zyklus hatte. Ihr Körper funktionierte und war unauffällig, aber so hatte sie nie gelernt, in sich hineinzuhorchen. In der Jackentasche fand sie die Serviette, in die das Krabbenbrötchen eingewickelt gewesen war, und schob sie sich im Windschatten eines Kassenhäuschens in die Hose. Eine Handvoll Autos fuhr an Land, auf die Straße, die vom Hafen scharf links abbog und ins Hinterland zu führen schien. Ein Teil der Fahrgäste schlenderte ziellos herum, im Begriff, die Umgebung zu erkunden; manche schoben Fahrräder neben sich her. Die meisten aber hatten mehr Gepäck und gingen als lockere Gruppe in Richtung des Dorfzentrums. Marlene folgte ihnen. In der letzten E-Mail hatte gestanden, sie solle sich in der Räucherei melden.

Sie betrachtete das Fachwerk und die Strohdächer links und rechts des Weges. Alles wirkte unnatürlich geordnet, als würde jeder Kopfstein poliert, als wüchsen die knospenden Sträucher unter strengster Kontrolle, und es würde sie nicht wundern, wenn sich hinter den Haustüren bloß weites, flaches Land befände. Es lag eine Stille über dem Ort, die sie schaudern ließ und zugleich alles in eine Schläfrigkeit kleidete. Es war, als beträte sie ein Gemälde.

Die Räucherei fand sie unweit vom Hafen, der Schornstein grau wie der Himmel, grau wie die Nordsee. Die Schlange vor der Tür war etwas energischer als gerade beim Ausstieg. Neben dem Gebäude stand ein Mann inmitten von Fahrrädern, die er verteilte. Die Räder waren alt und behäbig, schwarz lackiert mit weißen Reifen.

Marlene war die Letzte. Als sie den Innenraum betrat, musste sie den Kopf einziehen. Im Hintergrund erahnte sie eine unbeleuchtete Frischetheke, der Rest lag im Dämmerlicht.

»Ihr Name, bitte.« Die Frau vor ihr sah so vital aus, dass sich unmöglich ihr Alter schätzen ließ.

»Marlene Rübel.«

»Ihr Geburtstag?«

»Dritter April neunzehnhundertfünfundneunzig.«

Die Frau stockte. »Das ist ja heute«, sagte sie. Und dann: »Herzlichen Glückwunsch.«

»Danke«, sagte Marlene. Ihre Mutter hatte ihr hundert Euro und einen Marmorkuchen per Post geschickt, beides trug sie bei sich. Paul wusste nicht, wann sie Geburtstag hatte.

»Sie kommen als qualifizierte Kraft?«

»Ich habe Medienpraxis studiert.«

»Ich würde Service und Verkauf ankreuzen, wenn das für Sie in Ordnung ist?«

»Klar«, sagte Marlene ergeben.

Draußen teilte der Mann ihr das vorletzte Rad zu. Die Frau hatte ihr mit vagen Händen den Weg erklärt. Es konnte nicht so schwer sein: Es gab einen Dorfkern, es gab ein paar Häuser drum herum und dahinter eine blassgrüne Ebene, die vielleicht Weide, vielleicht Ackerland war. Marlene hatte das letzte Jahrzehnt in einer Großstadt verbracht und war es gewohnt, auf Häuserfronten zu schauen. Weitsicht kannte sie nur von Zugfahrten oder Kurztrips ins Umland.

Wie beschrieben erreichte sie einen Zaun und ein daran angebrachtes Schild mit dem Hinweis auf das Naturschutzgebiet. Das Gatter stand noch offen, als hätten die Voranfahrenden es für sie aufgelassen, wissend, dass sie sich bald kennen würden. Marlene beschleunigte und bremste gleich wieder, als sie die Barackensiedlung sah. Vier schmutzige Streifen in der Landschaft, gleichförmig, farblos, vormals hellblau. Zwanzig Türen in einer Reihe, dazwischen ein paar Fenster, davor ein schmaler Laubengang, die Bretter des Bodens marode und splittrig. In der zweiten Reihe von rechts schob Marlene ihr Rad bis zur Nummer fünf.

Der Raum war unverschlossen, Marlene betrat ihn ohne Erwartungen. Unter dem einzigen Fenster stand ein Bett, an der Wand ein kleiner Tisch mit Stuhl, ein halbhoher Kühlschrank, daneben ein Spind mit Kleiderbügeln, die schaukelten, als sie ihn öffnete. In der Ecke eine beigefarbene Nasszelle mit einem Waschbecken, an der Tür ein Blatt zum Verhalten im Brandfall. Marlene stellte den Rucksack ab, öffnete die Windjacke und dachte an die Krabbenserviette. Sie trat hinaus auf die Veranda, aber nichts ließ erkennen, wo es hier Toiletten gab oder eine Dusche, eine Küche. Hinter den Baracken erhob sich der Deich.

Die Tür zu Zimmer sechs stand offen. »Hallo«, sagte Marlene ins Halbdunkel.

»Hallo«, sagte ein Mädchen, bereits barfuß auf dem Bett.

»Ich bin Marlene«, sagte Marlene, als erklärte das ihr Erscheinen.

»Ich bin Dascha«, sagte das Mädchen.

Marlene fragte nach den Toiletten. Dascha stand auf und trat zu ihr in den Türrahmen. Sie hatte eine Körperlichkeit an sich, die Marlene kurz überwältigte – ein dunkles Muttermal auf der Wange, die Augen blaue Knöpfe, die Lippen glänzend und rosa. Ihre Füße waren winzig, Zehen und Fingerkuppen kleine Knubbel, und alles an ihr war rund und real.

Als Marlene das Ende der Häuserreihe erreichte, erkannte sie, dass es vier Anbauten gab, je mit Waschraum und Küche. Der Boden der Toiletten war sandig, und es hallte, als sie pinkelte. Es war wärmer und windstiller als in den Schlafräumen, fast wie in einer Strandhütte, die noch die Hitze des Tages in sich trug.

Zurück in ihrem Zimmer wickelte sie den Kuchen aus der Frischhaltefolie. In anderen Familien bekam man zur Geburt einen Obstbaum oder ein Sparbuch, in ihrer Familie bekam man einen Kuchen zugeteilt, der lebenslang zu den Geburtstagen gebacken wurde. Ihre Großmutter buk ihrer Mutter einen Nusskranz, ihre Mutter buk der Großmutter einen gedeckten Apfelkuchen, dem Vater eine Himbeertorte und für Marlene eben Marmorkuchen. Zu allen gab es ein bestimmtes Rezept, von dem unter keinen Umständen abgewichen werden durfte.

Marlene hatte kein Messer bei sich und brach ein großes Stück mit den Händen ab. Aus einem Impuls heraus stand sie auf und klopfte nebenan. »Willst du Kuchen? Hat meine Mutter gebacken.«

»Damit du einen guten ersten Eindruck machst?«

Marlenes Eltern wussten nichts von ihrem neuen Job, und Dascha wusste nichts von ihrem Geburtstag. Marlene war beides recht. Dascha setzte sich wieder aufs Bett, Marlene mit etwas Abstand auf den Stuhl, und sie aßen schweigend.

Dascha fragte Marlene, ob sie nicht zu alt sei für Proviant von ihrer Mutter, und Marlene fragte Dascha, ob sie nicht zu jung sei für diese Arbeit. Dascha zog die kleinen, runden Füße an den Körper. Unter ihr wirkte das Bett größer, obwohl es das gleiche war wie nebenan.

»Ich bin neunzehn. Und mein Bruder arbeitet hier, schon seit ein paar Jahren. Er ist Tischler.«

»Und was machst du?«

»Ich will ins Restaurant. Oder zu den Tieren. Und du?«

»Ich weiß nicht«, sagte Marlene. Sie wollte nicht zugeben, dass sie keine Ahnung von den Möglichkeiten hatte.

»Du musst dich anstrengen die nächsten Tage, sonst kommst du in die Bäckerei und musst immer um fünf raus.«

Marlene nickte. Sie wusste nicht, wer über ihre Anstellung in der Saison entschied. Sie wusste nur, dass sie erst am Donnerstag zur Kostümprobe erfahren würde, was man ihr zugeteilt hatte.

2

Den ersten Abend verbrachte Marlene allein in ihrem Zimmer. Sie hatte einen Blick in die Küche geworfen und in den Schränken bloß ein paar Vorräte von letzter Saison gefunden. Also aß sie krumm an die kleine Elektroheizung gelehnt ein weiteres Viertel des Marmorkuchens und sah sich Eiskunstlaufvideos auf ihrem Handy an. Die vier Bücher, die sie mitgebracht hatte, lagen gestapelt auf dem kleinen Tisch, und Marlene hätte gern etwas gelesen, konnte sich aber nicht dazu durchringen, aufzustehen.

Als der Wecker am nächsten Morgen klingelte, war sie bereits ein paar Minuten wach. Die Dielen der Veranda knarzten neben ihrem Kopf, wenn sich Schritte näherten und entfernten. Gestern hatten nur die schmutzig erleuchteten Fenster darauf hingewiesen, dass alle Zimmer bezogen waren. Marlene fürchtete plötzlich, keine freie Dusche mehr zu finden, und stand so abrupt auf, dass es sie kurz schwindelte. Sie besaß keinen Kulturbeutel. Sie hatte einen großen Tiegel Creme, die sie für alle Bereiche ihres Körpers verwendete, und auch sonst nur lose Utensilien, die sie auf die Taschen ihrer Windjacke verteilte.

In Stiefeln verließ sie ihr Zimmer und trat nach draußen. Es war windig, einzelne Personen bewegten sich zielstrebig über die freie Fläche zwischen den Baracken, alle bereits angezogener als Marlene. Im Waschhaus standen sieben Frauen schweigend vor den Waschbecken. Marlene betrachtete sie im Spiegel, sie wirkten ernst, konzentriert. Sie formulierte im Kopf eine Nachricht an Paul, während sie sich in einer Duschkabine einschloss. Jemand lachte vorn im Waschraum, was Marlene auf diffuse Art erleichterte. Ihre Routine unter der Dusche war die eines Kindes: Erst stand sie minutenlang reglos da und ließ den heißen Wasserstrahl auf ihren Rücken und ihre Brust prasseln, dann reinigte sie sich hastig und nachlässig in den letzten Sekunden. Als sie aus der Dusche trat, war der Waschraum leer.

Wenn Marlene überschlug, wie lange sie für einen Weg oder eine Unternehmung brauchte, lag sie fast immer falsch. Als sie mit dem Fahrrad die Räucherei erreichte, war es zwanzig Minuten nach acht und die Versammlung gerade zu Ende. Marlene fand in der sich zerstreuenden Menge die Frau, bei der sie sich gestern angemeldet hatte. Sie trug elegante, zeitlose Kleidung, die junge Menschen alt und alte Menschen jung aussehen ließ.

»Hallo«, sagte Marlene, und dann direkt: »Entschuldigung.«

»Was hatten Sie denn noch zu tun?«

»Ich hab einfach zu lange geduscht. Tut mir leid.«

»Sie müssen das schon ernst meinen hier, sonst wird das nichts.«

»Ich weiß«, sagte Marlene schnell, »kommt nicht mehr vor.«

Sie schloss aus dem Treiben, dass es darum ging, das ganze Dorf grundlegend zu reinigen. Die stummen Häuser von gestern hatten nun geöffnete Türen und Fenster. Ein dünner, vielleicht zwanzigjähriger Junge trug einen Hochdruckreiniger die Straße entlang. Marlene hatte einen Besen und einen Staubwedel bekommen, den sie so nur aus Kostümverfilmungen kannte. Zuhause fiel ihr der Staub erst auf, wenn sich dicke Wollmäuse in den Ecken sammelten.

Sie betrat das erstbeste Haus und darin den erstbesten Raum, der aussah wie ein vollgestelltes Wohnzimmer. Dascha stand auf einem Stuhl und begann gerade, die Regalböden einer offenen Anrichte auszuwischen. Marlene freute sich still, sie zu sehen. Sie war die Einzige, die keine Fremde mehr war. Dascha fragte, ob sie Marlene irgendwie wecken solle morgens, und Marlene sagte, »Nein, schon gut«. Sie sah sich um. »Was ist das hier?«

»Die Teestube.«

Marlene schritt umher wie in einem Museum. Sie betrachtete den offenen Kamin, die Holzmöbel, die Fliesen an der Wand, das Tischweiß. Alles wirkte seltsam unbenutzt. »Und das ist alles original?«, fragte sie.

»Original wovon?«

Marlene begann, eine Öllampe abzustauben. Dascha arbeitete bereits jetzt in einem entschlossenen Rhythmus. Nach jedem Regalbrett wrang sie den Lappen in einem Eimer am Boden aus. Ihre Unterarme waren kurz und von Leberflecken gepunktet.

Marlene fragte, »Steht das im Winter alles leer?«, und Dascha sagte, »Ich glaube schon«, und Marlene fragte, »Wohnen hier nicht Leute?«, und Dascha sagte, »Doch nicht in der Teestube«.

»Die meisten wohnen nicht im Dorf«, sagte sie, während sie eine Porzellankanne anhob. »Die haben ihre Höfe drum herum. Kannst du sehen, wenn du mal ein bisschen rausfährst.«

»Ich dachte, es gibt sonst nur Acker.«

»Acker und Gras und paar Höfe. Und den Campingplatz auf der anderen Seite.«

»Woher weißt du das alles?«

Dascha drehte sich um und zwinkerte mit ihren Knopfaugen. »Von meinem Bruder. Und ich passe gut auf.«

Den restlichen Vormittag verbrachten sie damit, die Teestube zu reinigen. Mittags gab es einen Eintopf im Restaurant. Im Laufe der letzten Stunden hatten sich vorläufige Gruppen gebildet, deren Zusammenstellung wohl auf die verschiedenen Einsatzorte zurückzuführen war.

»Da ist Boris«, sagte Dascha, als sie sich hinsetzten. Sie winkte mit ihrer kleinen Hand so lange, bis ein sehr rothaariger, rustikaler Mann Mitte zwanzig auf sie zukam.

»Ich bin Boris«, sagte er, als er sich neben Dascha fallen ließ.

»Mein Bruder«, sagte Dascha stolz.

Boris war von der Grundreinigung befreit und stattdessen dazu angehalten worden, in der Woche vor Ostern so viel wie möglich für den Verkauf zu produzieren. »Alles an der Drehbank«, sagte Boris, und Marlene fragte, »Was«, und Boris sagte, »Drechseln. Eierbecher, Schmuck, Kreisel. Die Leute kaufen alles.«

»Was sind das denn für Leute, die hier Urlaub machen?«, fragte Marlene.

»Unterschiedlich«, antwortete Boris, den Mund nur Zentimeter über dem Suppenteller, ein paar Tropfen im Bart, »aber aus der Stadt. Mit Geld. Und Deutsche.«

Nach dem Essen versuchte Marlene, Paul zu erreichen, aber er ging nicht ran. Sie spielte mit dem Gedanken, es ein zweites Mal zu probieren. Stattdessen rief sie Luzia an.

»Wie ist es?«, fragte Luzia, im Hintergrund das Gurgeln einer Siebträgermaschine.

»Gut«, sagte Marlene, »wirklich okay. Ich habe schon eine Freundin.«

»Cool, super.«

»Sie hat letztes Jahr Abitur gemacht.«

Luzia lachte und raschelte. »Hab ich doch gesagt.«

»Die meisten sind ganz normale Leute, glaub ich.«

»Versprich mir, dass du keine Geschichten über normale Leute erzählst.«

»Ich gebe mir Mühe.«

»Ich will nicht hören, wie es ist, mit den Händen zu arbeiten.«

»Okay.«

Dann fragte Luzia, was sie schon unzählbar oft gefragt hatte: wann Marlene wiederkam.

»Im Herbst«, sagte Marlene. »Anfang Oktober.«

»Du könntest auch abbrechen und im Sommer zurückkommen.«

»Vielleicht.«

»Aber du suchst schon weiter nach einem richtigen Job.«

»Ja, klar.«

»Ich muss –«, sagte Luzia, und dann etwas, das Marlene nicht verstand, und bevor sie etwas antworten konnte, hatte Luzia schon aufgelegt.

Luzia arbeitete fünfundzwanzig Stunden in einem italienischen Feinkostgeschäft, in dem gern Paare Ende dreißig einkauften. Sie hatte die Stelle sofort bekommen, als die Inhaberin von ihren Großeltern in Bergamo erfuhr, und war ein unglaubliches Verkaufstalent. Die Menschen verließen den Laden glücklich, mit dem Vorhaben, häufiger im Einzelhandel einzukaufen. Luzia hatte vor drei Semestern ihr Promotionsvorhaben angemeldet: »Guter Unrat ist teuer – Mülldiskurse in Brinkmanns *Rom, Blicke*«. Sie bekam keine Stipendien, weil sie nebenbei arbeitete, und musste arbeiten, weil sie keine Stipendien bekam. Sie hatte ein perfektes Exposé und wenig Zuversicht.

Nach der Mittagspause räumte Marlene die Außenbestuhlung des Restaurants aus dem Schuppen auf die Terrasse. Eine monotone Arbeit, hin und wieder davon unterbrochen, dass sie sich einen Finger einklemmte. Auch die anderen arbeiteten stumm; selten trafen sich ihre Blicke, wenn sie nach demselben Stuhl oder Tisch griffen. Die Arbeit war anstrengend; aber Marlene hatte recht viel Kraft, obwohl sie nicht sonderlich sportlich war und sich immer weigerte, ihren Mitbewohner Robert zum Squash zu begleiten.

Zwei ältere Frauen putzten die Fenster des Wintergartens, eine von außen, eine von innen, die gleichmäßigen Sprühstöße des Glasreinigers klangen wie eine winzige Dampflok. Die meisten hier waren unter vierzig, aber Marlene hatte auch schon eine Frau gesehen, die ihrer Großmutter ähnelte. Sie musste daran denken, dass sie bei der Bewerbung ihre Maße und ein Foto hatte mitschicken müssen. Niemand hier hatte sichtbare Tattoos oder gefärbte Haare, niemand trug

Piercings, was Marlene bereits seltsam historisch vorkam, trotz der Jogginghosen, trotz der Allwetterjacken.

Nach etwa zwei Stunden waren alle Garnituren aufgebaut. Es blieb ihnen nichts anderes übrig, als innezuhalten und beieinanderzustehen. Niemand wusste wirklich etwas zu sagen. Marlene überlegte, das Schweigen zu brechen, aber sie fürchtete, den Humor der neu formierten Gruppe nicht zu treffen.

Verlegen blinzelten sie sich an, zwischen ihnen das stille Einverständnis, die nächste Aufgabe noch etwas hinauszuzögern. Zwei begannen zu rauchen; als eine von ihnen Marlene eine Zigarette anbot, lehnte sie nicht ab. Sie rauchte gelegentlich und ohne Enthusiasmus. Das einzige Suchtmittel, das sie in Aufregung versetzte, war Zucker: Sie würde jedes Glas Wein, jede Zigarette gegen einen Keks tauschen.

Eine Frau sagte, sie freue sich auf den Feierabend, als hätte sie schon drei Monate gearbeitet. Eine andere sagte, sie wolle heute noch ans Wasser. Marlene gefiel die Vorstellung eines Spaziergangs und fragte, ob sie mitkommen könne, und die Frau schien erst irritiert, aber dann fast erfreut, und sagte, »Ja, natürlich, gerne«.

Sie trafen sich nach Feierabend an den Fahrrädern. Marlene hatte die letzten Stunden damit zugebracht, Laub vom vergangenen Herbst zu unförmigen Haufen zusammenzukehren. Die beiden älteren Frauen im Restaurant hatten derweil im frisch geputzten Wintergarten gesessen, mit weißen Handschuhen Besteck poliert und ihr dabei zugesehen.

Die Frau, die auf sie wartete, hieß Barbara. Sie stellte sich ihr vor, als sähen sie sich zum ersten Mal. Barbara sprach viel. Ihre Stimme klang nach Zigaretten, ihre Haut sah ein wenig danach aus. Sie trug ein Kruzifix um den Hals, das gut sichtbar auf dem Pullover drapiert lag, und sie radelte auf eine Art, die sich am ehesten als fidel beschreiben ließ. Hin und wieder nahm sie die Füße von den Pedalen und ließ die Turnschuhe baumeln.

Dascha hatte recht gehabt. In der Ferne waren nur Acker und Gras. Neben ihnen der Deich, der die Insel umkringelte, darauf Schafe, je nach Entfernung bloß weiße Punkte. Einzelne Häuser, ein paar davon auf eigenen Hügeln.

»Falls die Flut kommt«, sagte Barbara. »Dann gucken die oben raus.«

Sie erklommen den Schutzwall, liefen auf der grünen Kuppe entlang. Links von ihnen Geröll an der Wasserkante, dahinter die Nordsee, wütend heute, laut.

»Ganz schön hier«, sagte Marlene, um das Gespräch wieder anzufachen.

»Ich guck immer in den Kalender«, sagte Barbara. »Wenn Ebbe ist, geh ich nicht. Das sieht dann hier aus wie in der Wüste, Schlamm bis ganz hinten. Ist nicht schön.«

Marlene fragte sie, ob sie schon wisse, wo sie ab Saison arbeiten würde, und Barbara sagte, »Wellness, Wellness und Beauty, wie jedes Jahr«.

»Ich wusste gar nicht, dass es das gibt.«

»Die haben ein ganzes Badehaus hinter der Kirche.«

Marlene hatte keine Erfahrung mit Wellness. Manchmal schminkte sie sich, wenn sie ausging, meistens nicht. Luzia warf ihr vor, sie könne sich das nur leisten, weil sie die perfekten Augenbrauen habe. Hin und wieder ging sie mit Robert in die Sauna, weil sie es mochte, mit anderen Menschen nackt dazusitzen, als warte man auf etwas.

Barbara taxierte sie kurz von der Seite. »Hast du Kinder?«, fragte sie dann plötzlich.

»Nee«, sagte Marlene, so perplex, als hätte man sie beim Kauf einer Flasche Sekt nach dem Ausweis gefragt. Dann fragte sie, »Und du«, und Barbara sagte, »Eine Tochter, Teenager, na ja«.

»Und wo ist sie gerade?«

»Zuhause mit meiner Mutter.«

Marlene wusste nicht recht, was sagen. »Sie vermisst dich bestimmt.«

Barbara sagte, »Na hoffentlich«, und kickte einen kleinen Ast den Deich hinunter. Es war leicht, mit ihr spazieren zu gehen. Ihre Schritte waren länger, als es ihre Körpergröße vermuten ließ, ihre Frisur verschwand im Wind. Wenn sich eine Stille zwischen ihnen anbahnte, schob sie eine weitere Geschichte ein; ein Gespräch wie ein Kieselstein, der über Wasser hüpft. Barbara beschrieb die Prozedur einer Ölmassage so bildhaft, dass Marlene laut lachte, was beide überraschte. Dann schwiegen sie kurz.

»Du musst jeden Tag rausgehen«, sagte Barbara schließlich.

»Ja, frische Luft ist gut.«

»Nein, ich meine es ernst.« Sie blieb stehen. »Sonst wirst du verrückt. Vor allem, wenn Samstag die Kostüme kommen. Ich bete jeden Abend, aber das ist wahrscheinlich nichts für dich.«

»Nein«, sagte Marlene, irritiert von Barbaras plötzlichem Ernst. Sie liefen weiter, stumm nebeneinander, die Hände in den Taschen, die Köpfe gesenkt. Ein paar Möwen flogen über den Deich und schrien dabei in den Wind. Die Landschaft wirkte plötzlich öde, ein gräulicher, unscharfer Schimmer lag über den Wiesen, als wäre alles bloß Kulisse für ihre Unterhaltung.

»Da kommt Regen«, sagte Barbara und drehte abrupt um.

Als Marlene es ihr gleichtat, spürte sie als Erstes die Windstille im Gesicht und wie die Böen sie nun von hinten antrieben. Als Nächstes sah sie jemanden auf sich zulaufen. Sie war sehr schnell, die Füße berührten kaum das Gras. Die nackten Beine lang und sehnig, dunkle Haare unter einer Mütze. Sie blickten einander an, und Marlene blieb stehen wie vom Schlag getroffen. Das Gesicht entwischte an ihr vorbei und tauchte sofort in Marlenes Innerem wieder auf, wie ein Foto, das man zu lange angestarrt hatte. Die Wangen, die Augen, die Zähne, der Mund.

»Das ist kein Jogging mehr«, sagte Barbara, ein Kopfschütteln andeutend.

»Wer war das?« Marlene wandte sich um. Die Person war bereits ein Punkt wie die Schafe auf den Weiden. Sie spürte ein Summen in sich, das nur langsam abebbte.

»Keine Ahnung«, sagte Barbara. »Eine von den Neuen vielleicht. Weiß nicht, dass sie ihre Kräfte aufsparen sollte.«

Marlene blickte noch einmal hinter sich. Als sie weiterging, fühlte sie sich schwer, als trüge sie das Gewicht eines zweiten Körpers mit sich.

»Auf gehts«, sagte Barbara mit einer Freundlichkeit, die

überdecken sollte, dass das Warten sie nervte, »da kommt ein dickes Ding.«

Marlene beeilte sich, und zusammen gingen sie zurück.

Auf halber Strecke hielten sie bei Edeka. Der Laden sah aus, als hätte man einem ganz normalen Supermarkt ein Reetdach aufgesetzt. Barbara verschwand sofort zielstrebig zwischen den Regalen, Marlene wandelte umher und versuchte herauszufinden, worauf sie Hunger hatte. Sie gab ungern viel Geld für Essen aus, weil für sie vieles ähnlich schmeckte; sie hatte nicht einmal ein Lieblingsobst.

Das Innere des Ladens sollte Urigkeit vermitteln. An jeder erdenklichen Stelle waren Holzbalken eingezogen, und das Licht war gedämmt wie in einer Speisekammer. Das Gemüse lag lose in Körben und Kisten. Es war merkwürdig, in dieser Umgebung einfach eine Nudelsoße und billige Cornflakes zu kaufen.

Barbara war schon nach Hause gefahren. Als Marlene den Edeka verließ, tröpfelte der Regen auf ihren Fahrradsattel. Sie fuhr durch den Ort, das Kopfsteinpflaster unter ihr nun noch glänzender als vorher. Im Türrahmen der Baracke schälte sie sich aus der nassen Kleidung und ließ sich nackt aufs Bett fallen. Der Regen trommelte so laut auf das Blechdach, dass Marlenes Bewegungen scheinbar lautlos vonstattengingen.

3

In den folgenden Tagen erschien Marlene pünktlich. Die körperliche Anstrengung nahm sie nur am Rande wahr. Sie erledigte alles, was man ihr auftrug, und war abends verwundert über die geschundenen Glieder. Sie hatte mehrere kleine Wunden an den Händen, die sie alle erst bemerkte, als das Blut schon getrocknet war. Morgens unter der Dusche stellte sie sich vor, sie wäre aus Wachs und würde in der Wärme langsam wieder weich.

Am dritten Abend rief Paul zurück. Es war ungewohnt, seinen Namen auf dem Display zu sehen; Marlene fiel auf, dass sie so gut wie nie telefonierten. Alle ihre Anrufe zuvor waren einsilbige logistische Absprachen gewesen. Paul meldete sich derart unbefangen, dass sie sicher war, er hatte denselben Gedanken gehabt.

»Na«, sagte er fröhlich.

»Na«, sagte Marlene.

Wenn sie sich in Hamburg trafen, war es meist abends, und sie bestellten etwas zu essen. Manchmal kochte Paul, Marlene kochte nie. Oft erzählten sie sich aus dem Kontext gerissene Anekdoten, über Probleme sprachen sie selten. Marlene neigte dazu, die anhaltende Fremdheit zwischen ihnen zu romantisieren, und hatte, wenn sie zusammen waren, das Gefühl, Teil einer Generation zu sein.

»Wie ist es so?«

»Ganz gut. Ist aber noch ohne Kostüm. Bis Samstag wird nur aufgebaut.«

Sie beschrieb ihm ihre ersten Tage auf der Insel und erzählte, jetzt mit einer Abiturientin befreundet zu sein; es war derselbe Wortlaut wie bei Luzia, und wie Luzia lachte auch Paul, aber bei ihm klang es etwas beflissen. Marlene gefiel es, wenn er lachte, aber sie hatte den Verdacht, dass er mit anderen Leuten mehr Spaß hatte.

Paul hatte tolle Haare und tolle Augen, und Marlene war auf eine zurückhaltende Art und Weise von ihm angezogen. Sie schliefen nur ab und zu miteinander. Marlene machte gerne Fotos von ihm, weil er in jeder Umgebung sehr gut und irgendwie eigen aussah. Er machte selten Fotos von ihr, aber das störte sie nicht. Marlene mochte es nicht besonders, fotografiert zu werden, weil sie sich dann so abrupt ihres Körpers bewusstwurde.

Nach ein paar Minuten verlor das Gespräch an Tempo; nervös suchte Marlene nach weiteren Geschichten, aber eigentlich war noch gar nicht viel passiert. Paul war wie selbstverständlich davon ausgegangen, sie würde das halbe Jahr auf Strand mit spöttischer Distanz begehen. Dass sie es vor allem wegen des Geldes machte, hatte sie knapp erwähnt, aber es schien, als hätte er es sofort vergessen.

Paul war zwei Jahre jünger als Marlene. Für seine Bachelorarbeit hatte er drei Semester gebraucht. Er lebte allein in einer Einzimmerwohnung, mit deren Einrichtung er deutlich mehr Zeit verbrachte, als er zugab.

»Du könntest mal zu Besuch kommen«, schlug sie vor und bereute es sofort.

»Auf die Insel?«

»Ja, wenn es wärmer wird. Oder aufs Festland in die Nähe,

das ist dann nicht so teuer. Ich hab ja auch ein paar Urlaubstage.«

»Echt?«

»Ja, klar.«

»Warum nicht«, sagte er schließlich, aber alles daran klang ungewiss.

Die Anprobe fand in einem Zimmer im Hotel statt. Marlene betrat die Lobby: gemusterte Tapeten, niedrige Decken, überall Nippes. Marlene kannte die Zimmerpreise aus dem Internet und hatte etwas erwartet, das nicht so verrumpelt aussah. Erst auf den zweiten Blick erkannte sie, dass alles penibel arrangiert war. An der Rezeption stand neben zwei Schatullen eine Kristallvase mit sehr vielen frischen Tulpen, solche mit ausgefransten Rändern, die Blütenköpfe minimal geöffnet. Die Dielen knarzten hörbar, aber nicht zu laut, neben dem Eingang lagen ausgewählte Weine in einer Vitrine. Es war warm und roch nach Fichte oder Kiefer; das Holz der Treppen war goldgelb und glänzte wie gerade erst geölt.

Oben klopfte Marlene an eine Tür, an die ein Zettel mit der Aufschrift *Anprobe* geheftet war, und trat in einen Raum voller Kleiderständer. Zwischen den Ständern ging eine Frau in einer weiten dunklen Hose umher, die zielsicher hier und da hineingriff und Sachen in Rot und Braun und Schwarz und Weiß herauszog. Sie war ein paar Jahre älter als Marlene und hatte ein müdes Gesicht, das scheinbar nur von ihrem Pferdeschwanz am oberen Hinterkopf zusammengehalten wurde. Marlene sagte ihren Namen und sah der Frau zu, wie sie ihn auf einer Liste abhakte, ehe sie Marlene bat, sich auszuziehen. Es gab nur einen Stuhl mitten im Raum. Die Frau schaute betont teilnahmslos an ihr vorbei, bis Marlene in Unterwäsche vor ihr stand. Es war merkwürdig, sich vor jemandem auszuziehen, der vollständig bekleidet blieb.

Die Frau fragte nach ihrer Kleidergröße, und Marlene sagte, ungefähr achtunddreißig. Sie hatte einen Stoffwechsel, der es ihr erlaubt hatte, sich bis Ende zwanzig keine Gedanken über ihre Figur zu machen, aber die Dinge änderten sich langsam. Die Frau warf ihr einen Blick zu, von dem Marlene nicht sagen konnte, ob er abschätzig oder einfach professionell war. Wie aus Höflichkeit suchte sie ein paar Blusen in Größe achtunddreißig heraus. Bis auf eine passten sie nicht. Sie schwiegen beide, aber ihr Triumph hing in der Stille zwischen ihnen.

Marlene bekam drei weiße Blusen mit Kragen, einen schwarzen Rock, eine Wollstrumpfhose, eine braune Stola und zwei blaue Schürzen mit einem Muster, das an ein Kaffeeservice erinnerte. In die Stola waren Glitzerfäden eingewebt.

»Ist das –?«

»Hm?«, sagte die Frau.

»Nichts«, sagte Marlene. »Ist das, ähm, historisch korrekt?«

»Was?«

»Die Sachen hier. Was ich trage.«

Die Frau kramte gerade in einem aufgeklappten Koffer nach einer passenden Kopfbedeckung. Einen Moment fixierten sie einander, dann ließ die Frau müde die Arme sinken.

»Pass auf, ich hab hier einen bestimmten Fundus«, sagte sie, »und damit muss ich arbeiten. Ich habe gute Sachen und weniger gute. Ist das dein erstes Jahr?«

»Ja«, sagte Marlene.

»Das ist den Leuten egal, was du anhast. Die Regendusche im Bad gabs neunzehnhundert auch nicht. Die wollen hier Urlaub machen.«

»Okay.«

»Ich muss heute noch fünfundvierzig Leute einkleiden. Ich muss nach jeder Saison die Hälfte wegschmeißen. Kostüme sind ja eigentlich nicht dafür da, dass man jeden Tag in ihnen arbeitet.«

»Sorry«, sagte Marlene, »ich wollt gar nicht – das sieht bestimmt toll aus, wenn ich das anziehe.«

Die Kostümbildnerin kniete weiter neben dem Koffer auf dem Boden und schüttelte bloß den Kopf, den Blick auf die Kleiderstangen gerichtet.

»Und die«, Marlene zog eine besonders aufwändig bestickte Bluse aus ihrem Stapel, »die sieht richtig gut aus, richtig alt.«

»Die ist aus *My Fair Lady*«, antwortete die Frau, ohne hinzusehen.

»Das Musical?«

»Auf einem Kreuzfahrtschiff. Da bin ich letztes Jahr mitgefahren.«

»Oh, wie schön. In der Karibik?«

»Auf der Donau«, sagte die Frau, einen Arm nun um die Knie. »Dann hat das Theater an Bord geschlossen, und wir haben alles übernommen, was passt.«

Marlene stand unschlüssig im Raum. Aber da richtete sich die Frau schon wieder auf, katzenhaft und unnahbar. »Kannst deine eigene Wäsche drunterziehen, das sieht ja keiner. Jetzt such dir noch deine Schuhe aus, dann sind wir fertig.«

Marlene entschied sich für ein Paar schwarzer Schnürstiefel. Beim Hinausgehen schaute sie unauffällig ins Badezimmer: ein kreisrundes Waschbecken, eingelassen in einen alten Waschtisch. Matte Fliesen an den Wänden, eine freistehende Wanne mit Füßchen.

»Was bin ich denn eigentlich?«, fragte sie, als sie schon an der Tür stand.

»Bitte?«

»Meine Rolle.«

Die Kostümbildnerin blickte auf die Liste vor ihr. »*Kramladen Verkauf/Bäuerin* steht da.«

»Danke«, sagte Marlene. Sie hielt die Stiefel an den verknoteten Schnürsenkeln, als ginge sie auf eine Reise.

Als sie in die Barackensiedlung zurückkam, hing in der Küche der Schichtplan. Dascha war als Kellnerin im Restaurant eingeteilt; in ihrer Freude sah sie aus wie ein Kind, die Locken wippten auf und ab. Die Leute plauderten, der Wasserkocher brodelte, Dampf hing in der Luft und schlug sich an den Fenstern des Containers nieder. Jede der zwölf Kochplatten schien in Benutzung.

Marlene war sich unsicher, ob sie den restlichen Tag freihatten. Boris sagte, nein, nicht wirklich, sie müssten sich mit ihren Arbeitsplätzen vertraut machen. »Aber es guckt heute keiner mehr. Genieß nochmal, ab morgen ist in Kostüm.«

Der Hofladen befand sich in einem Backsteingebäude am Dorfrand. Zwei längliche Bäume vor der Tür, links davon ein Garten, sandig und leer, noch träge vom Winter. Vor der Haustür ein Kind in einem Regencape.

»Hallo«, sagte Marlene. Das Kind sagte nichts. Marlene hatte Respekt vor Kindern, weil sie ihre Ablehnung so unverfroren zur Schau stellen konnten. Sie würde lieber in einer Talkshow auftreten, als sich vor anderen mit einem Kind zu unterhalten. »Lässt du mich durch?«

Das Kind hatte Haare wie Baumwolle. Schmutzige Fingernägel, Rotz auf dem Handrücken. Marlene wurde nervös.

»Arbeitest du hier?«, fragte es.

»Sieht so aus«, sagte Marlene.

Das schien dem Kind glücklicherweise zu genügen; es gab die Haustür frei, folgte Marlene aber in den Laden.

»Nicht mit Schuhen, Maja!«, rief ein Mann, der durch eine innenliegende Tür den Verkaufsraum betrat. »Nicht mit Schuhen. Geh bitte hinten rum, nicht mit den Schuhen hier rein.« Das rote Regencape verschwand.

Dann erst schien er Marlene zu sehen, was ihr ein paar Sekunden Vorsprung verschaffte. Der Mann trug einen Pullover und darüber eine Wollweste, ein vernachlässigter Bart, ein ausgelaugtes Gesicht. Er hieß Arno und war der Vater des Kindes. Es gab noch ein zweites, ein kleineres, von dem er nicht genau zu wissen schien, wo es gerade war.

»Das wär dann schon dein Reich«, sagte Arno und deutete schwach hinter sich. Auf der Theke standen verschiedene Dosen und Bonbonieren mit Konfekt, außerdem eine alte Waage und eine Holzkiste, die an eine Kasse erinnerte.

In den Regalen dahinter Flaschen und Gläser mit kleinen Hüten aus Servietten und weiter rechts weißes Emaillegeschirr. Der Raum war dämmrig und es roch nach Getreide.

»Schön«, sagte Marlene, weil sie nicht wusste, was sonst.

»Hast es ganz gut erwischt«, sagte Arno. »Schau dir ruhig alles mal an.«

Neben der hölzernen Kassenbox gab es ein winziges weißes Kartenlesegerät. Die Ladenwaage hatte auf der Rückseite ein zusätzliches Display, das grammgenau die Preise angab. In den Gläsern waren Honig und eingelegtes Gemüse und Sirup.

»Selbstgemacht?«, fragte Marlene.

»Ja«, sagte Arno.

Er öffnete die Tür neben der Theke. Dahinter lag ein schmaler Flur. Es war eine gewöhnliche Wohnung mit Fotos an den Wänden und einer Garderobe. Er zeigte ihr die Toilette; im Seifenspender schwammen kleine Clownfische aus Plastik. Dann betraten sie zusammen die Stube.

»Also, hier wohnen wir sozusagen«, sagte Arno, die Hände ratlos in den Hüften. Marlene war lange an keinem Ort gewesen, an dem Kinder lebten. Die Gegenstände standen beieinander, als warteten sie darauf, gemalt zu werden. Ein Puzzle neben einer Thermoskanne, ein Schaukelpferd neben einem Wäschekorb, eine Plüschkatze auf dem Fensterbrett neben zwei Walnüssen und einem übergroßen Würfel.

»Zwischen eins und zwei ist der Laden zu«, sagte Arno, »du kannst mit uns essen, wenn du willst.«

»Das ist aber nett«, sagte Marlene. Sie war sich sicher, dass er nicht verpflichtet war, ihr das anzubieten.

»Jakub isst auch mit«, sagte er und deutete ebenso ungefähr wie zuvor durch die Fenster nach draußen. Marlene blickte auf den Hof, sah aber niemanden.

Am Abend lagen ihre Sachen gebügelt auf dem Bett. In jedes Teil war hastig ein Schild mit ihrem Nachnamen eingenäht worden, obenauf eine weiße Haube. Sie erinnerte sich daran, wie ihre Mutter sie die ersten Jahre nach dem Auszug immer wieder gefragt hatte, ob sie sich ein Bügeleisen angeschafft habe. Irgendwann hatte sie ihr einfach eins per Post geschickt. Es war das einzige Geschenk ohne Anlass, an das Marlene sich erinnern konnte. Seitdem bügelte sie, wenn es ihr schlecht ging; nicht das Tragen gebügelter Kleidung beruhigte sie, sondern das Bügeln selbst.

Marlene versuchte, online herauszufinden, wo man auf der Insel seine Post aufgab. In den Unterlagen stand, dass man sich Briefe und Pakete in die Räucherei schicken lassen konnte, aber einen Briefkasten hatte sie noch nicht gefunden. Sie hatte mehrere schon frankierte Postkarten mit Nahaufnahmen von Blütenköpfen mitgebracht. Alle zwei Wochen schrieb sie ihrer Großmutter eine Karte, auf die diese mit einer von unzähligen Kürzeln durchsetzten SMS antwortete. Beide nutzten das ihnen fremde Medium jeweils nur füreinander. Wenn Marlene jemandem davon erzählte, klang das selbstlos; sie verschwieg, dass sie den Kontakt ebenso brauchte. In ihren Karten entwarf sie eine Version ihres Lebens, die ihre Großmutter verstand, und es gefiel Marlene, ihren Alltag ohne Dramen und größere Nöte zu schildern.

Liebe Oma, schrieb sie etwa, *gestern war ich mit Freundinnen im Café und wir konnten tatsächlich schon draußen in der Sonne sitzen.*

Drei Tage später bekam sie eine Antwort: *L. Marl., was fuer eine Freude! Auch ich genieße d. ersten Sonnenstrahlen auf d. Balkon u. deine Vogelschale ist nach wie vor im Einsatz. B. bald, lG. O.*

Marlene wusste, dass dieser unbeschwerte Austausch ein Spiel auf Zeit war, dass sie vielleicht noch ein oder zwei Jahre hatte, bis ihre Großmutter nach ihren Plänen für die Zukunft fragen würde. Marlenes Leben jetzt, ihr langes Studium, die Urlaube mit Luzia, die Wohnung mit Robert – all das war für ihre Großmutter der Prolog zu ihrem richtigen Leben, einem, das ihr noch bevorstand. Die Art, wie sie mit Marlenes Mutter sprach, ließ vermuten, dass es etwas völlig anderes war, als erwachsene Frau mit ihr auszukommen.

Am Feuer hinter der letzten Barackenreihe hörte sie, wie jemand Jakub beim Namen rief, und beobachtete, wer sich umdrehte. Er trug ein buntes Hemd unter der Windjacke, war groß und sauber, bewegte sich schlenkernd. Zweimal trafen sich ihre Blicke, als sie an den Eisenkorb mit dem Holz trat, das gleich brennen sollte. Zweimal hielt sie es für Zufall, aber dann sah sie ihn von der Seite an: aufrecht, die Hände in den Taschen, im Gespräch mit einem dunkelhaarigen Mann. Nach ein paar Sekunden drehte er sich zu ihr und blickte ihr ohne Überraschung ins Gesicht. Er stand ein paar Meter entfernt, sie hatten noch kein Wort gesprochen. Sie waren beide Ende zwanzig, sie kannten das alles. Das Hinschauen, das Wegschauen, das Standhalten, das plötzliche Versprechen ein hauchdünner Faden zwischen ihnen. Marlene hatte das immer am besten gefallen: der Moment vor der Gewissheit, das Halbgare daran, die Unsicherheit. Aber sie war zu gut darin, und Jakub war zu gut darin, und es war nichts Neues mehr.

Jemand entzündete das Feuer. Es brannte zögernd, knackte wie Knochenbrechen. Die Flammen gaben den Gesichtern eine Richtung. Marlene stand allein mit einer Flasche in der Hand.

»Hey«, sagte Jakub, als er neben sie trat.

»Na«, sagte Marlene. Sie blitzten einander aus den Augenwinkeln an. Es war nicht so, dass sie von Jakub überwältigt war. Er gefiel ihr einfach von allen hier am besten, ein Spiel, das sie seit fünfzehn Jahren spielte, wenn sie einen Raum betrat. Sie sprachen ein wenig miteinander. Jakub kam aus Berlin und arbeitete regelmäßig als Saisonkraft, auf Jugendreisen, Weihnachtsmärkten, Festivals. Nach ein paar Minuten glaubte Marlene, ihn durchschaut zu haben, und fragte, ob er einen ausgebauten VW-Bus besaß. Jakub lachte und verneinte; er war nachgiebiger, als sie erwartet hatte.

Sie sah es vor sich, es war nicht schwer: ein Kuss außerhalb des Lichtkreises, die Hand in seinen Haaren, seine Hand unter der Jacke, später ein Klopfen an der Tür, dieselbe Hand zwischen ihren Beinen, die Haare neben ihr auf dem Kissen. Aber dann passierte etwas anderes: Sie hatte einfach keine Lust.

Jakub schien nicht wirklich enttäuscht, als Marlene ihr Bier austrank und ging, eher verwundert. Sie lief ins Dunkel in Richtung ihres Zimmers, unter den Sohlen mal ein Knacken, mal ein Knistern. Einzelne Fenster waren schwach erleuchtet.

Und als sie beim Gehen den Deich betrachtete, der sich nur noch mühsam vom Himmel unterscheiden ließ, rauschte oben etwas vorbei. Bloß die Stirnlampe war zu sehen. Schritte in der Nacht, flüssig und sicher, fliegende Füße, ein Lichtpunkt, der verschwand, ein Rhythmus, der verebbte.

Das ist kein Jogging mehr, dachte Marlene und stand reglos im Abend.

4

Sie war von einem leisen Regentrommeln aufgewacht, aber es trommelte auch in ihr, noch bevor sie die Augen aufschlug. Die Saison begann, und alles veränderte sich. Sie waren nicht länger ein Haufen Leute in einer Barackensiedlung, sie waren nun ein Getriebe von etwas, ein Hintergrund zu einem Vordergrund, eine Einheit.

Die Wollstrumpfhose kratzte unerträglich. Marlene tauschte sie gegen eine Leggins und zog einen Kapuzenpullover über die weiße Bluse. Der Waschraum war noch voller als sonst, und es schien, als existierten alle Zeiten zugleich: Manche trugen schon die volle Tracht, die Schürzen um den Bauch gebunden, andere trugen Bademäntel, die meisten aber waren Mischwesen wie Marlene, mit Badeschlappen unter den Leinenröcken. Menschen unfreiwillig verkleidet zu sehen, war beklemmend. Sie dachte an das Regelblatt, das sie am Tag ihrer Ankunft bekommen hatte. Ab heute galt die Kostümgrenze, ab heute galt alles andere.

Falls Jakub überrascht war, sie auf demselben Hof zu sehen, behielt er es für sich. Sie verhielten sich kollegial, als sie sich vor dem Laden trafen, als hätten sie am Vorabend einen Test bestanden. Jakub trug ein grobes Hemd, Hosenträger, braune Hosen, ein Halstuch. Seine Schuhe sahen nicht aus, als hätte es sie vor hundertzwanzig Jahren schon gegeben. Das Kostüm schmeichelte ihm; Marlenes Haube hingegen ließ ihr Gesicht nackt und unkonturiert aussehen. Jakub verschwand in Richtung der Ställe, in denen heute der

Haustierzoo eröffnete. Im Laden waren noch zahllose Dosen und Gläser hinzugekommen, voll mit Keksen und Schokoladenbruch und Gummischlangen. Arno sortierte die letzten Behälter ins Regal.

»Ist das Haribo?«, fragte Marlene und zog eine Schlange aus der Bonboniere.

»Und wenn«, sagte Arno. »Geh da nicht mit den Händen rein. Nimm die Zange, und dann zack, in die Tüte hier.«

»Okay.«

»Die erste Fähre kommt in einer Stunde, wird nicht viel sein heute Vormittag.«

Arno machte ihr ein kleines Licht über der Theke an und verschwand durch die Tür in die Wohnung. Sein Kostüm war ihr kaum aufgefallen, er sah ähnlich aus wie gestern. Marlene inspizierte nochmal die Kasse und die angebotenen Waren. An der Wand hing ein kleines Ölgemälde, rote Anemonen, golden eingerahmt, darunter stand ein Stuhl. Marlene setzte sich. Ihre Schürze knisterte steif. Im Vertrag hatte gestanden, dass jede Art von Technik verboten war. Kein Handy, keine Kopfhörer, kein Radio. Marlene hatte unterschrieben, ohne sich vorzustellen, wie es war, einfach die Hände in den Schoß zu legen.

Sie stand auf und trat dicht an die Fensterscheibe, Zweifachverglasung, frisch gekittet. Davor ein knospender Strauch, der die Fischräucherei gegenüber verdeckte. Der Schornstein rauchte schon, vor der Tür stand ein Kreideschild mit den Spezialitäten des Tages. Rechts davon die Webstube und die Tischlerei, weiter im Dorfinneren das Teehaus, das Marlene an ihrem ersten Arbeitstag gereinigt hatte. Hinter den Häusern erhob sich der Deich, ein müder, grüner Hügel.

Nach etwa einer Stunde kam Arno zurück. »Mach dir doch die Heizung an«, sagte er.

Arno hatte ihr die Heizung gezeigt; es war ein gewöhnlicher Heizkörper, von einem hauchdünnen Vorhang verdeckt. Es war nicht so, dass Marlene nicht fror, es fiel ihr bloß nicht so auf. Sie war manchmal absichtlich unachtsam. Sie machte sich über Robert lustig, wenn er im Winter inhalierte und beim ersten Halskratzen Seidenschals trug, aber sie brauchte ihn, denn allein in der Wohnung blieb sie bis zum Morgengrauen im Internet. Sie verharrte stundenlang in einer Position und ignorierte die steif werdenden Glieder; sie war es so gewohnt, über den Punkt größter Müdigkeit hinweg wach zu bleiben, dass ihr eine vorsichtige Schläfrigkeit am Vormittag manchmal vorkam wie ein völlig neues Gefühl.

Arno verschwand. Nach ein paar Minuten betrat das Kind, das Maja hieß, wortlos den Laden, eine silberne Teekanne und einen Becher in der Hand. Es trug ein Kleid aus Jutestoff und eine winzige grüne Schürze.

»Danke«, sagte Marlene ergriffen, aber auch verunsichert davon, schon wieder mit einem Kind sprechen zu müssen. Maja stellte Kanne und Becher auf die Theke und öffnete routiniert das Glas mit den Gummischlangen, nahm sich drei heraus und stopfte sie sich in den Mund. Sie hielten Blickkontakt, während sie kaute, bis Marlene verlegen aus dem Fenster sah.

Die erste Kundschaft kam vor dem Mittagessen. Die Funktionsjacken verwirrten Marlene kurz, bis sie sich erinnerte, dass es ja an ihr war, möglichst historisch auszusehen.

»Guten Tag«, sagte sie. Sie wusste nicht, was man früher gesagt hatte, vermutete aber, dass manche Dinge einfach gleich blieben. Das Paar nickte freundlich, sie nickten nahezu zeitgleich; die Frau machte einen Laut dabei, der Mann blieb stumm. Marlene versuchte unauffällig, eine gute Position zu finden. Sie war sich unsicher, ob sie beschäftigt aussehen sollte. Das Paar betrachtete die Regale. Er hatte die Hände verschränkt, sie griff nach den Einmachgläsern. Wie Marlene sich verhielt, schien keine Rolle zu spielen; sie verschwand in der Einrichtung wie eine Wachspuppe. Während des Studiums hatte sie am Theater als Ankleiderin gearbeitet, das war ähnlich gewesen: einen Schauspieler im Dunkeln auf der Seitenbühne umzuziehen, als lebendiger Schuhlöffel, schattenhaft und lautlos.

»Ist der von hier?«

»Bitte?«

Die Frau hielt ihr zwei Gläser Honig entgegen. »Ich habe meine Brille nicht auf, ist der von hier?«

Marlene war auf Fragen nicht vorbereitet und überrascht, so schnell aus ihrer Unsichtbarkeit gerissen zu werden. »Ja«, sagte sie, »das ist alles von hier.«

Sie kauften die beiden Gläser Honig, vier Gläser Beerenmarmelade und einen Holunderblütensirup in einer unpraktisch dünnen, langen Flasche. Marlene kassierte auf dem versteckten Touchscreen ab und betätigte im Anschluss den altmodischen Hebel, wie Arno es ihr gezeigt hatte. Die alte

Kasse klingelte; das Paar im Urlaub warf sich einen glücklichen Blick zu.

Dann kam erst mal niemand mehr. Um dreizehn Uhr schloss Marlene die Ladentür von innen ab und ging nach hinten in die Wohnung. Auf dem Tisch im Wohnzimmer standen fünf Teller dicht an dicht, der hintere Teil war mit Papierstapeln, einzelnen Stiften und anderen Sachen bedeckt, die so kompakt wie nur möglich ineinandergeschoben worden waren.

Das zweite Kind war ein kleiner Junge in Stoppersocken. Was er sonst trug, konnte ein Kostüm sein oder einfach nachhaltige Kinderkleidung. Marlene fragte Arno, wo sie sich setzen durfte, und Arno sagte, »Überall«, aber als sie sich auf einen Stuhl fallenließ, bekam der Junge so traurige Augen, dass sie den Platz noch einmal wechselte. Vorsichtig setzte er sich neben sie. Jakub öffnete die Terrassentür von außen; bevor er hereinkam, zog er seine Schuhe aus. Er sah groß aus, oder andersherum, der Raum sah klein aus, wenn er darin war. Arno stellte einen riesigen dampfenden Auflauf in ihre Mitte. Maja kam angelaufen, als Arno den Auflauf in Stücke stach. Es war lange her, dass Marlene mit einer Familie gegessen hatte. Meistens aß sie vor dem Bildschirm.

Arno nahm eine Schüssel von der Anrichte und platzierte auf jedem Teller ein bisschen Salat, und auf jedem Salat platzierte er ein geschnitztes Radieschen. Marlene bekam eines in Form einer Krone.

»Wow«, sagte Jakub.

Arno war sichtlich geschmeichelt. Auch die Kinder wirkten plötzlich stolz; ihre Radieschen sahen aus wie Mäuse mit hauchdünnen Ohren. »Als kleines Hallo«, sagte er.

Der Auflauf schmeckte wie der Tee am Vormittag, grün und gesund. Arno erzählte von der Arbeit, die im Garten zu tun war: Beete ausstechen, Beete neu mit Erde befüllen, die ersten Saaten, der Kompost. Marlene bemerkte, dass beide Kinder und er schwarze Ränder unter den Fingernägeln hatten. Der kleine Junge aß die Ohren seiner Maus.

Vielleicht war Arno erschöpft vom Reden, vielleicht war er sogar höflich, jedenfalls fragte er plötzlich: »Und ihr, was macht ihr sonst? Habt ihr studiert?«

»Ein paar Semester«, sagte Jakub, »mal hier, mal da.«

Jetzt wandten sich beide Marlene zu.

»Ich hab Medienpraxis studiert.«

»Medienpraxis?«, fragte Jakub.

»Ja genau«, sagte Marlene müde.

Aber Arno sah sie über seinen Auflauf hinweg völlig wertfrei an. »Spannend«, sagte er sanft, »schade, dass hier keine Medien erlaubt sind.«

»Ja, schade.«

Jakub fragte, ob Arno studiert habe, und der antwortete, dass das lange her sei und auch nie zu Ende.

»Aber Mama«, sagte Maja.

»Die ist *Meerezbiologin*«, sagte der kleine Junge.

Marlene hatte sich vorgenommen, nicht gleich in der ersten Woche nach der Mutter zu fragen. Vielleicht war sie irgendwo in der Nordsee auf einem Forschungsschiff, vielleicht war sie jetzt gerade in voller Montur unter Wasser und würde in ein paar Tagen zurück sein.

Arno stapelte die leeren Teller aufeinander. »Toni, du räumst die Spülmaschine ein«, sagte er zu dem Jungen, »und Maja, machst du uns einen Kaffee?«

Marlene hatte sich Maja als trotziges Kind vorgestellt, aber nun ließ sie sich eifrig von der Eckbank gleiten. Kurz darauf begann der Kaffee zu glucksen. Sie brachte die riesigen Tassen einzeln und trug sie mit beiden Händen. Mit dem weißen Haarball um den Kopf sah sie aus wie eine Heilige.

Der restliche Tag verlief mehr oder weniger ereignislos. Niemand dachte zu Beginn des Urlaubs an Souvenirs oder Geschenke. Marlene musste mit einem Kind handeln, das bestürzt davon war, wie wenig es für ein Zweieurostück bekam. Sie kannte das Gefühl gut und schenkte dem Kind ein Stück Schokolade. Sie versuchte, grundsätzlich eine freundliche Person zu sein, gab positive Bewertungen auf eBay ab und nahm an der Kasse stets ihre Kopfhörer aus den Ohren, um die Kassiererin zu grüßen.

Die meisten, die den Laden betraten, suchten etwas, das sie nicht hatte. Vorn auf dem Haus stand *Kramladen*, also fragten sie nach Brot oder Milch. Marlene hätte lieber solche Dinge verkauft statt Sanddornbonbons, die vom Aneinanderreiben in der Tüte schon ganz weiß waren. Sie schickte die Leute zu Edeka am anderen Ende des Dorfes. Es war ihnen anzusehen, dass das nicht das Einkaufserlebnis war, für das sie bezahlt hatten. Die Vermietung der Ferienwohnungen war zentral geregelt; Marlene hatte sich die Internetseite angeschaut. Die günstigste Unterkunft – ein Zimmer mit Dachschrägen und zwei Herdplatten – kostete pro Nacht etwa so viel, wie sie in zwei Tagen Arbeit verdiente.

Um kurz nach sechs schloss Marlene den Laden und machte die Tagesabrechnung. Sie löschte alle Lichter, griff nach ihrer glitzernden Stola und blickte einer Eingebung folgend durch das Sprossenfenster. Vor dem Nebeneingang der Räucherei stand jemand. Die Zigarette am Mund, dann wieder schwebend in der Luft, ein stiller, energischer Rhythmus. Dieselben Beine, dieselben Haare, dasselbe Gesicht. Sie erkannte es wieder, als wäre es ihr eigenes.

Zum ersten Mal sah Marlene sie stillstehen, und es war, als hielte sie ein inneres Sprudeln zurück. Sie trug eine Wolljacke und ein Hemd, eine Kappe, Jeans. Kleidung, als Kostüm getarnt. Der tätowierte Handrücken, die Haare in der Stirn, die Zigarette, alles war rätselhaft. Die Zigarette brannte herunter. Sie nahm einen letzten Zug; noch vor dem Ausatmen ließ sie den Stummel in ein kleines Glas fallen, das in einem Loch im Mauerwerk versteckt war. Dann verschwand sie im Haus.

Der Rauch verflog, und alles sah aus wie vorher: die prallen Knospen vor dem Fenster, das träge Grün weiter hinten, dazwischen Ziegelmauern und Kopfsteinpflaster. Marlene starrte auf die Stelle, an der sie gestanden hatte. Sie starrte auf das Glas in der Hauswand, als bräuchte es einen Beweis, dass jemand dort gewesen war.

Auf dem Weg zurück zu den Baracken hatte Marlene zum ersten Mal das Gefühl, nach Hause zu fahren. Lächerlich nach nicht mal einer Woche, lächerlich angesichts des ausgekühlten Zimmers, das sie erwartete. Aber allein die Aussicht, die Haube, den Rock, die Stola abzulegen, erfüllte sie mit einer Vorfreude, die sie beinah überwältigte. Was als Naturschutzgebiet galt, war ihr über Nacht zu einem Versteck geworden, ein heimlicher Ort der Gegenwart, obwohl er nichts mit ihrem eigentlichen Leben gemein hatte.

Sie fand Dascha in der Küche. Gehüllt in einen Frotteebademantel bereitete sie sich zwei Fünf-Minuten-Terrinen zu. Vorsichtig kippte sie die Nudeln in Rahmsoße auf das Kartoffelpüree; Marlene zapfte sich einen Kaffee aus der Pumpkanne und setzte sich an einen Tisch am Fenster.

»Und, wie wars«, fragte sie.

»Der eine Koch ist ein Arschloch«, sagte Dascha und trug ihren Teller zum Platz. »Und die Strumpfhose macht mich verrückt, aber sonst alles okay.«

Marlene zeigte ihr die Leggins, die sie unter ihrem Rock trug.

Das schien Dascha nervös zu machen. »Mit sowas musst du aufpassen.« Daschas Mund war klein wie alles an ihr. Sie aß vorsichtig, wie ein Vogel.

»Sag mal«, sagte Marlene schließlich in die Stille zwischen ihnen, weil sie es einfach nicht mehr aushielt.

Dascha verstand sofort. Sie legte die Gabel nieder und rutschte an die Tischkante, hellwach, alles an ihr in Erwartung eines Geheimnisses.

»Nichts Wichtiges«, sagte Marlene schnell. Was war schon ein flüchtiges Gefühl, eine Unwissenheit, die zwickte. Aber Dascha war in einem Alter, in dem so etwas alles bedeutete.

»Was denn«, sagte sie.

»Ich hab heute eine gesehen. Und die letzten Tage auch schon, und ich hab mich nur gefragt, wer das ist.«

»Wie sah sie aus?«

»Weiß nicht, ist auch egal.« Marlene lachte befangen. Dascha musterte sie reglos, und schließlich gab Marlene nach. »Groß und dünn. Geht joggen auf dem Deich. Tätowierte Hände, keine Ahnung.«

»Das ist Janne.«

»Aha«, sagte Marlene. Fast war sie gekränkt, dass sie einen konkreten Namen hatte.

Dascha schien darauf zu warten, dass Marlene weiterfragte. Sie taxierten einander ein paar Sekunden, Dascha nach vorn gebeugt, Marlene vermeintlich entspannt zurückgelehnt. Marlene verlor.

»Und was macht sie so?«, fragte sie.

»Du kannst das ruhig sagen, wenn sie dich interessiert.«

»Hab ich doch.«

»Ja, aber es ist dir peinlich.«

»Quatsch.«

Dascha widmete sich wieder ihrem Tellergericht. »Ich dachte, das wird besser mit der Zeit«, sagte sie, bevor sie weiter aß. »Wenn ich dreißig bin, will ich entspannter mit sowas sein.«

»Ich bin noch nicht dreißig.«

»Okay«, sagte Dascha gleichgültig und kaute. Dann verriet sie Marlene, was sie über Janne wusste. Es war nicht viel: Sie kam von hier, sie war mit der Chefin verwandt, sie war letzte Saison schon zurückgekommen, um in der Räucherei zu helfen, sie bot Workshops dazu an, wie man Fische filetierte. Janne schrumpfte mit jedem Detail, verfestigte sich zu einer Person, die einen Job hatte, eine Kindheit, eine Handynummer. Und das diffuse Vibrieren wurde zu einer Frage, und zwar, warum genau sie Marlene so gefiel.

5

Die Saison hatte begonnen, und die Baracken jaulten und heulten nachts, sie heulten auch morgens, es pfiff durch die Fenster, dass die Vorhänge wehten. Die Frauen knoteten sich die Haare fest unter die Hauben, und trotzdem standen jeden Abend ein paar von ihnen vor den Spiegeln im Waschhaus und entwirrten fluchend die Frisuren. Die Laune der Gäste war schlecht. Sie hatten Mitte April auf ein paar Frühlingstage gehofft und schienen nun persönlich getroffen.

Alles, was getan werden musste, geschah gegen einen unsichtbaren Widerstand. Gegenstände fielen um, es flogen Planen und Pflanzen durch die Luft wie in einer Westernstadt. Kein Regen, bloß unaufhörlich eine Böe nach der anderen. Selbst die Möwen klangen verärgert. Das Wetter nagte an den Leuten, sie waren dünnhäutig, gereizt.

Marlene verbrachte ihre Arbeitstage merkwürdig elektrisiert. Sie ließ das linke Fenster nur gelegentlich aus den Augen. Janne rauchte drei Zigaretten über ihre Schicht verteilt, zwei davon nachmittags. Sie stand dicht an der Hauswand, die brennende Kippe in der hohlen Hand wie eine Kostbarkeit. Hin und wieder wurde sie von der graublonden Frau hineingerufen, bei der Marlene sich angemeldet hatte. Marlene fragte sich, ob sie hinter der Scheibe von draußen zu erkennen war, aber Janne schien niemand zu sein, die den Blick umherschweifen ließ.

Langsam gewöhnte sich Marlene an ihren Alltag auf der Insel. Auch Dascha gewöhnte sich daran und die anderen Neuen, und es gab diejenigen, die sich nicht eingewöhnen mussten, weil sie mit allem schon vertraut waren. Sie fanden sich nach Feierabend in ihren Gruppen zusammen, als wäre die Winterpause nur ein verlängertes Wochenende gewesen.

Barbara schien alle zu kennen, die nicht gerade ihre erste Saison auf Strand verbrachten. Als Marlene und Dascha abends in die Küche kamen – Dascha, um eine Wärmflasche zu befüllen, und Marlene, um sich zwei Eier zu braten –, saß sie bei den beiden älteren Frauen, die beim Arbeitseinsatz im Dorf das Besteck geputzt hatten. Marlene erkannte sie nicht gleich, weil sie ihre Haare frisch gewaschen und offen trugen, was ein seltsam privater Anblick war. Zwischen ihnen auf dem Tisch stand eine fast leere Käseplatte, daneben ein abgegriffener Stapel Karten. Sie tranken Kräutertee, in den sie immer wieder Schnaps aus einer kleinen Plastikflasche gossen, schimpften über den Tagestourismus und cremten sich die Hände ein.

Barbara nötigte sie, sich dazuzusetzen: Dascha mit der Wärmflasche auf dem Bauch und Marlene ein paar Minuten später mit ihren Spiegeleiern. Nur eine der beiden Frauen war wirklich älter, die andere war ähnlich alt wie Barbara und sah bloß ausgelaugt aus. Sie hatte zwei fast erwachsene Kinder, von denen sie ihnen ein Foto auf dem Sperrbildschirm ihres Handys zeigte. Beide Frauen arbeiteten im Restaurant, und schon bald kamen sie wieder auf ihr Gespräch von vorhin zurück.

»Das ist das Schlimmste«, sagte die ältere der beiden. »Wie die hier einfallen.«

»Wie mit der Stoppuhr«, sagte die jüngere, »die wollen bestellen und essen und zahlen gleichzeitig.«

»Das ist kein Urlaub«, sagte Barbara, und die anderen beiden tranken und nickten und schüttelten die Köpfe.

Marlene sah von ihren Spiegeleiern auf. »Habt ihr Karten gespielt?«

Barbara nahm den Stapel in beide Hände. Ihre rechte lag obenauf, als wollte sie ihn beschützen. Erst jetzt fiel Marlene auf, dass die Karten größer waren als normale Spielkarten. Barbara drehte den Stapel um und fächerte ihn auf; es war ein Tarotdeck. »Ich kann sie euch legen, wenn ihr wollt.«

Dascha schien interessiert, aber unsicher. Marlene wischte mit dem letzten Stück Spiegelei ihren Teller sauber. »Nein, danke«, sagte sie dann.

Die beiden Frauen starrten sie über den Tisch hinweg ungläubig an. Barbara lächelte. »Ich hab auch normale Karten«, sagte sie dann, »wenn das eher was für dich ist.«

»Schon eher, ja.«

An ihrem ersten freien Tag lag Marlene morgens im Bett und wusste nicht, was tun. Sie war zur gleichen Zeit aufgewacht wie sonst. Es war angenehm zu hören, wie sich alle für die Arbeit fertigmachten, dem zu lauschen, was ihr erspart blieb. Sie wusste, dass Arno selbst im Laden stand, wenn sie frei hatte.

Auch heute fuhr der Wind durch die Fensterritzen in die Vorhänge. Noch im Liegen zog Marlene den Stoff zur Seite und drehte den Heizkörper auf, der sachte zu brummen begann. Am Vortag war der Himmel blau gewesen, wie leergefegt vom Sturm. Heute war es dämmrig und grau. Marlene schloss den Vorhang wieder und nahm beide Hände zurück unter die Bettdecke, zunächst wegen der Kälte.

Sie masturbierte immer gleich: effizient, lautlos. Zuhause hatte sie einen Vibrator, den sie nie benutzte. Meistens stellte sie sich einfach das Gewicht eines Körpers auf ihrem eigenen vor und dass der Körper jemandem gehörte, der sie wirklich, wirklich wollte, den ihre bloße Anwesenheit wahnsinnig machte. Es war peinlich, aber so funktionierte es am besten. Wenn es darum ging, tatsächlich mit jemandem zu schlafen, freute sie sich am meisten auf die fünf Minuten vor und die fünf Minuten nach dem Sex.

Ihre innere Spannung fiel nicht wie sonst von ihr ab. Es war frustrierend. Die nächste halbe Stunde verbrachte sie damit, auf alten Gruppenfotos ihr Gesicht heranzuzoomen und Nachrichten zu beantworten. Robert hatte ihr geschrieben, um zu fragen, wann die Gastherme zuletzt überprüft worden war. Marlene antwortete, sie habe keine Ahnung, und wie die Untermieterin sei. Robert schrieb sofort zurück: *Sie isst kein Brot. Gestern hat sie eine Gemüsepfanne gefrühstückt. Hat aber noch nicht nach einer Massage gefragt.*

Robert war Physiotherapeut und maß seine Sympathien für neue Bekanntschaften daran, wie schnell sie ihn baten, sie umsonst zu massieren. Marlene suchte gerade einen passenden Smiley aus, eine Aufgabe, die sie immer gewissenhaft erledigte, als Robert schrieb: *Hoffe bei dir ist alles okay. Vermisse dich jetzt schon.*

Die beste Eigenschaft an Robert war, dass er so etwas einfach schreiben konnte, ohne sich hinter doppelten Verneinungen zu verstecken. Sie hatte ihn zu Beginn ihres Studiums an der Tür einer Kneipe kennengelernt, in der ein Fußballspiel übertragen wurde. Beide hatten sie sich bei einem Imbiss noch etwas zu essen geholt, und beide stellten sie fest, dass man keine Snacks mit hineinnehmen durfte. Also hatten sie sich in einen Hauseingang gesetzt und gemeinsam zu Abend gegessen, zunächst hastig, in der Absicht, das Spiel noch anzusehen, nach ein paar Minuten vergaßen sie es aber. Es war einer der Momente, die Marlene immer von oben sah, wenn sie sich erinnerte.

Robert war ein sanfter Mann, der noch nie in seinem Leben eine Frau geküsst hatte. Er war ähnlich wie Marlene niemand, in den man sich sofort verliebte. Manchmal blieb er monatelang allein, aber er hatte etwas an sich, das die Männer, sobald er sie regelmäßig traf, unglaubliche Gefühle entwickeln ließ. Etwa einmal im Jahr brach er jemandem das Herz, und Marlene fischte pastellfarbene Briefumschläge aus dem Postkasten.

Marlene hatte noch nie einen Liebesbrief bekommen. Paul machte gern kleine Geschenke, Dinge, die er zufällig fand, die ihm in die Hände fielen. Im Winter hatte sie die Grippe gehabt und ihn um einen Einkauf gebeten, weil Luzia und Robert nicht in der Stadt waren, und er hatte sie mit halbseidenen Entschuldigungen vertröstet. Marlene hatte noch ein paar Scheiben Brot im Tiefkühler gefunden und beschlossen, ihn nicht mehr zu treffen. Ein paar Tage später schenkte er ihr einen Trockenstrauß mit gelben, knopfgroßen Blüten, und sie vergaß ihren Vorsatz wieder.

Sie dachte darüber nach, Paul anzurufen, aber er schlief

sicher noch, und überhaupt wollte sie damit warten, bis es einen konkreten Anlass gab.

Der Waschraum war feucht und aufgeheizt und leer, nasse Fußabdrücke auf den Fliesen, beschlagene Spiegel. Sie wischte ein Oval frei. Mit einiger Anstrengung hatte sie sich ein pragmatisches Verhältnis zu ihrem Gesicht angeeignet. Wenn sie nun ihr Spiegelbild begutachtete, dachte sie in der Regel: Ja, damit kann man schon arbeiten. Sie duschte und zog danach das erste Mal seit einer Woche wieder eine Jeans an.

Der Tag, der vor ihr lag, fühlte sich geschenkt an. Sie wusste bloß nicht, was sie damit anfangen sollte. In der Küche warf sie einen Blick auf den Plan der Fährgesellschaft: Die Gezeiten lagen ungünstig, sie hätte nur ein paar Stunden an Land. Im Dorf gab es keinen Ruhetag, sie hatten immer alle versetzt frei. Außer Marlene war bloß ein älterer Mann mit im Raum, der eine Sportsendung auf seinem Tablet verfolgte. Er sah gemütlich aus, und Marlene setzte sich mit ihrem Toast so hin, dass sie ihn aus dem Augenwinkel wahrnahm. Kurz stellte sie sich vor, sie wären verwandt und beide nach einem späten Frühstück noch sitzen geblieben.

Sie vermisste ihre Tassen. Seit einigen Jahren sammelte sie die Namenstassen fremder Leute; sie fand sie auf der Straße oder auf dem Flohmarkt, und wenn sie den Küchenschrank öffnete, war es, als wären sie und Robert Teil einer Großfamilie. Am liebsten trank sie aus einem Steingutbecher mit der Aufschrift *Rosi*. Die Tassen im Container waren weiß oder trugen einen Werbeaufdruck.

Der Wind rüttelte auch hier an den Fenstern. Sie überlegte, was sie in Hamburg an freien Tagen unternahm, aber meistens schlief sie bis mittags und traf sich mit anderen Leuten, um Ereignisse vom Vorabend auszuwerten, und dann war es auch schon spät und man konnte etwas zu essen bestellen.

Zurück im Zimmer öffnete sie ihren Kühlschrank und besah die leeren Glasböden. Für den Weg zum Supermarkt würde sie sich umziehen müssen, so stand es auf dem Zettel, und auch Dascha hatte es ihr mehrmals gesagt. An der Rückseite des Gatters vor dem Dorf war sogar eine Tafel angebracht, darauf in roten Buchstaben ein einzelnes Wort: *Kostüm*. Marlene verstand nicht, wozu das gut war, wenn doch die Gäste alle in Funktionsjacken herumliefen, aber sie war eben die Bäuerin aus dem Kramladen, die heute frei hatte, und keine Person aus der Gegenwart. Sie hatte Dascha gefragt, ob sowas legal sei. Dascha hatte darauf keine Antwort gehabt.

Also zog Marlene den Rock über die Jeans und ließ die Schürze liegen, sie behielt ihr Oberteil an und warf eine der Blusen über. Die Haare unter der Haube ließ sie offen. Sie brachte zwei Blusen in den Raum neben der Küche, in der vier ältliche Waschmaschinen neben mehreren großen Gitterkörben standen. Die Waschmaschinen waren für Privatwäsche; die Gitterkörbe waren für die Kostüme, die jeden Abend abgeholt und in den Katakomben des Hotels gewaschen wurden. Am nächsten Abend hingen sie frisch gebügelt und alphabetisch geordnet auf einer Kleiderstange, die sich über die gesamte Längsseite des Raumes zog. Die leeren

Drahtbügel klimperten friedlich, als Marlene den Wind hineinließ.

Es war das erste Mal, dass Marlene das Dorf in voller Belebtheit sah. Darum geht es, dachte sie, dafür das alles. Die meisten Gäste waren Familien, die Kinder noch klein, anders als zu den Schulferien über Ostern. Sie wurden in Tüchern vor der Brust getragen oder liefen unbeholfen an den Händen ihrer Eltern. Fast ebenso häufig überholte sie pensionierte Paare oder Gruppen aus mehreren Paaren, die einen losen Verbund bildeten und beim Flanieren immer wieder zueinanderfanden. Marlene war sich sicher gewesen, dass mit den ersten Gästen die Illusion dahin wäre, das Dorf ein absurdes Potpourri aus jetzt und früher, aber sie lag falsch: Die Kulisse war überwältigend, jede Person in Polyester bloß ein Glitch, über den man hinwegsah. Die Gäste bewegten sich so andächtig, als fürchteten sie, eine falsche Bewegung könnte die Straße verschwinden lassen. Sogar der Wind blies mit historischer Kraft, rau und echt und maritim, wie vor hundert Jahren. Der Kassierer trug ein Fischerhemd mit aufgesticktem Edeka-Logo. Es war diese Sorgfalt, die Marlene beeindruckte, und die Leichtigkeit, mit der über Widersprüche hinweggesehen wurde.

Auf dem Rückweg sah sie Toni aus der Teestube kommen.

»Na«, sagte Marlene, »wo kommst du her?«

»Hab mir paar Reste geholt«, sagte er und zeigte ihr seinen krümeligen Handteller. Er lief los, Marlene ging neben ihm. Sie bemerkte seine lederne Schultasche, die er auf den Rücken geschnallt hatte.

»Wie ist das so, hier zur Schule zu gehen?«

»Normal«, sagte er höflich.

Den Rest des Weges legten sie schweigend zurück. Das Tor zum Hof stand offen, Toni verschwand durch die Terrassentür ins Haus. Marlene sah eine Gans vor der Scheune entlanglaufen; daneben waren die Käfige mit den Kaninchen, die ihre Nasen durch den Draht drückten, im Gehege rechts davon standen fröstelnd ein paar Ziegen. Sie betrat den Stall, an dem der Wind noch lauter rüttelte als an den Baracken. Tiere verschiedener Größe raschelten im Halbdunkel. Jakub sortierte Heu oder Stroh hin und her. Marlene überlegte kurz, ob es ihr doch gefallen hätte, mit ihm zu schlafen. Er bemerkte, dass sie im Eingang stand, und hielt inne. »Hast du nicht frei?«, fragte er.

Als Antwort schlenkerte Marlene mit ihren Einkäufen. Er schlug vor, eine zu rauchen. Gemeinsam gingen sie in den privaten Teil des Gartens.

»Arno meinte, hier ist okay.« Er setzte sich auf eine Gartenbank und drehte zwei Zigaretten. Marlene rauchte eigentlich nicht vor dem Mittagessen, aber seit Tagen sah sie Janne dabei zu. Das Nikotin ließ sie kurz schwindeln. Ihre letzte Zigarette hatte sie weniger stark in Erinnerung. Sie fragte Jakub, wieso er mit den Tieren arbeitete, und er sagte, seine Eltern hätten früher in Polen einen Hof gehabt.

»Und jetzt?«

»Jetzt haben sie einen Kleingarten in Bochum.«

Nach der Zigarette begleitete Marlene ihn zurück zur Stalltür, wo sie vorhin ihre Einkäufe abgestellt hatte. »Wo sind denn die Ponys?«

»Da«, sagte Jakub und zeigte vor sie ins Dämmerlicht.

Die Ponys waren winzig, kaum größer als die Ziegen. Marlene gefielen Miniaturversionen: kleine Notizhefte, Minidonuts. »Wie lieb«, sagte sie. Dann hob sie ihre Tasche vom Boden auf und ging Richtung Hoftor.

Sie hatte vorgehabt, zurück zur Unterkunft zu laufen. Es war fast mittags, die Tasche war schwer, sie hatte Hunger. Aber als sie die Räucherei passierte, die Tür, die sie die ganzen letzten Tage im Blick gehabt hatte, lag da ein Zigarettenstummel im versteckten Glas, und der Stummel glühte noch. Marlene dachte daran, dass sie gerade eben auch geraucht hatte, gleich hier um die Ecke, dass sie somit fast gemeinsam geraucht hatten, und darum betrat sie nun die Räucherei, anstatt daran vorbeizugehen.

Die Tür klingelte. Rot-weiße Bodenkacheln, der Holztresen, im Hintergrund Gusseisen und Feuerknacken. Fische auf Stäben, aufgereiht wie Chorknaben. Janne wusch sich gerade die Hände, trocknete sie ab. Erst dann drehte sie sich um.

Marlene war nicht wirklich schüchtern, sie hatte bloß nichts vorbereitet. Sie hatte angenommen, es würde sich etwas ergeben, Janne würde sie erkennen, würde sagen, du bist doch die von gegenüber, du bist doch die vom Deich, wir kennen uns doch. Aber sie sagte bloß, was Marlene auch sagte, wenn jemand den Laden betrat: »Guten Tag.«

Marlene grüßte zurück. Janne stand still und schien zu warten, eine Hand am Ellbogen, die Arme verschränkt. Marlene tat, als interessiere sie sich für das Geschäft. Nach einem kurzen, nervösen Rundgang stand sie wieder vor dem Tresen und befürchtete, ratlos auszusehen.

»Willst du einen Fisch kaufen?«

Marlene dachte, dass das, egal was noch geschah, für immer der erste richtige Satz zwischen ihnen gewesen sein würde. Sie sagte, »Ja, wenn ich schon mal hier bin«, und bereute es sofort. Es gab ja sonst keinen Grund, herzukommen.

Janne trat routiniert zur Seite und gab den Blick auf das Regal frei, in dem die Fische mit offenen Mündern hingen.

»Oh«, sagte Marlene.

»Makrele, Aal, Bückling«, Janne zeigte neben sich, ohne hinzusehen. Die einzige richtige Entscheidung, die Marlene traf, war, nicht aus Verlegenheit einen ganzen Aal zu kaufen. Sie sagte, »Makrele bitte«, und Janne fädelte eine für sie herunter und packte sie in Papier. Sie versuchte, den Preis für den Fisch nicht in Arbeitszeit umzurechnen. Janne sagte, er sei über Buchenholz geräuchert, wie als Entschuldigung. Marlene kam sich lächerlich vor: Sie trug an ihrem freien Tag mehr Kostüm als Janne, und sie kaufte einen Fisch, den sonst nur Gäste kauften und von dem sie nicht wusste, ob er ihr überhaupt schmeckte. Schöne Haare, dachte Marlene, als sie Janne dabei zusah, wie sie das Päckchen schnürte. Schöne Nase, schöne Tattoos, schöne Hände. »Schönen Tag«, sagte sie und verließ den Laden.

Auf dem Rückweg überlegte sie, ob ihre Aufregung nicht doch daher rührte, dass sie einfach gern wäre wie Janne. Wenn sie sich mit Luzia und Robert zwei Flaschen Sekt in der Küche teilen könnte, wären die Dinge klarer, die Verhältnisse durchdacht. In der Regel manövrierte sie sich an diesem Punkt in eine undramatische Verliebtheit hinein, bei der nichts auf dem Spiel stand, ein Zeitvertreib, über den sie mit Luzia sprach wie über einen Kinofilm. Aber sie war allein hier, und plötzlich gefiel es ihr, ein Geheimnis zu haben. Der Weg zurück fühlte sich leicht an. Sie vergaß das Gewicht der Einkäufe und lief nicht, sie schlenderte.

Boris betrat die Gemeinschaftsküche ein paar Sekunden nach ihr, und Marlene hoffte auf einen Zufall. Sie grüßten einander wachsam. Sie waren etwa im selben Alter, aber ein ganzes Leben lag zwischen ihnen. Marlene packte ihre Einkäufe aus. Boris aß eine Birne wie einen Hähnchenschenkel.

»Was ist das?«, fragte er und zeigte auf das Packpapier auf der Arbeitsfläche, als hätte er einen Verdacht.

Marlene sagte, »Makrele«, und versuchte es klingen zu lassen wie ein Wort, das sie oft nutzte.

Boris wickelte den Fisch aus, ohne zu fragen. Er starrte auf die goldene Haut, die Makrele starrte zurück. »Schön«, sagte er forsch. »Aus der Räucherei?«

Marlene sagte, »Ja«, und sein Gesicht antwortete: Wer es sich leisten kann.

»Willst du was?«, fragte sie.

Es ging ganz einfach: Boris sagte, »Ja, danke«. Sie nahm darauf ein Messer und brauchte nur ein paar Sekunden ratlos damit zu hantieren, es mal hier, mal da anzusetzen, da bot er schon an, das Filetieren zu übernehmen.

»Gerne«, sagte Marlene und trat einen Schritt zurück.

Boris trennte schwungvoll den Kopf ab und schob ihn zur Seite. Dann schnitt er ungelenk am Bauch und oben an der

Rückenlinie ins Fleisch und pulte die Haut bis zur hinteren Flosse ab. Währenddessen kommentierte er sein Tun: »Dann kannst du die Gräten rausziehen«, sagte er und zog die Gräten raus, »und dann klappst du den auf.« Er klappte den Fisch auf.

Es war erschütternd, wie schnell er annahm, sie wäre beeindruckt. Sie überließ ihm den Fisch, wie man einem Hund einen Knochen hinwarf. Es funktionierte: Die Spannung verpuffte, sie hatte ihre Ruhe.

Sie aßen die Makrele auf Brot im Stehen an der Arbeitsfläche, Boris wirkte zufrieden. Die Filets waren noch voller kleiner Gräten. Marlene aß die meisten mit, es war nicht weiter schlimm, aber zwei Stück zupfte sie heraus und legte sie auf das Papier zu den Resten, und zwar so, dass er es sah.

Sie kauten und schwiegen, und dann erst fiel es ihr auf: Der Fisch schmeckte köstlich. Das Fleisch war blassrot und weich und fettig, sie schmeckte das Salz, sie schmeckte sogar das Buchenholz. Boris schmeckte es auch. »Lecker«, sagte er und wiegte dabei seinen Kopf hin und her, als müsste er das zugeben, »und gesund.«

Marlene war sich unsicher, ob es der Geschmack von Makrele im Allgemeinen war oder einfach der Geschmack von Qualität. Ob Janne den Fisch geräuchert hatte? Ob man einen Fisch besonders gut räuchern konnte? Ob man viel Fisch aß, wenn man in einer Räucherei arbeitete?

»Bisschen salzig«, sagte Boris.

Marlene wusste, dass er log.

6

Als in der Woche darauf das Wetter schließlich besser wurde, die letzten Bäume zu knospen und die Vögel zu singen begannen, als sich endlich alles abspielte, was für den April vorgesehen war, schlug sich das in einer Ausgelassenheit nieder, die alle erwischte. Aus den Gesichtern der Gäste sprach die Freude, den Urlaub gerade richtig gebucht zu haben. Sie machten mit ihren Handys Großaufnahmen von Frühblühern und banden sich die Pullover um die Hüften.

Auch das Arbeiten fiel leichter. Nach Feierabend holten sie die Stühle aus ihren Zimmern und stellten sie zwischen den Baracken auf, alle zur Abendsonne ausgerichtet, wie in einem Freilichtkino ohne Leinwand. Sie unterhielten sich mehr. Einmal wachte Marlene davon auf, dass mindestens drei Leute miteinander lachten, vielleicht auch vier, das war bis jetzt nicht vorgekommen. Sogar Boris machte an seinem nächsten freien Tag ein Tänzchen, als er zwischen den Pfeilern des Laubengangs eine Wäscheleine spannte, und später brachte er zwei Bierkästen nach Hause. Auf seinen Wangen zeigte sich der erste Sonnenbrand des Jahres. Das Beste aber geschah an einem Tag, so unwahrscheinlich warm, dass Marlene meinte, der Frühling würde einfach übersprungen.

»Wenn es so schön ist«, sagte Arno und rüttelte beschwingt an den Messingknöpfen, »dann machen wir die Fenster auf.« Er stieß die Flügel auseinander, und die Sonne schwappte herein. Sie schien morgens auf die Fassade und warf im Laden helle Flecken auf den Holzboden, die nun nochmal an Schärfe gewannen.

Nach dem Licht kam die Luft. Marlene hatte selten das Bedürfnis, kurz mal durchzulüften, aber nun strömte ihr der Sauerstoff entgegen, dazu der Räucherduft von gegenüber, und beides stimmte sie euphorisch. »Schön«, rief sie.

»Damit du was vom Wetter hast«, sagte Arno.

Marlene trat ans offene Fenster. Doch bevor sie abwägen konnte, ob man sie von drüben sah oder wie viele Meter es zur Tür der Räucherei waren, schwang diese auf, und Janne kam heraus für die erste Zigarette des Tages.

Sie sahen sich sofort.

»Oh«, sagte Janne nur und lachte, »wie war die Makrele?«

Sie überquerte die gepflasterte Straße und kam zu ihr herüber, einfach so.

»Wirklich, wirklich lecker«, antwortete Marlene.

Janne kniff die Augen zusammen. Die Scheiben hinter Marlene blendeten. Sie sagte, dass Marlene es guthabe in der Sonne, und dann fragte sie, ob sie hier ihre Pause machen könne, und Marlene im Fenster sagte, »Ja, klar, natürlich, kein Problem«. Sie versuchte, dabei nicht wie Frau Holle auszusehen oder wie eine ältere Frau, die von der Fensterbank aus die Nachbarschaft beäugt.

Von fern waren die Möwen zu hören, Marlene sah sie mit ausgebreiteten Flügeln über dem Deich durch die Luft gleiten. Janne rauchte und betrachtete die Knospen an den Zweigen, die in den letzten Tagen zu weißen Blüten geworden waren. Marlene wusste nicht, was sagen, und fragte nach dem Strauch. Janne sagte, »Schlehdorn, glaube ich«. Marlene kannte keine Pflanzen; die Birke war der einzige Baum, den sie sicher benennen konnte.

Dann kam Kundschaft, und Marlene musste zurück hinter die Theke. Es waren zwei verhutzelte süddeutsche Damen, die an den Regalen entlangschlichen, hier und da ein Glas herauszogen, um dann festzustellen, dass sie es doch nicht brauchten. »Wir schauen nur, wir schauen nur«, murmelten sie matt vor sich hin. Marlene hatte sich seit Saisonbeginn mehrfach gefragt, aus welchem Grund die Leute nach Strand kamen. Gerade die betagteren Gäste schienen angezogen von einer Vergangenheit, die noch älter war als sie selbst. Womöglich spürten sie noch eine Verbindung zu dieser Zeit, anders als die jungen Familien, die sich im Dorf bewegten wie in einem Freizeitpark.

Von Janne war nur eine Rauchwolke zu sehen, die vor dem Fenster in der Morgenluft aufstieg. Vielleicht lehnte sie den Kopf ans Mauerwerk, vielleicht stieß sie den Rauch durch die Nase aus wie ein Drache, die Augen geschlossen. Marlene war an den Tresen gefesselt. Die beiden murmelnden Damen verließen den Laden wie angekündigt ohne Einkäufe, und sie stürzte ans Fenster, aber Janne winkte schon von gegenüber. Marlene winkte zurück und suchte den Boden ab; den Kippenstummel hatte sie mitgenommen.

So waren die ersten warmen Tage: Vormittags rauchte Janne vor dem Kramladen in der Sonne und blinzelte in das Fenster hinein, und wenn keine Kundschaft da war, blinzelte Marlene zurück. Sie sprachen jedes Mal ein paar Sätze, und jedes Mal erfuhr Marlene ein bisschen mehr: dass Janne Fische ausnehmen konnte, seit sie sechs war, dass sie in Berlin wohnte, in den Werkstätten der Deutschen Oper arbeitete und dort Bühnenbilder baute, dass alle ihre Tätowierungen aus einem einzigen Jahr stammten. Sie sprachen nie darüber, wieso sie überhaupt hier draußen rauchte, wo es doch verboten war.

Nach dem Mittagessen rauchte sie wieder vor der Räucherei, dann war die Sonne dort. Sie grüßten sich über die Straße hinweg, grüßten sich durch Scharen flanierender Gäste hindurch, die ihre Fischbrötchen vor den Möwen zu schützen versuchten, grüßten sich mit den Händen, mit den Gesichtern, und beide taten sie, als sei das eine Kette von Zufällen. Es war fantastisch. Marlene wachte morgens davon auf, dass ihr Herz in die Matratze pochte.

An einem freien Tag trank sie morgens ihren Kaffee an dem kleinen Tisch in ihrem Zimmer. Auf ihrem Laptop scrollte sie durch zwei verschiedene Jobportale. Sobald sie die Filter entsprechend ihren Abschlüssen setzte, blieben nur einige wenige Angebote übrig, die sie alle schon kannte.

Liebe Oma, schrieb sie anschließend auf eine Postkarte, die einen gelben und einen weißen Krokus in Großaufnahme zeigte, *die Tage werden wärmer und ich genieße das Wetter in vollen Zügen, auch wenn ich viel zu tun habe. Nach dem langen Winter ist es schön, ein paar neue Leute kennenzulernen. Das Aufstehen fällt leichter und alles andere auch. Ich hoffe, auch auf deinem Balkon erwacht langsam die Natur?*

Sie hatte direkt am Hafen einen Briefkasten gefunden, und nach ein paar Tagen bekam sie eine SMS: *L. Marl., das klingt ja ganz nach Fruehlingsgefuehlen?? Geniesse es. Werde dir morgen etw. Geld fuer d. ersten Eisbecher d. Saison ueberweisen.*

Auf dem Balkon alles i.O., gestern d. Fliesen geschrubbt, heute daher total k.o. lG. O.

Es wurde Mai, und wie sie Janne kennenlernte, lernte sie auch den Ort besser kennen. »Deutschlandpark«, sagte Boris dazu. »Ist dein erstes Jahr im Deutschlandpark?«, fragte er etwa, oder: »Musst du Sonntag in den Deutschlandpark?«

Durch die Fenster des Küchencontainers sah sie auf der plattgetretenen Wiese zwischen den Häuserreihen nun ein paar Leute häufiger Boule spielen. Bei einem besonders guten Wurf hörte sie das Klackern der Kugeln, dann verhaltenen Jubel. Es waren Jakubs Kugeln; nach Feierabend lief er suchend mit dem Köfferchen umher. Marlene schien es, als machten die meisten zunächst nur aus Höflichkeit mit, aber dann gefiel es ihnen tatsächlich.

Jakub hatte einige Runden gegen den Mann gespielt, mit dem er Anfang der Saison am Feuer gestanden hatte, von kleiner Statur mit markanter Nase und tiefen Grübchen, ein Gesicht, durch das bereits die Karikatur schimmerte, die sich davon zeichnen ließe. Sie wirkten vertraut miteinander, stupsten sich an, lachten lautlos durch die Fensterscheiben. Sie sah die beiden öfter zusammen, aber immer nur nachmittags und in den frühen Abendstunden, nie nach Einbruch der Dunkelheit.

Erst jetzt wurde ihr klar, dass auch Barbara und Jakub sich von letzter Saison kannten. »Znowu Boule, czy co?«, fragte Barbara, als Jakub mit dem Koffer die Küche betrat. »Tylko jedna runda«, antwortete er, aber sie schüttelte den Kopf und wies auf ihren Rahmspinat, den sie gerade auf einer der vielen Herdplatten erwärmte. »Frag Marlene.«

Jakubs Blick wanderte zu ihr. »Komm schon.«

Draußen wartete sein Freund mit verschränkten Armen. Er sagte nur, dass er Zappo heiße, und bedeutete Marlene, seinen Platz einzunehmen.

Jakub spielte viel besser als sie. Sie bildete sich ein, dass es klug wäre, nicht zu viel über den bevorstehenden Wurf nachzudenken, und die Kugeln landeten weit verstreut. Den letzten Satz aber gewann sie überraschend und schwang euphorisch die Hüften hin und her. Zappo klatschte vom Rand aus Beifall, die silbernen Kugeln schimmerten im Abendlicht. Barbara stand mit dem Topf in der offenen Tür des Containers, lachte und dippte ein halbiertes Ei in den Spinat, als wäre es ein Stück Brot.

In ihrer vierten Woche erschien sie zu früh zur Arbeit, was ungewöhnlich war. Als sie den Laden betrat, war Arno gerade dabei, American Cookies in das große Keksglas zu füllen.

»Hä«, sagte Marlene.

Arno schob die Packung zunächst schuldbewusst zur Seite, änderte dann aber die Strategie. »Hast du gedacht, ich mach die selbst?«, fragte er, und es klang, als wäre es eigentlich ihre Schuld. Marlene hatte zuvor keinen Gedanken an die Kekse verschwendet.

»Steht nirgends, dass die hausgemacht sind«, sagte er und stopfte das restliche Gebäck energisch ins Glas, »darauf achte ich, es ist nichts gelogen.«

Auf dem Schild vor dem Gefäß stand *Keks 1 Euro*.

»Ist doch alles gut«, sagte sie, was stimmte. Sie war nicht

enttäuscht, wieso auch. Vielmehr begann sie, sich für die Heimlichkeiten, für das Unsichtbare zu interessieren. Alles, was sie sah, wurde langsam zu einem Bild, zu dem ein Dahinter gehörte.

Dascha hatte heute Frühschicht, und sie hatten verabredet, nach der Arbeit gemeinsam einkaufen zu gehen. Marlene wartete vor dem Restaurant auf sie, und als sie zusammen Richtung Edeka liefen, Marlene in ihrem groben Rock, Dascha in weißer Spitze auf Schwarz, mit Haube und Puffärmeln, war es, als liefen zwei Zeiten nebeneinander.

»Kennst du schon den Friedhof?«, fragte Dascha.

»Nee«, sagte Marlene.

Dascha führte sie am Supermarkt vorbei die Straße hinunter. Von außen waren nur ein weiß gestrichenes Holztor und eine dichte Hecke zu sehen.

»Direkt neben dem Edeka?«

»Ja, bisschen komisch«, sagte Dascha und trat ans Tor, Marlene folgte ihr. Dann stockte sie. Die Gräber ähnelten einander gespenstisch; die gleichen hölzernen Kreuze, dieselbe Bepflanzung. Sie trat nochmal einen Schritt zurück und warf einen Blick auf den Torbogen über ihnen. »Ist das auch Kulisse?«, fragte sie dann.

»Das ist der Friedhof der Namenlosen«, Dascha drehte sich um, »da liegen alle Toten aus dem Meer, die keiner erkannt hat.«

Marlene stand noch immer am Tor, gebannt vom Anblick der gleichförmigen Gräber. Auf den ersten Blick hatte die Anlage wie die hastig hingezimmerte Attrappe eines Friedhofs ausgesehen, aber mit jeder Sekunde spürte sie deutlicher, dass alles echt war.

»Komm«, rief Dascha, bereits einige Meter entfernt, »ich hab Hunger.«

Dascha wusste erstaunlich gut über die im Laden erhältlichen Fertigprodukte Bescheid. Sie kaufte Dinge, die Marlene in der Auslage noch nie aufgefallen waren: eingelegte, geschälte Eier, vorgegarte Ofenkartoffeln aus dem Kühlregal. Sie kochten beide ähnlich ungern, aber während Marlene deshalb abwechselnd die immer gleichen Lebensmittel aß, schöpfte Dascha alle Möglichkeiten aus, die das einundzwanzigste Jahrhundert mit sich brachte. Marlene balancierte eine Packung Brot, eingeblisterten Aufschnitt, zwei Packungen Kekse und einen Liter Apfelschorle auf dem Arm. Sie kaufte immer nur eine Handvoll Dinge, weil sie mittags bei Arno aß – wofür sie immer dankbarer war, seit sie mitbekommen hatte, wie im Küchencontainer um die Herdplatten gestritten wurde.

Sie fand Dascha vor den Gefriertruhen wieder.

»Hast du Lust auf Eis?«, fragte sie.

»Na klar«, sagte Marlene.

»Wir müssen aber richtig Lust drauf haben. Wir haben ja keinen Tiefkühler.«

Später saßen sie auf Daschas Matratze und teilten sich eine Packung Fürst-Pückler-Eis; abwechselnd stießen sie mit einem Esslöffel hinein. Der Tag war sonnig gewesen, aber im letzten Licht tauchten ein paar Wolken auf und versauten den Sonnenuntergang. Ihr Zimmer hatte mittlerweile kaum noch Ähnlichkeit mit Marlenes nebenan. Dascha war ordentlich und mochte es, Dinge aufzureihen. Auf dem Schreibtisch standen acht Fläschchen Nagellack nebeneinander, angeführt von einer Flasche Nagellackentferner.

»Wann benutzt du die denn?«, fragte Marlene. »Du hältst dich doch sonst an alle Regeln.«

Zur Antwort wackelte Dascha mit den nackten Füßen, die lilafarbene Zehennägel zierten. Überhaupt stand überall Kosmetik herum, die weitgehend unsichtbar blieb: Bodylotion, Haaröl, eine Foundation, die einen besonders natürlichen Look versprach.

»Es ist viel besser, mit dir einzukaufen als mit Boris«, sagte Dascha, während sie mit der Löffelspitze eine energische Furche durch das Eis zog. »Er ist so komisch manchmal.«

»Wieso, äh«, fragte Marlene und leckte verlegen ihren Löffel ab, »wieso redet ihr eigentlich so unterschiedlich?«

Dascha hielt inne und grinste. »Boris ist in Russland geboren. Ich nicht. Und wir haben nicht denselben Vater. Meiner kommt aus Darmstadt, seiner kommt aus Jaroslawl. Meine Mutter ist mit ihm nach Deutschland gekommen, da war er vier oder so.«

»Sprichst du Russisch?«

»Bisschen. Boris sagt, zu wenig.«

»Lass dich doch nicht immer so fertigmachen.«

Mittlerweile hatten sie sich bis zum Boden der Packung vorgearbeitet.

»Ist schon okay«, sagte Dascha leichthin, »der ist nur immer noch genervt wegen meinem Abitur letztes Jahr.«

»Was ist denn mit deinem Abitur?«

»Also, erstens hab ich eins«, sagte sie unbeteiligt, während sie die Packung auskratzte. Aber dann beugte sie sich mit glitzernden Augen zu Marlene und flüsterte, als dürfte es niemand wissen: »Und zweitens war es richtig gut.«

Am folgenden Tag hatte Marlene wieder frei. Zwei Möwen pickten auf dem dünnen Dach ihrer Baracke herum und machten unerträglichen Lärm. Marlene saß krumm auf dem Bett und blätterte lustlos durch ihre mitgebrachten Bücher – sie wollte gern etwas Urbanes lesen, und das Einzige, was infrage kam, war ein Roman, in dem ein Mann mittleren Alters durch Paris lief –, als Luzia anrief. In zwei Wochen wurde sie dreißig.

»Du musst dabei sein, wenn ich alt werde«, sagte sie.

»Wie dramatisch«, sagte Marlene, versprach aber, nach ein paar Urlaubstagen zu fragen.

»Red mit Silke«, sagte Arno.

Marlene hatte noch nie darüber nachgedacht, wer hier alles organisierte. Sie hatte die ausgehängten Schichtpläne genauso hingenommen wie ihre Zuweisung zum Laden, aber natürlich gab es jemanden, natürlich machte nicht Arno ihre Pläne, der koordinierte zwei Kinder und einen Hof und jeden Tag ein Mittagessen.

In der nächsten Pause fragte sie Arno, wohin. Arno sagte, »Na da«, und zeigte auf die Räucherei. Dort hatte sie sich auch angemeldet am ersten Tag, bei der Frau, die wohl Silke hieß, aber nun war das Jannes Ort, und Marlenes Brustkorb begann zu kribbeln. Ihr Körper war seltsam anwesend in letzter Zeit.

Die Tür klingelte heiter, als sie die Räucherei betrat. Janne, die gerade Kundschaft bediente, hatte bloß Zeit für einen kurzen Blick, Marlene fragte halblaut nach Silke, und Janne deutete auf die Tür links neben der Theke.

Marlene klopfte. Hinter der Tür lag ein Büro, das einer Abstellkammer glich. Überall war direkt eine Wand. Dazwischen saß Silke an einem schmalen Schreibtisch und tippte auf ihrem Rechner. Wieder sah sie unwirklich frisch aus. Ihre Haut schimmerte teuer, die Haare genau jene Mischung aus Blond und Grau, die von einem guten Leben, vom Altern mit Chuzpe erzählte. Marlene fragte sich, wie man so aussehen konnte, wenn man auch nur einen Tag die Woche in diesem Büro verbrachte.

Silke hatte sichtbar Schwierigkeiten, sie einzuordnen. Marlene sagte schnell ihren Namen und dass sie im Laden gegenüber arbeite; Silke bot ihr an, sich zu setzen. Im Hintergrund läutete die Tür erneut.

Marlene hatte überlegt, einen Notfall vorzutäuschen. Aber was, wenn die Ausrede wahr würde, wenn sie sagte, ihre Mutter sei im Krankenhaus, und dann käme ihre Mutter wenig später tatsächlich ins Krankenhaus. Dann wäre die Ausrede schon verbraucht, und vielleicht wäre alles ihre Schuld, und das nur, um ein paar Tage frei zu haben. Sie erzählte also einfach, dass ihre beste Freundin in zwei Wochen dreißig wurde.

»Ein schönes Alter«, sagte Silke.

Marlene sagte, »Absolut, das stimmt«, und fragte nach drei freien Tagen.

Silke schien ehrlich überrascht. »In zwei Wochen?«, fragte sie. »Übers Wochenende?«

»Wenn es geht.«

Silke gab vor, etwas im Rechner nachzuschauen. Sie war sehr schnell fertig. »Schwierig«, sagte sie mit Blick auf den Bildschirm und klickte rhythmisch mit der Zunge. »Da ist Pfingsten, das wird ganz schwierig.« Sie drückte ihr Bedauern aus, indem sie die Lippen aufeinanderpresste.

Marlene hatte nicht damit gerechnet, dass sie nein sagen würde. Überhaupt fand sie es befremdlich, nach Erlaubnis zu fragen, auf einen dreißigsten Geburtstag gehen zu dürfen. Ratlos saßen sie voreinander. Dann klopfte es an der halboffenen Tür, und das Klopfen war Janne, die ihren Kopf hereinsteckte.

»Sie hat doch achtzehn Tage Urlaub.«

Marlene wusste mittlerweile, dass die beiden verwandt waren, aber nicht, wie genau. Silke klackerte mit den Fingernägeln auf dem Tisch. Janne stand da, in den Türrahmen gelehnt. »Sag Weert, er soll mehr Leute einstellen«, sagte sie und massierte sich mit ihrer schönen Hand die Schulter.

»Na gut«, sagte Silke und seufzte und ballte die Finger zur Faust. »Aber wirklich nur drei Tage, Sie haben ja gerade erst angefangen.«

Marlene hielt kurz inne; sie wusste, dass Silke recht hatte. Trotzdem kam es ihr vor, als wäre sie immer schon hier gewesen. Sie bedankte sich und lächelte; als sie sich zur Tür wandte, war Janne schon verschwunden, und auch der Verkaufsraum war leer.

Tags darauf rauchte Janne auch die zweite Zigarette an Marlenes Fenster. Sie war nach der Mittagspause herübergekommen, langsamer als sonst, im Gesicht eine Vorsicht, eine Frage, und wie als Antwort hatte Marlene sich ihr entgegengelehnt. Dann blickten sie gemeinsam auf die roten Ziegelsteine gegenüber, auf die nun die Sonne schien. Bei der dritten Zigarette ein paar Stunden später bot Marlene ihr einen Kaffee aus Arnos Küche an, und Janne sagte, »Gern«, obwohl es kurz vor Feierabend war. Marlene hatte vermutet, dass sie ihn schwarz trank, aber sie fragte nach Milch und Zucker, und Marlene überkam eine Rührung, von der sie gar nicht wusste, wohin damit.

Die nächsten Tage waren wieder kälter, der Himmel bedeckt. Arno deutete auf das offene Fenster.

»Frische Luft«, sagte Marlene.

»Schon gut«, sagte Arno, er war ja nicht blöd. Aber es schien ihn zu freuen, dass sie Kontakte knüpfte. Mindestens zweimal trat Janne jetzt täglich ans Fenster, einmal sogar im Sprühregen, und Marlene registrierte die feinen Tropfen in ihren Haaren, die gerötete Nase. Janne steckte einfach den Kopf in den Laden, und sie tranken trotzdem Kaffee miteinander.

»Was ich mich gefragt hab«, sagte sie an diesem Tag beiläufig, »wieso arbeitest du eigentlich hier?«

Marlene erstarrte auf der anderen Seite des Fensters. Janne war die Erste auf Strand, die sie danach fragte, und nicht die Frage selbst verwirrte sie, sondern dass ihr keine Antwort einfiel.

»Ich weiß nicht«, sagte sie nach einer kurzen Pause, in der Janne den Rauch hinter sich in den Regen pustete, »ich glaube, ich wollte mir einfach ein halbes Jahr keine Gedanken machen.«

»Das klingt doch gut.«

»Ja, weil nach dem Abschluss –«, Marlene stockte. »Woher wusstest du denn, was du machen willst?«

Janne fragte, »An der Oper«, und Marlene sagte, »Ja«, und Janne sagte, »Hm«. Sie trank einen kleinen Schluck Kaffee, dann balancierte sie die Tasse mit einer Hand auf dem Fensterrahmen. »Also, ich glaube, ich mag einfach Kulissen.«

Janne schien nie nervös. Marlene wurde besser darin, ihre eigene Nervosität zu verstecken. Sie gewöhnte sich an die Situation, die ja immer die gleiche war. Nach der Arbeit trafen sie sich nie. Marlene fragte sie einmal, wo sie wohnte, und Janne sagte: »Etwas außerhalb.«

Nach einem Mittagessen – es hatte Suppe gegeben, von der Marlene vermutete, dass sie die pürierte Gemüsepfanne vom Vortag war – fragte Jakub, wieso Janne vorne rauchen durfte. Es störte ihn sichtlich, dass er dafür in den hinteren Garten neben die Regentonne musste.

»Sie gehört zu Silke«, sagte Arno nur und stapelte die Schüsseln im Stehen.

»Ist das ihre Mutter?«, fragte Marlene schnell, denn sie wollte nicht versäumen, dass sich die Frage, die sie schon länger mit sich herumtrug, gerade so anbot. Die Haare, die Größe, die Haltung, nichts passte. Arno sagte, »Nein, nein, das ist ihre Tante«.

Ah, dachte Marlene.

»Na toll«, sagte Jakub.

»Und die Eltern?«, fragte Marlene.

Jakub vergaß, sich weiter zu ärgern. »Wieso fragst du sie nicht?«

Janne nach ihrer Familie zu fragen, wäre vermutlich in Ordnung gewesen. Aber damit hätten sie zugegeben, dass sie dabei waren, einander kennenzulernen. Gerade gefiel es Marlene so, wie es war: in der Schwebe, schwerelos. Das hieß nicht, dass sie an der Information selbst nicht interessiert war. Sie sagte, sie wolle Janne nicht zu nahetreten, und dann sah sie nicht mehr Jakub, sondern Arno an, denn der musste es wissen, er musste es bloß auch sagen wollen.

»Das ist eine längere Sache«, antwortete er, zögerte.

»Nur, wenn du willst«, sagte sie.

Arno setzte sich wieder. »Also, die Mutter ist recht jung. Fast zehn Jahre jünger als Silke. Wollte immer weg von hier, ins Ausland, irgendwie sowas. Ist mit achtzehn nach Peru und kam mit neunzehn schwanger wieder.«

Ein Gefühl, als würde Janne scharfgestellt.

»War ein Jahr hier und hat sie dann bei den beiden gelassen.«

»Bei wem?«, fragte Marlene.

»Bei Silke und dem Großvater. Der ist tot seit ein paar Jahren.«

»Und dann?«

»Dann war sie wieder in Peru. Kam Jahre später nochmal her und wollte das Kind zurück, wollte es mitnehmen, auswandern. Ist noch nie so viel geschrien worden auf der Insel.«

Die Vorstellung, dass die Dinge auch anders, unvorstellbar anders hätten ausgehen können.

»Silke würde alles hergeben für sie. Die könnte hundert Zigaretten rauchen, da könnte keiner was sagen, nicht mal Weert.«

Jakub fragte, »Wer«, und auch Marlene fragte, »Wer«, und Arno sagte: »Na. Dem hier alles gehört.«

7

Jeden Nachmittag um vierzehn Uhr bot Arno Ponyreiten an. Jakub und er führten je zwei Ponys am Strick, spazierten auf einem Pfad zum Dorfrand und dann ein Feld entlang, zweimal dreißig Minuten, die Kinder schaukelten aufgekratzt in den Sätteln.

Es war kurz vor zwei, Jakub und Marlene saßen auf der Bank vor der Ladentür und tranken ihren Kaffee aus. Neben ihnen stand seit gestern ein Holzregal, in dem loses Gemüse in Kisten zum Kauf angeboten wurde. Vor den Ställen des Haustierzoos hatte sich eine Schlange aus Eltern und Kindern gebildet, die ständig in Bewegung war, weil niemand zu wissen schien, wo genau sie sich anstellen sollten. Es waren mehr Kinder als Pferde da. Die Kinder beäugten die Kaninchen in den Ställen, die Eltern sahen nervös zu Jakub herüber. Jakub hob wortlos seine Tasse. Die Eltern schauten schnell woandershin. Auch die Pferde hatten noch Mittagspause. Sie standen im Außengehege um ein baumelndes Netz herum, aus dem sie abwechselnd etwas Heu herauszupften. Sie waren nicht klein, sondern kurz, wie Tulpen, die man nach fünf Tagen in der Vase nochmal abgeschnitten hatte und sich dann ärgerte, weil die Proportionen nicht mehr stimmten.

»Die Kinder sind in Ordnung«, sagte Jakub und leerte seine Tasse, »die Eltern sind das Problem.«

Die Eltern waren verschieden. Manche sahen ausgehöhlt aus; sie konnten es kaum erwarten, die Kinder auf die Ponys zu hieven, blieben dann vor der Scheune sitzen und unterhielten sich gereizt, ohne von ihren Handys aufzusehen. Schlimmer waren jene, die die ganze halbe Stunde nebenherliefen und vom Kind und vom Pony und von Jakub Fotos machten.

Jakub schaute auf seine Uhr, denn Uhren waren erlaubt, aber nur analoge, natürlich. »Noch fünf Minuten«, rief er der Schlange entgegen, die schon unruhig zu scharren begann.

»Ich sag dir, wer hier Urlaub macht: Arschlöcher. Die sind ja nicht wegen der Nordsee hier, dann könnten die auch nach Amrum.«

»Kostet halb so viel«, sagte Marlene.

»Das sind so Leute, die fahren ihre Kinder ein Viertel weiter, weil da mehr Deutsche auf der Schule sind.«

»Neunzehnhundert gabs noch nicht mal Antibiotikum. Ich würde lieber in der Zukunft Urlaub machen.«

»Noch drei Minuten«, rief Jakub halblaut, und die Eltern machten sich bereit, während er ausdrücklich nochmal die Augen schloss.

Bei ihrer zweiten Zigarette am Nachmittag brachte ihr Janne ein Paket mit. Eine Sekunde dachte Marlene, es sei ein Geschenk.

»Für dich«, sagte sie, »ist schon seit ein paar Tagen in der Postbox.«

Marlene nahm es durch das Fenster entgegen.

»Von wem ist es denn?«, fragte Janne und legte grinsend ihr Kinn auf die Gummidichtung im Fensterrahmen.

Bitte nicht von Paul, dachte Marlene, als sie das Päckchen

umdrehte. Es war von Luzia. »Von einer Freundin. Ist bestimmt ein Buch.«

»Wie schön.«

Als sie allein hinter dem Tresen stand, riss sie das Packpapier auf. Es war Joan Didions *Das Letzte, was er wollte*. Luzia legte nie eine Karte bei, sondern schrieb ihren Gruß vorn ins Buch hinein: *Auf Nordseeinseln spielen nur Krimis. Ich hoffe, Kleine Antillen sind auch okay. Bis bald in Hamburg!*

Sie hatte Luzia gleich im ersten Jahr ihres Studiums in einer Vorlesung kennengelernt. Luzia trug, wann immer Marlene sie sah, ein Buch bei sich, dazu auffälliges Make-up und hohe Schuhe, und dieser vermeintliche Gegensatz hatte Marlene fasziniert; heute schämte sie sich dafür. Sie selbst hatte als Kind auch gern gelesen, war nach der Schule jedoch in einer Phase, in der sie entweder die abgelegten Liebesromane ihrer Mutter las, wenn sie auf der Wiese im Schwimmbad lag, oder in einem Café in der Stadt sitzend vorgab, in einen Klassiker vertieft zu sein, der sie eigentlich langweilte.

Dann schenkte ihr Luzia *I Love Dick* von Chris Kraus. Marlene hatte bis dahin nicht gewusst, dass solche Bücher existierten. Fast zwei Jahre lang las sie nur, was Luzia ihr empfahl. Bei Luzia zuhause hatten sich die Bücher um das Bett gestapelt, aber nicht auf prahlerische Art, die sie von Männern in ihrem Alter kannte. Die Bücher lagen akkurat übereinander, einer unsichtbaren Ordnung entsprechend, und wenn Marlene nach einer Empfehlung fragte, zog Luzia vorsichtig, aber ohne zu zögern, eins heraus. Marlenes Bücherregal hatte sich Stück für Stück gefüllt. In den letzten zehn Jahren, die sie langsam als ihre Zwanziger bezeichnete, hatte sie etwa hundertfünfzig Bücher angesammelt, von denen sie zwei Drittel tatsächlich gelesen hatte.

Wenn Luzia und sie zusammen in den Urlaub fuhren, verbrachten sie spätestens den vierten Tag damit, bis abends nur zu lesen, am Strand oder einfach am Frühstückstisch. Hin und wieder schnitten sie einen Pfirsich auf und fragten einander, ob sie sich langweilten, und die jeweils andere verneinte, und sie freuten sich darüber, wenn sie zufällig zeitgleich umblätterten. Einmal hatten sie ein Taschenbuch in der Mitte durchgerissen, weil Marlene nicht warten konnte, bis Luzia damit fertig war.

Nach Feierabend fragte Maja, ob Marlene noch zum Pulen bleibe. »Wie«, fragte Marlene und folgte ihrem Plusterkopf nach hinten. In der Küche standen zwei Töpfe auf dem Fußboden, aus denen heißer Dampf aufstieg. Arno und Toni knieten davor, und neben Arno lagerte eine Palette Marmeladengläser, und die Gläser waren voll.

Seit den Keksen war es Arno gleichgültig, was Marlene mitbekam. Er weihte sie nicht bewusst in seine Geheimnisse ein, aber wenn sie etwas durchschaute, dann zuckte er die Schultern, als wollte er sagen: Ja, so ist das eben, so machen wir das. Jetzt blickte er nur kurz zu ihr auf und widmete sich wieder den dampfenden Behältern. Maja ließ sich neben Toni im Schneidersitz nieder; sie verknotete die Beine ineinander, wie es nur möglich ist, wenn der Körper noch jung ist.

Sie hatten eine feste Routine: Toni tunkte die Gläser in die Töpfe, Maja löste die Etiketten ab und trocknete die Oberfläche, und Arno entfernte mit Waschbenzin behutsam die Klebereste und brachte schließlich ein neues, handgeschriebenes Schildchen an. Sie sahen aus wie eine Gaunerfamilie, vor allem, weil sie alle noch ihr Kostüm trugen. Marlene blieb unschlüssig in der Tür stehen. Sie hatte den Eindruck, in eine intime Situation geraten zu sein, nicht nur, weil sie etwas Verbotenes taten, sondern weil die drei die kleinste gemeinsame Einheit von etwas waren, das Marlene noch nicht erfasste. Wortlos winkte sie ihnen zu und machte sich auf den Heimweg.

Dascha war bereits im April mit überlangen Stirnfransen angereist. Als sie jetzt nach Feierabend nebeneinandersaßen und auf ihre Handys starrten, pustete sie sich so lange die Haare aus dem Gesicht, bis Marlene anbot, ihr den Pony zu schneiden.

Dascha sah auf. »Sowas kannst du?«

»Schon«, sagte Marlene, »so schwer ist das nicht.«

Ihre Mutter hatte eine Friseurausbildung gemacht, nach Marlenes Geburt aber im Betrieb des Vaters angefangen. Eine von Marlenes frühesten Erinnerungen war, wie die Freundinnen der Mutter mit Folien im Haar in ihrer Küche saßen, Bleichgeruch und Kaffee in der Luft, dazu die Art Gespräche, die abrupt endeten, wenn jemand den Raum betrat.

Ihre Mutter hatte Marlene alles gefärbt und geschnitten, was sie sich wünschte, auch wenn ihr Vater dagegen gewesen war. Wann immer Marlene sie gefragt hatte, hatte sie sich summend die Handschuhe übergezogen. Je älter Marlene wurde, desto weniger sprachen sie miteinander, und ein neuer Haarschnitt wurde zur einzigen Gelegenheit, zu der sich Marlene von ihr berühren ließ.

Als sie gerade sechzehn geworden war, brach sich ihre Mutter das rechte Handgelenk; ein langwieriger Bruch, der sie über zwei Monate beschäftigte und die Freundinnen ratlos und mit nachgewachsenen Ansätzen zurückließ. Eines Tages hatte ihre Mutter entschieden, unter ihrer Aufsicht könne auch Marlene nachfärben. Sie ließ sie die Umhänge holen und die Farben anmischen und die Folien in Stücke reißen.

Marlene hatte den Reiz augenblicklich verstanden: Schnitte und Farben gaben eine Endgültigkeit vor, die zugleich versöhnlich war. »Wächst ja wieder«, hatte die Freundin ihrer Mutter gesagt, deren Nacken sie damals zu weit ausrasiert hatte. »Wächst ja wieder«, sagte später der Nachbar mit dem Gelbstich und auch Luzia, als Marlene ihre erste Dauerwelle an ihr ausprobierte. Wie eine Tür, die sich am Ende auftat, das Versprechen, dass alles doch weniger schlimm war als gedacht. Dass es Menschen gab, die andere Leute tätowierten, fand Marlene unglaublich – es kam ihr vor wie die denkbar größte Verantwortung, und sie selbst hatte aus diesem Grund nicht ein einziges Tattoo. Wenn sich jemand mit nassen Haaren vor sie hinsetzte, überkam sie jedes Mal eine abstrakte Rührung – etwas, das sowieso häufiger geschah und dazu führte, dass sie die Situation, in der sie sich befand, wie von oben betrachtete: bei gemeinsamen Abendessen, im Urlaub, im Bett mit einem Fremden.

Dascha trug einen Stuhl nach draußen, Marlene holte ihre Haarschere. Dascha rutschte nach vorn und hielt den Kopf ganz still. Marlene brauchte weniger als fünf Minuten für eine perfekte Linie.

»Toll«, sagte Dascha.

»Du hast es doch noch gar nicht gesehen.«

»Es fühlt sich genau richtig an«, sagte sie und blinzelte glücklich in alle Richtungen.

Am nächsten Morgen standen die neuen Marmeladen im Regal und vor dem Fenster nicht Janne, sondern Barbara. Sie baute sich auf wie jemand auf Patrouille. »Du gehst zu selten raus«, sagte sie.

Sie trug ein hellblaues Kleid und eine weiße Schürze; die Wellnessfrauen sahen aus wie die übrigen Saisonkräfte, bloß irgendwie frisch gewaschen. Marlene hatte schon mehrfach überlegt, nach Feierabend eine Runde zu gehen, aber der Gedanke daran reichte schon, und sie fühlte sich erholt. Ein Tipp, den sie aus den Diätratgebern ihrer Mutter hatte: Um die Lust auf Schokolade zu stillen, solle man sich genau vorstellen, wie das Stück auf der Zunge schmilzt, wie der Geschmack sich ausbreitet. Marlene würde nie auf Schokolade verzichten, aber mit allem anderen funktionierte es wunderbar, mit Spaziergängen, mit Yoga – allem, bei dem die Leute sagten: Danach fühlst du dich besser.

Um sechs holte Barbara sie ab. Sie liefen zum Deich und ließen das Dorf hinter sich, gingen weiter in Richtung der Unterkünfte. Marlene erwartete jeden Moment, dass Janne ihnen entgegenkommen würde, aber der Weg war leer bis auf sie beide.

»Etwas hässlich heute, leider«, sagte Barbara und deutete auf den von der Ebbe freigelegten Küstenstreifen.

»Ich find das in Ordnung«, sagte Marlene. Das Watt lag

grau und feucht vor ihnen, gefurcht wie alte Haut, aber wenn die Sonne daraufﬁel, glänzte es. Weiter hinten löste sich der Deich vom Wasser, und eine Wiese schob sich dazwischen. Es war die schönste Wiese überhaupt, mit Grasbüscheln wie Kissen, mit rosa Blüten, hohen Halmen und stehenden Gewässern. Die Aussicht wurde eine Landschaft, und Marlene schaute, und Barbara sah ihr dabei zu und schien so stolz, als hätte sie die Wiese eigens angelegt.

»Schön, oder?«

»Ja, sehr«, sagte Marlene.

Der Wind blies behutsam, fast rücksichtsvoll. Sie liefen auf eine einsame Bank zu. Wie eigentlich immer war Marlene in der Laune, sich hinzusetzen.

Barbara schnaubte dramatisch, ließ sich aber auch nieder. »Manchmal, wenn Sturm ist, steht das Wasser bis hier oben«, sagte sie und zeigte dann in Richtung Ebbe. »Und da ungefähr war Rungholt. Hast du davon gehört? Vor ein paar hundert Jahren –«

»Ja, ein bisschen«, sagte Marlene; am Hafen stand eine Informationstafel, die den Ort beschrieb, der von einer großen Flut zerstört worden war und nun irgendwo vor der Küste von Strand im Wattenmeer versunken lag.

»Glaubst du an sowas?«, fragte Barbara. Sie blickte sie an, als sähe sie etwas in ihr, das Marlene selbst verborgen blieb.

»Was?«

»Ausgleichende Gerechtigkeit, Karma.«

Auch darüber hatte Marlene auf der Tafel gelesen, Rungholts Reichtum, die angehäuften Schätze, die Laster, die Sturmflut als göttliche Strafe. »Eher nicht so.«

Barbara zuckte mit den Schultern. »Sie sagen, wenn es windstill ist, kann man die alten Kirchglocken über dem Meer hören.«

»Wer sagt das?«

»Ach.«

»Woran glaubst du eigentlich nicht?«, fragte Marlene, und Barbara sah auf, »Karma und Tarot und Gott und Legenden, wieso alles auf einmal?«

»Wieso denn nicht«, sagte Barbara und lachte, »ich hol mir jede Hilfe, die ich kriegen kann.«

Sie schwiegen kurz, dann sog Barbara die Luft ein, als läge ihr etwas auf der Zunge, aber es brauchte noch ein paar Anläufe, bis sie endlich weitersprach: »Manchmal sitze ich hier und –« Sie scharrte mit den Füßen auf dem sandigen Boden, der sich unter der Grasnarbe zeigte. Dann griff sie nach dem Kreuz um ihren Hals und fuhr mit der Spitze unter ihrem Daumennagel entlang, wie um Dreck zu entfernen, eine Geste, die Marlene schon mehrfach aufgefallen war, wenn Barbara mit ihren Freundinnen Karten spielte.

»Und was?«

Barbara rutschte hin und her, den Blick weiter auf den Horizont gerichtet. »Und stelle mir vor, wie das war.«

Marlene blickte ebenfalls in die Landschaft, die weit und blass vor ihnen lag.

»Gruselst du dich manchmal? Wenn du dir vorstellst, dass wir mitten im Meer sind.«

»Bisher nicht«, sagte Marlene.

In der Ferne, weit hinter der hübschen Uferlandschaft und dem freigelegten Schlick, ließ sich das Wasser erahnen. Ganz links das Festland, unendlich klein, fast nicht als solches erkennbar, und in der Dämmerung verschwammen Himmel und Erde, kein Schiff war zu sehen. Je länger Marlene hinsah, desto mehr ähnelte das Watt einer Wüste. Barbara hatte recht: Es war unheimlich.

Sie liefen heim zu den Baracken. Schon von Weitem hörten sie das fröhliche Klackern der Boulekugeln. Barbara schien sich vorgenommen zu haben, Marlene die Vorzüge bewusst gestalteter Freizeit näherzubringen. Sie überredete Marlene, das ganze Kostüm abzulegen. Normalerweise ließ sie aus Bequemlichkeit etwas an, die Bluse oder zumindest die Schuhe. Barbara hatte recht: Es fühlte sich angenehm privat an, nur eigene Sachen zu tragen. Dann zeigte sie Marlene etwas, das sie schnelles Doppeltes nannte und das eigentlich nicht mehr war als ein in der Pfanne geröstetes Sandwich. Marlene biss hinein, der Käse lief aus dem Halbrund. Es war das Beste, das sie seit der Makrele gegessen hatte, und erinnerte sie ohne konkreten Grund an Robert.

Dascha kam in die Küche und bekam auch ein schnelles Doppeltes. Sie trug noch ihr Kostüm, Spitzenschürze und Puffärmel; sie sah aus wie aus einem altmodischen Kaffeehaus. Marlene dachte an *My Fair Lady*, an die Kostümbildnerin vor dem aufgeklappten Koffer am Boden.

Dascha aß ihr Sandwich still und konzentriert, sie ließ es nicht aus den Augen. Das war ungewöhnlich. Marlene wartete eine von Barbaras Redepausen ab und fragte, was los sei. Dascha sagte, »Nichts«, Barbara nahm die Pfanne vom Herd. Marlene fragte, »Sicher«, Dascha sagte, »Ja«, Barbara fragte,

»Wirklich«, und Dascha legte vorsichtig das Sandwich ab und fing an zu weinen.

Sie hielt die Hände im Schoß, als sie erzählte. Marlene wusste unscharf, welchen Koch sie meinte. Ein kräftiger Mann Ende vierzig, dessen Gespräche, wann immer Marlene sie mitbekam, um Themen wie Finanzen oder Verbrennermotoren kreisten und Marlene unwillkürlich weghören ließen. Er war laut und zugänglich, lachte viel und bedankte sich bei den Kellnerinnen wohl gern mit einer ermunternden Hand am Arm, bloß war bei Dascha die Hand jedes Mal etwas tiefer gewandert, bis nicht mehr klar war, wozu sie ermuntern sollte.

Kein Funken Überraschung war im Raum. Es war eine geradezu lächerlich erwartbare Erzählung. Trotzdem waren sie alle drei ratlos, was zu tun war, und ratlos, wieso solche Dinge noch immer passierten.

»Tut mir leid«, sagte Barbara.

»Mir auch«, sagte Marlene. »Willst du damit nicht zu Silke gehen?«

»Ich will keinen Ärger«, Dascha nahm das Sandwich wieder auf und biss hinein. An der runden, roten Nase hing ein Tropfen. »Und nicht Boris sagen, der wird sonst richtig peinlich.«

Barbara bot an, ihnen ein Kartenspiel beizubringen. Marlene war im Begriff abzulehnen, aber Dascha schien einverstanden, also blieb auch sie sitzen. Barbara holte die Karten. Sie musterte sie und fragte: »Wie wär es denn mit Canasta?«

Canasta kam Marlene vor wie unnötig kompliziertes

Rommé. Dascha kannte keins von beidem. Atemlos hing sie an Barbaras Lippen, ließ sich die wilden Karten erklären und wie sich die Punkte ergaben. Es war beruhigend, sich in ein Regelwerk hineinzudenken, das nichts mit der realen Welt zu tun hatte. Etwas, das mit nichts sonst zusammenhing – ein Gefühl wie losgelöst im All.

Dascha spielte unglaublich gut. Vielleicht, weil sie günstige Karten zog, vielleicht, weil sie dringend einen Erfolg brauchte. Sie fächerte die Karten auf die krümelige Tischplatte, und jeder Fächer machte sie ein Stück größer.

Dascha gewann vier Mal, dann hatte sie keine Lust mehr und schlug vor, die Bildkarten ihrer Attraktivität nach zu ordnen. Die Damen waren alle wunderschön. Die Buben und Könige sahen aus wie Männer Mitte der Zehnerjahre, die viel Geld für ihre Bärte ausgaben. Barbara sagte, ihr gefielen keine Männer mit Bart, und ging ins Bett. Marlene setzte Herz-Dame, Herz-König und Pik-Bube an erster Stelle.

»Ach.«

»Was denn?«

»Der Bube sieht aus wie Janne«, sagte Dascha und grinste.

Am nächsten Vormittag am Fenster erzählte sie Janne vom Koch. Zwei, drei Sätze, wie schnell die Dinge umrissen waren.

»Soll ich Silke Bescheid sagen?«, fragte Janne.

»Ich weiß nicht«, sagte Marlene, »das ist so schwierig, weil – ich weiß nicht, ob Dascha das will.«

Janne sagte, »Okay«, und Marlene sagte, »Du hast gar nicht erzählt, dass du mit Silke verwandt bist.«

»Hab ich nicht?«
»Nein.«
»Ja, also, sie ist meine Tante. Ich hab auch als Kind bei ihr gewohnt, weil – meine Mutter war viel unterwegs.«

Marlene tat mit Mühe so, als wüsste sie nicht schon alles. »Und wo ist deine Mutter jetzt?«, fragte sie.

»Mal hier, mal da. Aktuell in Paraguay, ich glaube, noch ein paar Monate. Wir treffen uns manchmal in Berlin.«

Marlene sagte, »Oh cool«, und Janne sagte, »Hm, ja«. Dann sprachen sie über die Auswahl von Fleischersatzprodukten bei Edeka, und dann mussten sie beide zurück zur Arbeit.

Mittags gab es nichts zu essen. »Ist schon Pause?«, fragte Arno mit leerem Blick in Richtung Küchenuhr, dann erst sah er Marlene an.

»Macht nichts«, sagte sie.

»Macht nichts«, sagte auch Jakub und blieb unschlüssig im Raum stehen, als er von den Ställen hereinkam.

Arno stolperte an die Küchenzeile, riss den Kühlschrank auf und holte ein paar alte Scheiben Brot aus einer Tüte. »Die Kinder kommen gleich«, sagte er, »oh nein«, und in dem Moment kamen die Kinder.

Maja fragte, »Was gibts«, und Toni fragte, »Gibts gar nichts«, und Arno sagte, »Zeig mal, halt mal still, also eure Fingernägel, die schneiden wir noch«. Die Kinder protestierten. Arno trennte energisch die Brotrinden ab, als begradigte er einen Fluss.

»Mama hat gesagt, ich soll das langsam selber machen«, sagte Maja.

»Du könntest das selbst machen, wenn du schneller wärst.«
»Fies«, sagte sie und zog ihren Ranzen aus.
»Entschuldigung«, sagte Arno und ließ das Messer sinken.
»Ich mach das selber, wenn ich auf der neuen Schule bin.«
Arno sah zurück auf die Brote und warf nachlässig ein paar Käsescheiben darauf. »Ja«, sagte er, »jetzt lauf und hol die Schere.«
Arno schnitt beiden Kindern die Nägel über der Arbeitsplatte. Die Brote bekamen Gesichter aus Tomatenmark, jedes Brot schaute ihnen auf andere Art entgegen. Die Kinder griffen zu, und auch Marlene und Jakub aßen eine freundliche Stulle. Arno holte die gepackten Rucksäcke von oben, befüllte zwei Wasserflaschen. Dann steckte er die Kinder zurück in die Jacken.
»Nimm noch eins auf die Hand«, sagte er zu Toni, der sich nicht von den Broten trennen wollte. Arno setzte eine Kostümkappe auf, zog eine Wollweste über und sagte, »Schnell, auf gehts«. Die Terrassentür schwang auf, die Kinder schlüpften ins Freie. »Wenn Mama fragt, wir haben warm gegessen«, sagte er zu ihnen, grüßte Marlene und Jakub mit der einen Hand zum Abschied und zog mit der anderen die Tür zu.

Vielleicht war es ein Fehler gewesen, Dascha auf offener Fläche die Haare zu schneiden. Es stellte sich heraus, dass es kaum jemanden gab, der keinen neuen Haarschnitt brauchte. In den folgenden Tagen wurde sie in den unwahrscheinlichsten Situationen angesprochen, teils von Leuten, mit denen sie in den letzten sechs Wochen kein Wort gewechselt hatte. Es gab kein Friseurgeschäft auf Strand, und für einen der wenigen freien Tage einen Termin auf dem Festland auszumachen, schien absurd.

Alle nahmen sie diskret zur Seite, als wäre eine Frisur etwas Verbotenes. »Nur den Nacken«, sagten sie, oder: »Nur, dass die mir nicht mehr so ins Gesicht fallen.« Marlene überlegte, alle Termine auf einen Tag zu legen, aber das war aufgrund des Schichtdiensts unmöglich. Also begann sie eine Liste und trug nun fast jeden Abend einen Stuhl auf die Wiese vor ihrem Zimmer, um im letzten Licht mit dem Schneiden zu beginnen. Sie machte das gerne, es gefiel ihr. Auch zuhause in Hamburg lehnte sie nie ab, wenn jemand sie fragte.

»Du solltest Geld nehmen«, hatte Robert gesagt, nachdem Marlene dem Freund einer Kommilitonin die Frisur nachgeschnitten und sich dabei die Pläne für seine Abschlussarbeit angehört hatte. Auch Luzia war von dieser Idee ganz besessen gewesen, vielleicht weil sie hoffte, in ihrer eigenen Entscheidung, neben der Promotion im Feinkostladen zu arbeiten, noch einmal bekräftigt zu werden. Aber für Marlene waren Haarschnitte ihr Leben lang ein Gefallen gewesen. Sich bezahlen zu lassen, hätte alles verdorben, und es war ihr nie in den Sinn gekommen, auch nicht in den leeren Monaten nach dem Studium.

»Was gefällt dir daran so?«, fragte Dascha.

»Ich weiß nicht.«

Aber das stimmte nicht, sie wusste es genau. Wenn die Leute vor ihr saßen, den Blick ins Nichts, die Hände im Schoß, das Klicken der Schere am Ohr, dann war es, als wäre

Marlene gar nicht da, und wenn sie eine Frage stellte, antworteten sie, als sei es eine Eingebung von oben. Alle gaben mehr von sich preis, wenn sie niemandem dabei in die Augen sehen mussten, so war es im Auto, im Beichtstuhl, und so war es beim Haareschneiden.

Der nächste Sonntag war Muttertag. Marlene rief zuhause an. Sie hoffte, ihre Mutter würde nicht rangehen und bloß nachträglich sehen, dass sie es probiert hatte. Aber schon nach dem dritten Klingeln nahm sie ab.

»Ich bins«, sagte Marlene. Sie hatten ein festes Ritual: Marlene gratulierte ihr, und ihre Mutter tat, als wüsste sie gar nicht, dass Muttertag war.

»Ach«, sagte sie dann. »Das ist doch nicht so wichtig.«

Dabei hangelte sich ihr Kontakt nahezu vollständig an Ritualen entlang. Marlene hatte Geburtstag, und ihre Mutter schickte ihr einen Marmorkuchen und hundert Euro; ihre Mutter hatte Geburtstag, und Marlene schickte ihr die ersten Tulpen des Jahres, die meist einen Tag zu spät ankamen. Am Morgen vor Weihnachten fuhren sie nochmal in die Stadt, weil ihre Mutter plötzlich dringend eine Bluse für die Feiertage brauchte. Marlene fand das in Ordnung. Es vereinfachte die Dinge. Es machte es leichter, sie nicht zu enttäuschen. Die festen Termine hielt sie gewissenhaft ein und konnte sich ansonsten zurücknehmen.

»Ist aber schön, dass du mal anrufst«, sagte ihre Mutter.

»Ich hatte viel zu tun«, sagte Marlene; sie hatte sich vorgenommen, nicht zu lügen, aber was war schon eine Lüge.

»So war das nicht gemeint.«

»Ich weiß.«

»Papa hat sich nur letztens gefragt, wann du mit dem Studium fertig bist.«

»Ach«, sagte Marlene, »und ich hatte mich gefragt, wann der Prozess endlich vorbei ist.«

Ihre Mutter sagte, sie solle nicht so sein, und Marlene fragte, »Wie denn«, und sie sagte, es sei eh schon schwer genug. Marlene wusste nicht genau, wieso sie nichts von Strand, von ihrer Arbeit hier erzählte. Vielleicht war es so: Zuzugeben, dass sie nach fast zehn Jahren Studium einen Job angenommen hatte, den auch eine Abiturientin bekam, war eine Demütigung, die sie ihnen nicht gönnte. Natürlich ging es um Scham, wie immer bei Geheimnissen, aber die Rollen waren nicht mehr so klar verteilt. Denn als Marlene sich nach dem Abschluss in das Sicherste stürzte, das sie kannte, ehrliche Arbeit, da kam erst die Klage wegen des falsch verlegten Parketts, und dann folgten die anderen Klagen, und sie musste sich fragen, wer hier Grund zur Scham hatte, wer tatsächlich ehrliche Arbeit leistete, es war undurchsichtig.

»Böden brauchen die Leute«, hatte ihr Vater immer gesagt, »jeder freut sich, wenn du ihm einen schönen Boden legst.« Auch ihre Eltern brauchten die Böden, die sie verlegten. Was sie nicht brauchten, war eine Tochter, die keinen Job bekam und der sie nun keinen anbieten konnten, obwohl sie das immer und immer wieder angekündigt hatten.

»Dann sei schön fleißig«, sagte ihre Mutter noch.

»Na klar«, sagte Marlene.

Dann legten sie auf, vermutlich zeitgleich.

8

Irgendwann in den folgenden Tagen hörte der Koch auf, Dascha anzufassen. Stattdessen vermied er, ihr in die Augen zu sehen, und fragte sie jeden Nachmittag, ob sie eine Portion mitnehmen wolle, egal wovon. Sie hatten überlegt, ob es in Ordnung war, sich mit Tellergerichten kaufen zu lassen, aber das Essen war gut, viel besser als alles, was Dascha sonst aß. Dascha achtete darauf, immer ein Gericht auszusuchen, das er extra für sie zubereiten musste.

Nun entfernte sie geübt den Deckel der Aluschale und platzierte das Lachsfilet darin auf einem Teller, dazu Kartoffeln und etwas, das auf der Speisekarte womöglich Wurzelgemüse geheißen hatte. Den Teller stellte sie in die Mikrowelle. Marlene aß fünf Pellkartoffeln von gestern, die sie anbiss und dann die offene Stelle mit Salz bestreute, wie gekochte Eier auf einem Ausflug. Boris stand hinter ihnen und bereitete sich einen Rohkostteller zu.

Ohne Ankündigung zeigte ihr Dascha ein Foto auf dem Handy. Sie selbst war darauf zu sehen, deutlich jünger als jetzt, in einer Gruppe von Mädchen vor einer Mauer. »Findest du, ich hab zugenommen?«

»Das ist doch ewig her. Ich hab dich kaum erkannt, ich dachte erst, du bist die rechts.«

Dascha sah sie hilflos an.

Marlene strengte sich an. »Das ist doch ganz normal. Du kannst mir keine Kinderfotos von dir zeigen und mich dann sowas fragen.«

Dascha sagte, das Bild sei zwei Jahre alt. Boris kam mit seinem Gemüseteller zum Tisch und sagte, »Vielleicht wäre es besser, nicht jeden Abend so eine große Portion zu essen«.

»Wie bitte«, sagte Marlene.

Beherzt biss er in den ersten, knackenden Gurkenschnitz. »Und überhaupt, wieso gibt der Koch dir jeden Tag etwas mit?«

»Einfach so«, sagte Dascha und stocherte im Lachs, und Boris sagte, »Du musst aufpassen, am Ende will der was dafür«.

»Iss mal dein Gemüse«, sagte Marlene zu ihm.

Er blickte sie an, als wäre sie gerade neu in den Raum gekommen.

»Ist echt so«, sagte Dascha. »Hast du dich eingecremt heute?«

Tatsächlich waren sein Gesicht und seine Oberarme stark gerötet.

Boris klickte mit der Zunge und nahm sich ein paar Möhrenspalten. »Und du machst bald schon Urlaub also.«

»Ja, wieso nicht«, sagte Marlene. Es war lächerlich: ihr mangelndes Engagement vorzuwerfen in einem Job, für den sie auf eine Insel gezogen war und den sie alle nur fürs Geld machten.

»Warum bist du denn so blöd heute«, fragte Dascha, und Boris sagte, »Bin ich nicht«, und Dascha sagte: »Du bist doch auch weg, wenn im August euer Baby kommt.«

Dieses Detail war so unerwartet, so neu, dass es die Kraft hatte, Boris in seine Moleküle aufzuspalten und anders wieder zusammenzusetzen. Er zögerte, zeigte ihr dann aber

Ultraschallbilder auf seinem Telefon. Marlene sagte, »Wow, Wahnsinn«, dann nochmal, »Wow«. Sie schätzte, dass Boris zwei Jahre jünger war als sie, also etwa so alt wie Paul. In dem Alter war ein Kind keine Katastrophe mehr, vielleicht sogar ein freudiges Ereignis.

Zwischen den beiden Geschwistern wurde ihr eigenes Alter zu einer bloßen Zahl, die nichts bedeutete. Boris kam ihr vor wie ein Erwachsener, und Dascha war einfach eine junge Frau wie sie selbst. Aber dann dachte sie an ihr Foto gerade, wie frisch, wie zerbrechlich Dascha ausgesehen hatte, als sie siebzehn war, und dass das erst zwei Jahre her war. Und sie dachte an ihre eigenen Jahre im Studium, dachte an die ersten Falten um die Augen, daran, dass ihre Brüste seit Kurzem auf ihrem Brustkorb auflagen, dachte an ihre Eltern, die langsam alt wurden, und wurde sich plötzlich des Jahrzehnts bewusst, das zwischen ihnen beiden lag.

»Und freust du dich schon?«, fragte sie Boris.

Ein Ausdruck flimmerte über sein Gesicht, den Marlene nicht von ihm kannte: Er war glücklich. »Schon«, sagte er und ließ noch ein Stück Möhre knacken, »und für das Baby achte ich auf die Gesundheit.«

»Dann musst du dich eincremen«, sagte Dascha.

Er sah sie an, aber sie zuckte nur mit den Schultern. »Du hast doch gesagt, ich soll dich erinnern«, und er knuffte sie unter dem Tisch in die Seite.

Abends, wenn alle auf ihren Zimmern und im Internet waren, war die Verbindung so schwach, dass Marlene einen Film aussuchte und vorlud, bevor sie in den Waschraum ging.

Am besten gefielen ihr solche mit pointiert geschriebenen Dialogen, in denen eigentlich gar nichts passierte. Wenn die Filme weniger gut waren, langweilte sie sich schon in den ersten Minuten. Dann riet sie, wie es wohl weiterging, und spulte vor, um zu sehen, ob sie recht hatte. Sie wurde immer besser darin; die meisten Filme ähnelten sich dramatisch.

Als sie sich einmal vor den Toiletten trafen, was selten vorkam, fragte auch Zappo sie nach einem Haarschnitt. Sie hatte hin und wieder an ihn gedacht, hatte sich gefragt, wo er seinen Tag verbrachte. Sie war aus der Ferne davon ausgegangen, dass er wie Jakub und Barbara Pole war, aber nun, in ihrem ersten Gespräch, stellte sie fest, dass er Fränkisch sprach. Zum Termin brachte er seine eigene Haarschneidemaschine mit, ein hochwertiges, schweres Gerät, und als Dank eine mittlere Flasche Küstennebel.

»Ich mach mir aktuell alles kurz einfach.«

»Okay.«

»Ja, aber eigentlich hätte ich es oben gern bisschen länger, das ist schwierig so alleine.«

»Hm.«

»Gerade hinten, ich hab auch überall Wirbel.«

Zappo hatte dunkles Haar, das ihm in festen Borsten vom Kopf abstand. Marlene stellte fest, dass er eine wirklich schöne Kopfform hatte. Sie prüfte die Millimetereinstellungen des Rasierers.

»Wo warst du denn die ganze Zeit? Ich hab dich kaum gesehen.«

»In der Bäckerei«, sagte er über das Summen des Haarschneiders hinweg. Marlene erinnerte sich dunkel an ihren ersten Tag auf Strand, erinnerte sich, wie Dascha sie davor gewarnt hatte. »Oh, tut mir leid«, sagte sie an seinen Hinterkopf gewandt.

Zappo lachte. »Ich mach das ein paar Jahre schon. Ein halbes Jahr um neun ins Bett und um fünf aufstehen. Danach bist du wie neu geboren, das ist besser als Therapie.«

Marlene bezweifelte das, aber fuhr ihm stumm hinter den Ohren entlang. »Und was machst du im Winter?«

»Nicht so viel«, sagte er, »feiern, Freunde treffen, keine Ahnung.«

»Okay, cool«, sagte Marlene und rasierte ihm den Nacken aus. Zwischen den dunklen Borsten schillerten einzelne weiße Haare, und Marlene hätte ihn gern nach seinem Alter gefragt, befürchtete jedoch, ihn damit zu verletzen.

Mitte der Woche gab Arno ihr vormittags frei. Sie erwartete, dass sie dafür länger bleiben musste, aber um kurz nach sechs schickte er sie nach Hause und bat sie, nachts nochmal wiederzukommen. Marlene sagte, »Okay, kein Problem«, obwohl es natürlich ein Problem war, denn sie war es gewohnt, früh Feierabend zu haben, und jedes Mal dankbar dafür, wenn sie Dascha spät aus dem Restaurant kommen sah. Arno sagte nicht, was zu tun war, und er tat so betulich geheimnisvoll, dass sie aus Trotz nicht nachfragte.

Sie aß allein in ihrem Zimmer. In ihrem Kühlschrank fand sie einen gräulichen Rest Camembert, von dem sie nicht genau wusste, wie alt er war. Marlene ekelte sich kaum; wenn etwas schimmelte, erwog sie in der Regel, es einfach abzuschneiden. Aber etwas ließ sie stocken; sie überlegte, ob sie jemanden kannte, der dieses Endstück noch essen würde, und niemand außer ihr selbst fiel ihr ein. Sie warf den Käse in den Mülleimer unter dem Waschbecken und aß ein Knäckebrot mit Margarine, eine Instant-Nudelsuppe und zwei Müsliriegel.

Dann öffnete sie ihren Online-Banking-Account und entdeckte, dass ihre Großmutter ihr schon vor Längerem zwanzig Euro mit dem Verwendungszweck 2 x *Eisbecher* überwiesen hatte. Insgesamt sah es auf ihrem Konto besser aus, als sie es aus dem Studium gewohnt war. Erst jetzt fiel ihr auf, dass ein weiterer Vorteil ihrer Arbeit auf Strand darin lag, dass es hier quasi unmöglich war, das verdiente Geld wieder auszugeben. Sie buchte ihre Zugtickets nach Hamburg, dann schloss sie den Laptop.

Arno hatte sie gebeten, um halb elf zurück zum Laden zu kommen. Sie fuhr mit dem Rad in Richtung Dorf. Sie war noch nie nach Feierabend hier gewesen, und fast erstaunte es sie, dass die Häuser noch standen. Unbewusst war sie davon ausgegangen, dass die Kulissen sich abends zusammenschoben, um sich im Morgengrauen wieder auseinanderzufalten, eine Geisterstadt, die nachts verschwand. Aber natürlich war alles noch da, die Reetdächer, die Vorgärten, die hubbeligen Wege. Es war fast zu still; die Gäste in ihren Wohnungen verrieten sich nur durch die schwach beleuchteten Fenster. Vielleicht fürchteten auch sie, dass die Kulisse mit dem letzten Tageslicht abhandenkam.

Die Gaslaternen, die jeden Abend von Hand angezündet

wurden, waren längst wieder erloschen. Aber es lag ein Flirren, ein elektrisches Schnurren in der Luft, das sich nicht zuordnen ließ. Sie blickte um sich, sah die funkelnden Lichtpunkte, strengte die Augen an und erkannte sie endlich: Es waren Lastenräder. Die Räder trudelten umher und hielten vor den Häusern, in deren Türrahmen sie schemenhaft erwartet wurden. Niemand sprach, jeder Handgriff schien eingespielt.

Das Licht im Kramladen war gedimmt. »Was ist denn los?«, fragte Marlene, und Arno schloss die Tür hinter ihr. Erst dann antwortete er, »Das sind die Waren, die Waren kommen«. Er sagte es leise, dabei waren sie allein im Raum. Es klopfte an der Tür, die er gerade erst geschlossen hatte. Davor stand ein Mann mit Stirnlampe, von dem sie erst langsam Einzelheiten erfasste. Handschuhe, Bart, krisselige Haare, die sich bereitmachten, auszufallen.

»Abend«, sagte der Mann und hievte eine Box in den Eingang.

»Danke dir«, sagte Arno und nahm eine zweite Box vom Lastenrad.

Der Lieferant sagte, »Nicht die, sag mal, wir hatten doch besprochen, dass du mir nicht mehr hier reingreifst«, und Arno sagte, »Entschuldige, ich dachte, das wär meine«. Marlene stand stumm daneben. Der Mann stellte mehrere Kisten auf die Treppe vor den Laden, sagte, »So«, und fuhr grußlos davon.

»Wer war das?«, fragte Marlene.

»Ach«, sagte Arno. »Der ist von der Spedition, der soll sich nicht so wichtigmachen.«

»Und der bringt dir alles her?«, fragte Marlene.

»Was hast du denn gedacht«, sagte Arno und trug eine Box ins Haus, »dass wir alles bei Edeka einkaufen?«

Marlene half beim Tragen der Kisten. Sie öffneten die erste am Boden. Darin: die American Cookies, die Marlene schon kannte, Gummitiere, mehrere Flaschen Holundersirup, drei große Töpfe Senf, eine Stiege Marmelade, zwei Flaschen Sanddornsaft.

»Okay«, sagte Marlene.

In den restlichen Boxen war nur Gemüse. Rhabarber, Frühlingszwiebeln, Kohlrabi, Radieschen, drei Netze Kartoffeln.

»Ich dachte, das Gemüse kommt aus dem Garten«, sagte Marlene.

»Was der abwirft, verkauf ich an einem Tag.«

»Ist es nicht noch zu früh für Kartoffeln?«

»Marlene«, sagte Arno. »Die Leute sind hier im Urlaub.«

Schweigend rissen sie die Verpackungen auf und verteilten die Dinge in den Bonbonieren. Dann nahm Arno die halbleere Box mit in die Wohnung, Marlene folgte ihm. Er ließ heißes Wasser in einen Topf, holte von irgendwo die schlanken Sirupgläser her, legte die Marmeladen ins Wasser, begann, den Sirup aus der großen Plastikflasche umzufüllen. Marlene stand im Türrahmen, ratlos. Sie hat sich noch nie mit jemandem gestritten, den sie eigentlich gar nicht kannte.

»Bist du sauer?«

»Ach was«, sagte Arno. Er schien darauf konzentriert, mit dem Sirup genau die Öffnungen der kleinen Flaschen zu treffen. Marlene betrachtete ihn von der Seite. Er stand gebeugt über dem Waschbecken, die Hände rau und gerötet, alles an ihm so müde.

»Hast du was zu trinken da?«, fragte sie. »Ein Bier oder so, keine Ahnung.«

Arno hielt inne. »Auf der Kellertreppe«, sagte er.

Marlene fand die Kellertür nicht sofort, und dann fand sie den Lichtschalter nicht, und als sie zurückkam, saß Arno schon am Tisch und klebte Etiketten auf die Flaschenbäuche. Marlene setzte sich dazu.

»Das war hier aber nicht schon immer so«, sagte sie dann.

»Was?«

»Mit den Etiketten. Mit den Lastenrädern in der Nacht, alles. Die Kostüme, du weißt schon.«

»Nee«, sagte Arno.

»Nicht?«

Arno stellte die Holunderflaschen zu einer kleinen Herde zusammen und ließ sie alle mit dem Etikett in eine Richtung gucken.

»Und wie lange schon?« Es kam ganz plötzlich, sie war selbst überrascht: Sie wollte das alles wissen.

»Zwanzig«, sagte er, öffnete sein Bier, »einundzwanzig Jahre.«

Sie tranken beide.

»Also, das war hier alles Acker damals. Und Tourismus war gar nicht. War ja auch die Wende paar Jahre vorher und alle sind an die Ostsee. Kann ich auch verstehen. Wir haben ja nicht mal einen Strand.«

Er blickte auf die gefleckte Tischplatte.

»Das ist hier alles verfallen nach und nach, wir hatten zu

tun mit dem Wetter. Und dann kam Weert zurück, den kannten ja alle, der ist ja von hier. Ging erst nur um paar Häuser, die Räucherei, die Töpferei, die Backstube, dass man das bewahrt eben. Fanden wir alle gut. Ist doch schön, sowas. Kostbar.«

Er trank drei zaghafte Schlucke, zwischen den Schlucken stellte er die Flasche vor sich ab.

»Und dann?«, fragte Marlene.

»Der Weert hat alles saniert, und dann hat er uns das vorgeschlagen. Mit dem Dorf, weißt du. Waren ja nur eine Handvoll Leute hier in ihren alten Häusern. Das war schon eine gute Idee. Ja, und so ging das los, und jetzt sind wir hier.«

Er stand auf. Unter der Spüle holte er einen klirrenden, mit Gläsern gefüllten Karton hervor und stellte die großen Senftöpfe an den Tisch.

»Dein Geld kriegst du ja nicht von mir, das kriegst du vom Weert. Und der kriegt im Monat was von mir.«

»Wie im Mittelalter?«

Arno zuckte nur mit den Schultern. Er träufelte Sanddornsaft in die Senftöpfe und rührte wie ein Alchemist. »Mit der Zeit haben wir unsere Tricks entwickelt, wie man noch bisschen mehr rausholt. Reich wird man damit nicht.«

Marlene sah Arno dabei zu, wie er den Senf vorsichtig in die Gläser löffelte. Die Ränder wischte er mit einem Lappen ab und sagte, »Wenn wir Pech haben, hat sich das eh bald erledigt«, und Marlene sagte, »Was«, und Arno sagte, »Alles hier. Jedes Jahr ist das Wasser höher. Jede Flut richtet mehr an. Seit vier Jahren sollen wir einen neuen Deich kriegen, und nichts passiert.«

Marlene knibbelte am Folienkragen ihrer Flasche und sagte nichts. Sie dachte an das Gespräch mit Barbara, an die Wassermassen, die sich täglich vor und zurück wälzten.

»Maja zieht im September zu ihrer Mutter aufs Festland, wegen der Schule«, vorsichtig drehte Arno die goldenen Deckel auf die Senfgläser. Dann klebte er auch darauf Etiketten und reihte sie neben dem Sirup auf. Marlene sagte, »Oh nein«, und Arno trank einen Schluck und sagte, »Na ja, es kommt ja nicht überraschend«.

So saßen sie sich gegenüber; Marlene hatte kaum etwas getan, außer ein Bier zu trinken. »Und dafür hatte ich den Vormittag frei«, sagte sie. »Du hättest mich doch gar nicht gebraucht.«

»Ach«, sagte Arno, beide Hände um die Bierflasche, »war aber doch auch mal ganz nett.«

Im Bett schaute sie im Dunkeln auf ihr Handy. Anstatt die Ausrichtungssperre zu aktivieren, hielt sie beides, Kopf und Telefon, ein bisschen schräg. Es beruhigte sie, vor dem Schlafengehen alltägliche Probleme zu googeln. Die Gewissheit, dass es für fast alles eine Lösung gab, schläferte sie ein. Ihr war vorhin im Waschraum aufgefallen, dass ihre Zähne zwischen dem Schaum der Zahnpasta irgendwie gelb aussahen, und nun suchte sie nach »Zähne aufhellen«, dann nach »Zähne natürlich aufhellen«, dann ergänzte sie »vorher nachher« und klickte sich ein paar Minuten durch die Fotos, bis sie das Gefühl hatte, sie könnte alles ändern, wenn sie nur wollte.

Dann schrieb sie Paul: *Bin Freitag in Hamburg für Luzias*

Dreißigsten. Er war sofort online, las ihre Nachricht aber erst ein paar Minuten später. Marlene scrollte währenddessen durch ein paar andere, ältere Chats.

Ah cool alles Gute, schrieb er. Und hinterher: *Vielleicht sieht man sich dann auch?*

Marlene tippte, *Lust mitzukommen*, löschte das letzte Wort, schrieb: *Lust Samstag was zu machen?*

Paul las die Nachricht; er antwortete nicht.

Am Tag ihrer Abreise nach Hamburg war Marlene so früh wach wie noch nie. Die Fähre ging um kurz nach neun, zur selben Zeit also, zu der sonst ihre Schicht begann; trotzdem hatte sie Angst gehabt, zu verschlafen. Um Viertel nach acht hatte sie geduscht und ihren Rucksack gepackt. Nun stand sie unschlüssig im Raum. Aus einem inneren Impuls heraus schulterte sie den Rucksack, schloss die Tür ab und lief Richtung Hafen. Das Dorf lag morgenruhig da, nur die Bäckerei war schon geöffnet. Rosenbüsche vor der Haustür, ein Messingschild. Das Fachwerk ganz krumm, als hätte jemand schnell ein Haus skizziert und gesagt: ungefähr so. Marlene dachte daran, was Arno erzählt hatte, dass das immer schon da, dass das wirklich alles alt war.

Sie erreichte den Hafen, und am Hafen sah sie Janne. Sie stand direkt am Wasser und nahm Kisten von einem Kutter entgegen. Sie trug Jeans und ein Hemd, die Ärmel aufgerollt. Das Wasser schwappte glucksend gegen die Kante, auf dem Deich weiter hinten drängten sich Schafe zu einem weißen Knäuel zusammen. Es war das erste Mal, dass sie einander außerhalb des Dorfes sahen, seit sie sich kannten.

»Hey«, sagte Marlene.

»Huch«, sagte Janne und lachte.

Marlene wünschte sich, auch eine Fischkiste tragen zu müssen in diesem Moment, denn fernab des Fensters spürte sie, wie nichts mehr selbstverständlich funktionierte. Um ihre Hände zu beschäftigen, hielt sie die eine mit der anderen fest, eine Geste, die sich neu und komisch anfühlte.

»Wo ist denn dein Kostüm?«, fragte Janne. Sie hob die Kiste auf ein Lastenrad.

»Ich hab mir heute freigenommen«, sagte Marlene stolz, »ich fahr nach Hamburg übers Wochenende.«

»Bist du so hergelaufen?«

Marlene war enttäuscht, dass Janne nicht auf ihr Wochenende einging. »Ich hab doch eh einen Reiserucksack auf.«

Janne fragte, ob ihr hier jemals etwas logisch vorkäme, und Marlene sagte, »Es geht«, und Janne sagte, »Es gibt ja auch ein römisches Badehaus neben der Kirche. Für Wellness, ich meine.«

»Das ist aber nicht original«, sagte Marlene, die Hände noch immer vor dem Körper verschränkt.

Janne lachte. Hätte jemand anders so gelacht, Marlene hätte sich bloßgestellt gefühlt, aber Janne gab ihr das Gefühl, als habe sie einen wirklich guten Witz gemacht. Es war überhaupt einfach, sie zum Lachen zu bringen. Manchmal war es fast, als lachte sie aus Gewohnheit.

»Das war eine riesige Baustelle, da war ich zehn oder so. Da wurde eh überall gebaut zu der Zeit.«

»Was denn noch?«

»Das Hotel vor allem. Hast du geglaubt, das wär echt, ein Fachwerkhaus mit fünfzig Zimmern?«

Marlene dachte an ihre Anprobe, an die glänzenden Holzdielen, die Regendusche im Bad.

»Und die Teestube, die ist komplett so aus Ostfriesland gekommen. Da war vorher eine Scheune, die musste weg, und dann haben die das Haus hier wiederaufgebaut.«

»Wusste ich gar nicht«, sagte Marlene und löste ihre Hände voneinander. Sie hatte nicht einmal gewusst, dass so etwas möglich war. Der Kutter legte ab, er schnatterte durch den Hafen und wurde nur langsam kleiner. Janne und Marlene blieben zurück und warteten, bis das Geräusch verebbte.

Dann sagte Janne: »Du könntest ja mal bei mir vorbeikommen.«

»Klar, warum nicht«, sagte Marlene, aber sie sagte es zu schnell, und es klang wie: ja, ja, ja, unbedingt.

»Ich kann uns was kochen. Magst du irgendwas besonders?«

»Ich mag eigentlich alles.«

»Und wann bist du zurück?«

Marlene antwortete, »Montag«, und Janne sagte, »Wunderbar, bis dann«, und stieg aufs Fahrrad.

Nach ein paar Minuten kam die Fähre vom Festland. Marlene trat aufs Außendeck und blickte auf alles herunter. Die Insel sah ähnlich aus wie bei ihrer Ankunft, und doch grundsätzlich anders: Sie war ihr bekannt.

Die Fähre legte ab, ihr Handy vibrierte. Kurz dachte sie, das sei Janne, aber Janne hatte ihre Nummer gar nicht, und überhaupt: Sie hatten sich ja gerade erst verabschiedet. Marlene wartete trotzdem ein paar Minuten, die Vorstellung gefiel ihr. Dann sah sie nach. Es war Paul, der schrieb: *Ja klar voll gern.*

9

Als Marlene das Festland betrat, spürte sie plötzlich, wie es aufhörte zu schaukeln. Sie war sich der Bewegung zuvor gar nicht bewusst gewesen. Vermutlich kam es von der Bootsfahrt, aber kurz dachte sie: Was, wenn es die ganzen letzten sechs Wochen geschaukelt hat?

Später blickte sie durch das Zugfenster: Dichter Nadelwald entlang der Strecke, das Blickfeld war ungewohnt ausgefüllt. Marlene hatte sich daran gewöhnt, dass immer hauptsächlich Himmel zu sehen war, grau oder blau, allgegenwärtig und übermächtig. Nun war sie überrascht davon, wie hoch eine Landschaft sein konnte.

Luzia feierte im italienischen Feinkostladen, in dem sie die Hälfte der Woche aushalf. Die Besitzerin hieß Anke und hatte einen Teil der Kindheit in Rom verbracht, weil ihr Vater dort Botschafter gewesen war, und in Hamburg steckte sie nun im deutschesten Traum überhaupt fest. »Benvenuta, ciao!«, rief sie, als müsste sie sich rechtfertigen. Neben Luzia wirkte sie wie eine Touristin. Inmitten der Verkaufsfläche war eine lange Tafel aufgebaut, darauf weiße Tischwäsche, zwischen den Antipasti zwei geöffnete Flaschen Prosecco. Es sah nicht im engeren Sinne elegant aus; der Tisch sollte vielmehr den Eindruck erwecken, als würde hier bis spätnachts gelacht und Espresso getrunken, ein Ambiente kalkulierter Nachlässigkeit.

Luzia und Marlene hatten noch Eiswürfel im Supermarkt

besorgt. Luzia war es gewohnt, beim Betreten eines Raumes angestarrt zu werden – etwas, das Marlene nur gelegentlich passierte. Luzia hatte schöne, schwere Augenlider, ihr Gesicht sah aus wie aus den Neunzigern. Sie war seit zwei Jahren mit einem Mann namens Hendrik zusammen, den sie sehr spät erwähnte, wenn sie jemanden neu kennenlernte. Hendrik war schon da und lief zwischen den Regalen herum, nahm scheinbar konzentriert Produkte in die Hand und stellte sie nach ein paar Sekunden zurück.

Marlene schaute sich um. Etwa zwanzig Erwachsene standen lose um den Tisch herum, eine urban gemischte Gruppe von Leuten, und Marlene spürte, wie sich ihre Wahrnehmung verändert hatte, wie fremd ihr lackierte Fingernägel geworden waren, wie fremd die gebleachten Haarsträhnen, eine wirklich gutsitzende Jeans. Und noch etwas fiel ihr auf, jetzt erst, aus zweihundert Kilometern Entfernung: Auf Strand waren alle weiß, alle außer Janne; natürlich hatte sie das in den ersten Tagen bemerkt. Aber sie hatte sich so schnell daran gewöhnt, dass ihr nun ein leiser Schauer über den Rücken lief.

Robert war noch nicht da, Luzia verschwand mit Anke hinter der Frischetheke. Marlene kannte alle Anwesenden zumindest flüchtig. Gruppen an sich machten ihr keine Angst. Meistens wusste sie schon vorab, dass man sie mögen würde. »Ist das eingebildet?«, hatte sie Robert einmal gefragt. »Nee«, hatte er geantwortet, »eingebildet ist ja, wenn man sich was einbildet.« Marlene ahnte, dass die Leute sich ihr Leben oft aufregender vorstellten, als es war, weil sie gut darin war, Anekdoten zu erzählen. Darum mochte sie es auch, sich an Orten aufzuhalten, die nicht für sie geschaffen waren – Stehcafés im Umland, Saunalandschaften, Behörden, und auch die letzten Wochen waren gutes Material.

Auf einer Anrichte standen viele frische Gläser, alle unterschiedlich geformt, die meisten mit Kristallschliff. Sie füllte eins mit Prosecco und stellte sich zu zwei Männern, von denen sie wusste, dass sie neben Luzias letzter Wohnung gewohnt hatten.

»Das ist auch nur ein Siegel«, sagte der eine, dann sah er zu Marlene hinunter und begrüßte sie. Der andere wartete, bis sie sich aus der Umarmung gelöst hatten, und begrüßte sie ebenfalls. Dann kamen die beiden auf ihr Gespräch zurück, und der andere sagte, »Ich meinte nur, zusätzlich Bio ist schon gut, weißt du«.

In den letzten Jahren hatte Marlene eine Veränderung beobachtet. Die Zeit der Gemüseaufstriche war vorbei, die Leute hatten nun Jobs, ihre Launen wurden schlechter, und in ihrer knappen Freizeit begannen sie, die Bedeutung von Lebensmitteln wertzuschätzen. Plötzlich sprach nichts mehr gegen ein gutes Steak. Das Wichtigste war, dass die Dinge rückverfolgbar waren, dass das Fleisch etwa von einem Hof kam, der einem Freund der Eltern gehörte. Marlene fehlte das Geld für solche Überlegungen. Sie befürchtete, dass es gleich noch genug um Essen gehen würde, und verließ das Gespräch wieder.

Sie hatte recht. Als sich nach zwanzig Minuten alle am Tisch niederließen, auf dem zahllose gefüllte Schalen und Schüsselchen standen, wartete Anke lächelnd die ersten Ausrufe ab und wies dann auf die einzelnen Spezialitäten.

»Zucchini mit Minze und Bohnen«, sagte sie und ließ vornehm die Hand darüber schweben, wie eine Ballerina im Ruhestand. »Mhmm«, sagte der Tisch; »Marinierte Sardellen«, fuhr sie fort, und der Tisch sagte »Ohh«, und sie beteuerte, »Nur Kleinigkeiten, nur Kleinigkeiten«, in der sicheren Erwartung, dass man ihr widersprechen würde.

Es sah tatsächlich großartig aus. Anke hatte Luzia die Antipasti zum Geburtstag geschenkt, außerdem das Angebot, ab Juli fest in den Laden einzusteigen. Luzia hatte sofort zugesagt. Es war ein schöner Laden: Holzdielen, blaue Fliesen an der Wand hinter der Theke, es roch gut, und Anke war sicher keine schlechte Chefin.

»Aber was ist mit der Doktorarbeit?«, hatte Marlene gefragt, als ihr Luzia vorhin davon erzählt hatte.

»Die schreib ich nebenbei«, hatte Luzia geantwortet und war ihrem Blick ausgewichen, »dieser ganze Müll bei Brinkmann ist so unappetitlich, da brauche ich einen leckeren Ausgleich.«

Kurz nachdem sie alle zu essen begonnen hatten, kam Robert herein, groß und dünn und vorsichtig. »Entschuldigung«, sagte er, noch bevor er Luzia, die aufgesprungen war, gratuliert hatte. Marlene bemerkte, wie er die Tafel absuchte.

»Hey«, rief Marlene, und Robert schnellte um die Stühle herum und umarmte sie von hinten. Dann fragte er vier Leute, die gerade aßen, ob sie vielleicht aufrutschen könnten.

»Wir haben uns lange nicht gesehen«, sagte er. Anke blinzelte aus ihrer Ecke zu ihnen herüber. Es wurden Gläser und Teller und Servietten und Besteck verschoben, und Robert sagte, »Danke, danke«, und dann ließ er sich glücklich neben sie fallen. Lang und höflich beugte er sich über die halbvollen Schalen und hielt dabei mit beiden Händen den Teller fest. Er warf einen Blick auf Marlenes Auswahl und tat sich eine ähnliche Kombination auf. Luzia reichte ihm ein Glas Prosecco, und Robert stieß mit Marlene an, kauend und grinsend, hochzufrieden.

Robert hatte nie einen Einwand gegen Marlenes Plan erhoben. Er hatte geholfen, ihre Kartons in den Keller zu räumen, um der Untermieterin Platz zu schaffen, und war am Tag ihrer Abreise um halb sieben aufgestanden, um noch einmal mit ihr zu frühstücken. Aber als sie sich verabschiedeten, sah er sie an, als hätte sie ihm eine Rippe herausgenommen. Sie kannten sich seit bald zehn Jahren. Nach dem Prosecco zum Essen trank Marlene einen zweiten, zurückgelehnt, mit Blick auf die abgegessene Tafel. Robert bedeutete ihr diskret, dass ihm die Sardellen nicht schmecken, die er zu einem kleinen Haufen zusammengeschoben hatte, und Marlene aß die Fische, obwohl sie längst satt war, und dachte dabei an Janne.

Auf den zweiten Prosecco folgte ein dritter, es gab Kaffee und staubige Kekse, zu denen Anke wieder ausgedehnt erzählte; Marlene ging auf die Toilette. Während sie ihre Hände wusch, betrachtete sie sich eingehender als sonst, die Augen, die Nase, den Haaransatz. Sie überlegte, ob sie Janne hier in Hamburg auffallen würde, dann sah sie weg.

Die Musik war lauter geworden; die Sitzordnung hatte sich aufgelöst. Luzia stand vor der Frischetheke und sprach mit einer Freundin, die es darauf anlegte, als quirlig beschrieben zu werden. Sie wippten beide, während sie sich unterhielten. Marlene fürchtete die Eröffnung der Tanzfläche und ging schnell hinter Luzias Rücken zurück zum Tisch. Auf ihrem Platz saß Hendrik.

»Da kommt nicht eine einzige Frau vor«, sagte Robert, als sie dazukam.

»Doch, die Mutter im Traum«, sagte Hendrik.

Sie dippten beide MDMA aus einem Tütchen, das von einer nicht abgeräumten Schale verdeckt wurde; es schien ihnen wichtig, dass Anke nichts davon mitbekam. Hendrik machte halbherzige Anstalten, aufzustehen, aber Marlene zog sich einen freien Stuhl heran. Robert und Hendrik unterhielten sich weiter über Filme. Marlene dippte auch etwas MDMA, es schmeckte bitter. Das alles hier war so vertraut, dass ihr die Arbeit auf Strand fast vorkam wie geträumt. Bisher hatte sie noch niemand nach ihren letzten Wochen gefragt, und plötzlich fürchtete sie, andere mit Erzählungen darüber zu langweilen, wie man sonst mit nacherzählten Träumen langweilte.

Luzia und die Freundin wippten immer ausladender und versuchten, andere zum Tanzen zu animieren. Hendrik stand auf, Robert und Marlene blieben sitzen. Eine Handvoll Erwachsener schunkelte in der Mitte des Ladens, zu wenige, um wirklich Euphorie aufkommen zu lassen. Marlene und Robert füllten ihre Gläser auf. Jemand dreht die Musik lauter, eine Person jubelte. Jemand drehte die Musik leiser, es war Anke. »Entschuldigung!«, rief sie und deutete zur Zimmerdecke. »Die Nachbarschaft.«

Marlene schlief bei Luzia auf der Couch in der Wohnküche; als sie frühmorgens nach Hause kamen, lag schon eine Daunendecke darauf. Sie wunderte sich, warum sie nicht bei Luzia im Bett schlafen durfte, wie sie das immer getan hatte. Das ganze Studium über hatten sie sich regelmäßig ein Bett geteilt.

Am Nachmittag fragte Luzia, ob Marlene Lust hätte auf einen Gang um die Außenalster, und Marlene fragte, »Warum das denn, das haben wir noch nie gemacht«, und Luzia sagte, sie sei dort später mit Hendrik und seinen Eltern im Restaurant verabredet. Draußen war es fast windstill, wie vor dem eigentlichen Wetter. Wäre es wärmer, es wäre ein schwüler, drückender Tag. An der Alster wurde fast ausschließlich gejoggt. Marlene wurde so oft überholt, dass sie mit ihrem Fluchtinstinkt kämpfen musste, obwohl sie eigentlich selten das Bedürfnis verspürte, spontan loszulaufen. Luzia wollte wissen, ob sie noch mit Paul verabredet sei, und Marlene sagte, »Ja, heute Abend«.

»Hast du ihm überhaupt Bescheid gesagt wegen gestern?«, fragte Luzia.

»Es war doch dein Geburtstag, du hättest ihn ja einladen können.«

Marlene und Paul kannten sich aus dem Internet. Es hatte zwei Monate gedauert, bis Marlene ihn mit in die Kneipe genommen und den anderen vorgestellt hatte. Sie hatten festgestellt, dass sie sich in Gruppen sehr ähnlich verhielten, und seitdem war Luzia überzeugt davon, Marlene habe den Mann fürs Leben gefunden.

»Was ist denn das Problem mit Paul?«, fragte Luzia.

»Ich hab kein Problem mit Paul«, sagte Marlene, denn es stimmte: Es gab keins.

Sie setzten sich auf eine Bank und schauten ins Schilf. Viel war nicht zu sehen, aber die Bänke mit besserer Aussicht waren alle belegt.

»Ähm«, sagte Luzia nach einer Weile.

Bitte nicht, dachte Marlene, bitte, bitte, bitte nicht.

»Hendrik und ich überlegen, zusammenzuziehen.«

Marlene blickte weiter auf die Stängel vor sich. »Ist doch gut«, antwortete sie. »Wie schön.«

Luzia sah sie von der Seite an. »Ich hatte irgendwie Angst, dir das zu sagen.«

Marlene fragte, wieso. Sie tat empört.

»Weil du doch Veränderungen nicht so magst.«

Marlene dachte, dass sie nur bestimmte Veränderungen nicht mochte, nämlich nicht mehr zu Fuß zum Abendessen kommen zu können und nicht mehr verquollen in Luzias Bett aufzuwachen. »Ach Quatsch«, sagte sie, »ist doch okay. Ich sag Bescheid, wenn ich von einer Wohnung höre.«

Und dann sah Luzia wieder ins Schilf und sagte, dass Hendriks Eltern überlegten, eine Wohnung zu kaufen, und da könnten sie dann eben einziehen, »Also, falls das klappt«.

»Echt jetzt?«

»Ist doch besser, als fremden Leuten Miete zahlen.«

»Wenn du meinst.«

Luzia knibbelte an ihrem Nagelbett herum. »Das ist eine Wohnung, die könnten wir uns gar nicht leisten.«

Dann sagten beide nichts mehr. Nach einer Pause fragte Marlene, was Hendriks Eltern beruflich machten, und Luzia sagte, »IT«, und sie schwiegen weiter. Irgendwann standen sie auf und gingen in Richtung des Restaurants, in dem Luzia verabredet war.

»Hast du mir das extra heute gesagt, wo du quasi noch Geburtstag hast?«, fragte Marlene. »Damit ich nicht sauer sein kann?«

»Aber du bist doch sauer«, sagte Luzia.

10

Zwei Stunden später kam sie bei Paul an. Sie hatte ihm geschrieben, ob er auch schon früher könne, nachdem Luzia im Restaurant verschwunden war. Aber er hatte nicht rechtzeitig geantwortet, und so war Marlene ziellos durchs Viertel gelaufen, einen vagen Radius um seine Wohnung ziehend, und hatte allein eine Kugel Eis gegessen, was sich gleichzeitig mutig und erbärmlich angefühlt hatte.

Pauls Wohnung war in der Nähe des Feinkostladens von gestern. Als er sie das erste Mal eingeladen hatte, sagte er, er habe Glück gehabt, aber später lernte Marlene, dass er damit den Makler meinte, der mit seinem Vater zur Schule gegangen war. Sie lief die Treppen hoch, und da stand er. Kapuzenpullover, barfuß an den Türrahmen gelehnt. Sie lächelten beide und sagten irgendwas zur Begrüßung. Marlene war damit beschäftigt, ihre Atmung wieder in den Griff zu kriegen. Sie war keine Treppen mehr gewohnt. Paul breitete demonstrativ die Arme aus. Ihr war schon klar gewesen, dass sie sich nicht direkt küssen würden, aber nun fühlte es sich an wie eine Enttäuschung. Er roch frisch geduscht und hatte sich auf jeden Fall rasiert.

Marlene kannte die Wohnung gut. Paul hatte sich immer lieber hier getroffen. Es war eigentlich nur ein großes Zimmer mit drei Fenstern und einer Küchenzeile. »Im Sommer scheint morgens die Sonne aufs Bett«, hatte Paul gesagt, als sie sich letzten Herbst kennengelernt hatten, und in Marlene hatte sich etwas wie Vorfreude geregt. Jetzt war es fast Sommer, aber trüb und früher Abend.

Sie ging im Raum umher, ließ Schuhe und Jacke an; ihre wochenlange Abwesenheit rechtfertigte es, sich nochmal ungeniert umzusehen. Paul war vorbereitet. Es war nicht so, dass er sichtbar aufgeräumt hatte, aber alles war irgendwie ansehnlich: eine aufgeblätterte Zeitschrift auf der Sofalehne, eine Keramiktasse auf der Fensterbank, eine Schale mit vier Zitronen, etwas Kaffeepulver neben der Mühle, fast noch duftend. Keine Kabel, keine ausgedrückten Tablettenblister, keine Prospekte in Plastik, die sich stapelten.

Er fragte nach ihrem Wochenende, noch während sie die Jacke auszog. Sie war überrumpelt, konnte sich nur an den Streit mit Luzia erinnern und zögerte, schon jetzt damit anzufangen. »Puh, ähm –«

»Ich hab richtig Lust auf ein Bier«, sagte er, bevor sie geantwortet hatte.

»Ja, gerne«, sagte sie, und in die Stille danach: »Ganz schön bis jetzt.«

»Cool«, sagte er, mit dem Rücken zu ihr, mit den Armen im Kühlschrank. Paul war ein Mann, der sich fürs Ausgehen die Fingernägel lackierte, aber nicht auf das vorherige Thema zurückkam, wenn er sie unterbrochen hatte.

Mit dem Bier in der Hand tänzelten sie umeinander, wie kurz vor einem Boxkampf. Marlene war unsicher, ob sie sich auf das Sofa setzen sollte, ob das nicht hölzern wirkte, wo sie doch meistens direkt ins Bett gegangen waren. Noch wichtiger war ihr, den Eindruck zu erwecken, als machte sie sich genau solche Gedanken nicht. Sie erinnerte sich: In Pauls Gegenwart fühlte sie sich oft befangen. Sie wollte unbedarft wirken, lebensbejahend, beherzt. Sie entschieden, das Fenster zu öffnen und eine zu rauchen. Unter ihnen der Samstag, geschäftige kleine Leute mit Tüten. Paul fragte, wie lange sie schon weg sei, und sie sagte, »Seit Anfang April«. Er schüttelte den Kopf und aschte in ein Glas auf der Fensterbank. »Der April war so schnell um«, sagte er ins Leere. Sowas sagte er oft: Der Sommer war so schnell um, der Urlaub war so schnell um, die Nacht war so kurz irgendwie.

»Geht«, sagte Marlene.

Paul wollte wissen, ob sie viel gearbeitet habe, und Marlene dachte, ja, zweihundertachtunddreißig Stunden, sie hatte es auf der Zugfahrt ausgerechnet.

Sie sagte: »Ja, schon.«

Sie ließen das Fenster offen und setzten sich beide auf die Couch. Paul erzählte, dass er einen Beitrag über die Korkernte in Portugal gesehen habe und dass er das irgendwann auch gern mal machen würde.

»Klar würdest du«, sagte Marlene. Sie sahen sich an, betrachteten einander. Paul hatte ein Gesicht, bei dem sich wohl jede Frau einbildete, nur sie allein fände es schön, maßgeschneiderte, private Schönheit, aber eigentlich sahen es alle. Die vollen Lippen, die tiefliegenden Augen, all das gefiel Marlene und stieß sie gleichzeitig ab. Sie überlegte, ob er ihr gefehlt hatte, konnte sich aber nicht erinnern.

»Ich hab was für dich.« Paul stand auf und holte etwas aus dem Schrank im Flur. Es war eine kleine elektrische Saftpresse. Vorsichtig stellte er sie auf das Sofa neben sie. Dann gab er ihr eine dreieckige Papiertüte, die schon die ganze Zeit auf dem Esstisch gelegen hatte. In der Tüte waren Blutorangen.

Marlene hatte die Geschenke von Paul immer gemocht, auch wenn keines davon wirklich mit ihr zu tun gehabt hatte. Sie hatte geglaubt, durch seine Auswahl etwas über ihn erfahren zu können. Aber nun wusste sie nicht, was eine Zitruspresse ihr erzählen sollte, und sie erinnerte sich nicht daran, dass sie einmal über Orangen gesprochen hätten. »Danke«, sagte sie ein wenig ratlos und nahm die Presse in die Hand.

Paul lehnte am Tisch, den rechten Fuß auf dem linken.

»Hast du mich vermisst?«, fragte Marlene. Sie hatte das plötzliche Bedürfnis, ihn das zu fragen. Es war entgegen ihren Regeln: Sie verbrachten Zeit miteinander und blieben ansonsten unversehrt.

»Ich hab an dich gedacht«, sagte er, lächelte unverbindlich. Vor ein paar Wochen noch wäre das eine Herausforderung gewesen, die ihr womöglich gefallen hätte. Aber nun durchzuckte sie blitzartige Müdigkeit und die Sehnsucht nach einem Zugeständnis, nach Klärung der Verhältnisse, einem ehrlichen Satz. Sie löste den Blick von ihm und lehnte sich zurück. Paul war nicht dumm. Er setzte sich neben sie und nahm ihr die Zitruspresse aus dem Schoß, stellte sie auf den Beistelltisch. Er sah sie von der Seite an, bis sie ihren Kopf wandte.

Sie küssten einander vorsichtig, bedacht. Mit Marlene zu schlafen, war unkompliziert, weil sie es unkompliziert gestaltete. Sie hatte früh gemerkt, dass ihr Körper keiner war, der andere in Ehrfurcht erstarren ließ, wenn sie sich auszog. Vielmehr sah sie nackt so aus, wie man es angezogen vermutet hatte. Das war nicht schlimm, aber tief drinnen spürte sie das Bedürfnis, diesen Umstand auszugleichen, und zwar, indem sie es anderen im Bett sehr leicht machte. So unbekümmert, wie sie Pauls Wohnung betreten hatte, so unbekümmert hatte sie schon etliche Schlafzimmer beschritten, Pullover und Hemden über den Kopf gezogen, energisch ihre Beine geöffnet, als kenne sie keine Scham, und sich fast kollegial auf den Ellbogen abgestützt, wenn alles vorbei war. Das vermittelte zum einen den Eindruck, bei ihr könne man eh wenig falsch machen, zum anderen, dass sie einen derart sportlichen Zugang zu Sex hatte, dass der Akt selbst ihr quasi nichts bedeutete. Da sie oft mit Männern unter dreißig geschlafen hatte, erhöhte gerade Letzteres die Wahrscheinlichkeit eines weiteren Treffens. Marlene strengte sich an, eine gute Gesellschaft zu sein, und es gelang ihr scheinbar mühelos.

Sie schliefen schweigend und ohne übertriebene Dringlichkeit miteinander. Es fühlte sich ungefähr so an, wie sie es im Kopf gehabt hatte. Sie blickte Paul ins Gesicht, sah, wie er die Augen schloss, den Mund öffnete, wie sich schließlich der Winkel der Augenbrauen zueinander veränderte. Marlene hatte es immer gemocht, wenn Paul zum Orgasmus kam, wie er sie ungläubig ansah dabei, als hätte sie etwas Unerhörtes getan. Danach lagen sie einander zugewandt da. Paul strich mit seinen Fingern ihre Seite entlang, die Brüste, die Taille, die Hüfte, einmal runter bis zum Oberschenkel, dann wieder hoch. Dann drehte er sich auf den Rücken und verschränkte die Arme, platzierte den Kopf darauf, alles an ihm zufrieden. Auch Marlene blickte nach oben an die Decke.

Es war dunkel geworden draußen. Durch das halb geöffnete Fenster murmelte die Straße zu ihnen herauf. Paul schlug vor, noch ein paar Getränke zu holen, etwas zu essen vielleicht. Er sprang auf und zog sich an, Marlene blieb auf der Decke liegen. Sie fragte sich, wieso es Paul so leichtfiel, aufzustehen; sie selbst regte sich erst, als er ihr die Unterhose auf den nackten Bauch warf.

Sie liefen herum, bestellten Vietnamesisch zum Mitnehmen. Auf dem Rückweg nahm Marlene seine Hand. Er ließ nicht los, bis sie beim nächsten Kiosk waren, danach hatten sie eh die Hände voll. Sie aßen im Bett. Beim zweiten Bier eröffnete er ihr, dass er morgen früh zum Geburtstag seiner Mutter müsse. Marlene war irritiert; um das zu überspielen, fragte sie nach seinem Geschenk, und Paul antwortete, ein Gutschein.

Später lagen sie nebeneinander; sie berührten sich nicht. Paul schlief, Marlene betrachtete die leeren Aluschalen auf dem Nachttisch, auf die ein heller Streifen Licht fiel. Hin und wieder glaubte sie, die Essensreste zu riechen, und wunderte sich, dass es sie störte und wieso sie nicht schlief nach der kurzen letzten Nacht und was genau ihren Erwartungen widersprochen hatte, denn das war es doch, was sie wach hielt: Enttäuschung.

Sie versuchte, sich den Sex ins Gedächtnis zu rufen. Obwohl es ihr durchaus gefallen hatte, war alles, was sie erinnerte, Pauls Gesicht über ihr, wie er durch die Zähne die Luft einsog. Es war, als verknüpfte es sich bei ihr spiegelverkehrt: Marlene sah Pauls Reaktion, und erst dann spürte sie selbst etwas, sein Gesicht der Ort des Geschehens, als nähme dort alles seinen Anfang.

Mit einem Ruck setzte sie sich auf. Die Umrisse des Raumes wurden schärfer, die Küchenzeile, das Sofa am Fenster. Plötzlich störte Marlene alles auf einmal: Wie er demonstrativ barfuß herumlief, selbst im Winter. Mit welchem Stolz er etwas Nudelwasser zur Soße gab. Wie er vorhin ihre Seite entlanggestrichen hatte, als käme es nicht auf ihren Körper, sondern auf seine Finger an. Wie sie unter der Berührung zu einem abgenutzten Matissegemälde erstarrt war. Sie empfand das drängende Bedürfnis, woanders zu sein. Im Dunkeln fand sie ihre Hose nicht und suchte mit dem Handylicht den Boden ab.

Paul wachte auf und knipste die Lampe neben dem Bett an. »Was machst du?«

Marlene stand ertappt da, das leuchtende Handy noch in der Hand. »Mir ist eingefallen, dass ich noch nach Hause muss.«

»Äh –«

»Ja, sorry. Tut mir leid.«

Er wirkte überrascht, aber nicht gekränkt. Das wiederum kränkte Marlene.

»Du hast doch gar kein Zimmer gerade«, sagte er.

Marlene sagte, sie schlafe bei Robert, und dass sie es ihm versprochen habe.

»Ach so«, sagte Paul und sah ihr verschlafen dabei zu, wie sie sich anzog. Als sie in Schuhen und Jacke im Raum stand, fragte er, ob sie die Saftpresse mitnehmen wolle. Marlene nahm sie auf den Arm wie ein Haustier, das Kabel baumelte aus ihrer Armbeuge.

»Wenn nicht, ist auch nicht schlimm«, sagte Paul. »Die paar Euro.«

Im Treppenhaus schrieb sie Robert, dass sie noch nach Hause kam.

Hä was ist passiert?, antwortete er.

Marlene betrat die Straße. Sie lief in Richtung U-Bahn, vorbei an blinkenden Spätshops und Kneipen mit aufgesperrten Türen. In einer der Bars hatte sie Paul das erste Mal getroffen, damals noch in Mänteln, mit vagen Vermutungen übereinander.

Sie ging ein Stück an der Hauptstraße entlang. Ihr Körper schien überfordert vom plötzlichen Aufbruch, sie war langsam, strauchelte fast. Sie überlegte, ob sie noch neben Paul läge, wenn sie sich beim Einschlafen berührt hätten. Sie empfand nicht übermäßig viel, am eindringlichsten vielleicht eine Endgültigkeit, das Gefühl, etwas entschieden zu haben: So ist es gewesen, und ab jetzt wird es anders.

Ein Lieferdienstfahrer auf einem Rad bremste neben ihr. »Alles okay?«, fragte er.

»Voll okay«, sagte Marlene.

Er deutete zu Boden; sie sah, dass sie das Kabel der Orangenpresse hinter sich herschleifte. Schnell wickelte sie es wieder auf.

»Soll ich dir ein Taxi rufen?«

Marlene wünschte, er hätte ihr angeboten, sie in der Box auf seinem Rücken mitzunehmen. Sie würde Arme und Beine ineinander verschachteln und alles um sie wäre schwarz und warm.

»Nein danke«, sagte sie.

Der Lieferant zuckte mit den Schultern und fuhr weiter, fast wirkte er verärgert darüber, dass es ihr besser ging als vermutet. Marlene beschleunigte. Sie bemühte sich, entschlossen zu laufen, und ein paar Schritte, ein paar Treppen später stieg sie schon in die U-Bahn.

Robert kam ihr im Hausflur entgegen. Er rumpelte die Treppen herunter, die langen Arme schlenkerten im Takt. Zur Begrüßung presste er sie gegen seinen Wollpullover. Marlene hatte sich unterwegs vorgenommen, sich heute Abend noch zu betrinken, aber das wäre vermutlich, was Paul an ihrer Stelle getan hätte, und nun kam es ihr abgedroschen und peinlich vor.

Sie hatte die Wohnung sechs Wochen nicht betreten. Alles sah aus wie immer. Sie legte die Presse und die Tüte Orangen auf dem Küchentisch ab. Die Oberflächen waren sauber, die Spülmaschine lief. Die Erschöpfung, auf die sie vorhin vergebens gewartet hatte, überfiel sie so plötzlich, dass sie sich nicht einmal mehr die Schuhe ausziehen konnte. Robert nahm ihr die Jacke ab, löste ihre Schnürsenkel, sodass sie bloß hinausschlüpfen musste. Sie ließ die Schultern hängen, und Robert bugsierte sie sanft in sein Zimmer. Die Matratze war breit und einmal teuer gewesen, die Daunen hatte er schon gegen dünne Sommerdecken getauscht. Der Diffuser neben dem Bett stieß lautlos Dampf aus, es roch nach Nadelwald. Marlene zog sich bis aufs T-Shirt aus und ließ sich auf die linke Hälfte der Matratze fallen.

»Ist die Seite okay?«, fragte sie, die Augen schon geschlossen.

Robert setzte sich an den Rand neben sie und stopfte ringsum die Decke unter ihren Körper. »Na klar«, sagte er, und nach einer Pause: »War es sehr schlimm?«

»Es geht«, sagte sie, ohne wirklich die Lippen zu bewegen.

»Ich hab dich noch nie so müde gesehen.«

Robert löschte das Licht und krabbelte neben sie. Die Spülmaschine röhrte entfernt. Marlene beruhigte die Vorstellung, dass etwas in Ordnung gebracht wurde, während sie schlief, dass der nächste Tag frisch beginnen würde. Sie lagen einen Moment lang nebeneinander, atmeten ein und aus. Dann griff Marlene neben sich und erwischte Roberts Kopf, seine fluffigen Haare weich wie Fell. Sie hielt ihn fest wie einen Basketball und schlief augenblicklich ein.

Nach knapp elf Stunden wachte sie auf, ausgeschlafen und unruhig. Robert war längst aufgestanden, er hörte Musik in der Küche. Die Balkontür stand offen, der Himmel war blank und blau, Robert hatte einen Frühstücksteller für sie stehen lassen. Auf dem Weg ins Bad lief sie in die Untermieterin hinein, die von ihrer Anwesenheit sichtlich verunsichert war. Durch die geöffnete Zimmertür sah Marlene, dass sie das Bett mit dem Schreibtisch getauscht hatte, es störte sie nicht. Sie wechselten ein paar Worte, dann verschwand sie lautlos ins Treppenhaus.

Zurück in der Küche fragte Robert nach der Orangenpresse. Marlene erzählte von Paul, umriss den Abend in ein paar Worten. Der tiefe Schlaf hatte den Ereignissen die Dramatik genommen. Robert machte eins seiner Gesichter und fragte, wieso sie die Presse überhaupt mitgenommen habe. Marlene schmierte sich ein Toast und sagte, »Keine Ahnung«. Er fragte, ob sie sie trotzdem ausprobieren wolle, und Marlene sagte, »Na gut«. Es war ein altes, vergilbtes Modell. Sie schnitten die Blutorangen in Hälften. Die drehende Spitze grub sich geschmeidig ins Fruchtfleisch, es summte gleichmäßig. Sie gossen den dunkelroten Saft in Gläser und setzten sich auf den Balkon.

»Das ist so eitel von ihm, dass es Blutorangen sind«, sagte Robert.

»Total«, sagte Marlene und aß ihren Toast.

Sie blickten an der Hauswand des Nachbargebäudes entlang, die sich rechtwinklig an ihren Balkon anschloss, geöffnete Fenster in der Flucht. Im ersten Stock hatte jemand üppige Blumenkästen auf dem Fensterbrett. Irgendwo lief ein Radio, das sich mit dem Song aus ihrer Küche mischte.

»Sonst was Neues«, fragte Robert.

Marlene dachte an das Gespräch am Hafen, an das Ladenfenster, an ihr pochendes Inneres, das sie morgens weckte.

»Nicht wirklich«, sagte sie.

Aus dem Dach der Garage im Hinterhof wuchs eine wankende Birke, die ihr nie aufgefallen war. Der Orangensaft war sauer, aber sie trank ihn in einem Zug aus.

11

Zurück auf Strand wartete sie auf Jannes Einladung. Aber erst mal passierte nichts. Ihr Zimmer grüßte sie stumm, der Kühlschrank war leer. Auf dem Schichtplan in der Küche sah sie, dass sie sechs Tage in Folge arbeiten musste. Am nächsten Morgen wechselte das Wasser unter der Dusche beharrlich zwischen sehr heiß und sehr kalt.

»Bist du froh, wieder hier zu sein?«, fragte Dascha, als sie sich im Waschraum trafen.

»Ja«, sagte Marlene. Sie lächelten sich im beschlagenen Spiegel an.

»Pfingsten war die Hölle«, sagte sie dann, »gibt echt nichts Schlimmeres als Leute im Urlaub.«

Marlene blickte auf ihre nackten Füße, die sich vom heißen Wasser gerötet unschön vom Fliesenboden abhoben.

»Du brauchst echt Schlappen«, sagte Dascha.

Janne schien sich nicht an ihre Einladung zu erinnern. Sie fragte nach dem Wochenende in Hamburg, aber als Marlene ihr nachmittags einen Kaffee aus dem Fenster reichte, trank sie ihn in kleinen, hastigen Schlucken und gab ihr die halbvolle Tasse zurück. Eine Firma hatte Ende der Woche einen Workshop in der Fischräucherei als Betriebsausflug gebucht, der erste von vielen in den kommenden Wochen. Janne war angespannt. Marlene sah sie mit einer Tischplatte und übergroßen Styroporboxen auf der Straße. Wenn Marlene morgens ins Dorf fuhr, fiel ihr Blick zuerst auf den Schornstein der Räucherei, auf den aufsteigenden Rauch. Sie überlegte, die Einladung selbst anzusprechen, aber die Angst vor einer Absage hielt sie zurück. Sie wollte, dass es sich spontan und natürlich ergab, obwohl sie längst jede Möglichkeit durchgespielt hatte.

Abends in der Küche nutzte sie das vergangene Wochenende für eine Postkarte, diesmal wählte sie als Motiv einen Pfingstrosenstrauß. *Liebe Oma*, schrieb sie, *am Wochenende ist Luzia dreißig geworden und wir haben natürlich gemeinsam gefeiert. Es gab tolles Essen und super Musik. Es ist schön zu wissen, dass wir uns nun schon fast zehn Jahre kennen. Ich hoffe, wir sind in fünfzig Jahren immer noch befreundet, so wie du und Ursel.*
    Die Antwort kam schnell dieses Mal. *L. Marl., 30J schon!! Nun seid ihr beide erwachs. Frauen. Glueckwuensche an Luzia. Ursel ist etw. schwierig gerade, kommt nicht in d. Poette, Trip ins Gartencenter zum 3. Mal verschoben, bloed. lG. O.*

In den folgenden Tagen fiel Marlene außerdem eine Veränderung an Dascha auf, von der sie zunächst annahm, sie sei vielleicht Einbildung. Dann aber lag sie abends im Bett und las das Buch von Joan Didion, das Luzia ihr geschickt hatte, als sie plötzlich die Tür zu Daschas Zimmer noch einmal hörte, ein gedämpftes Gespräch, eine dunkle Stimme, Daschas Lachen, das Quietschen des Bettes an der papierdünnen Wand, das zunächst verebbte, dann aber ein paar Minuten später in rhythmischer Form zurückkam, so laut, dass Marlene noch einmal aufstand, um ihre Kopfhörer zu suchen. Sie wählte einen Podcast über die größten Filmfehler in der Geschichte

Hollywoods aus, und obwohl das die Geräusche übertönte, machte sich in ihr eine Unruhe breit, die sie darauf schob, dass sie nicht wusste, wen sie nebenan hörte.

Sie traf Dascha am nächsten Tag nach Feierabend im Waschraum, als sie beide ihre frische Wäsche abholten. Sie grüßte Marlene auffallend gleichmütig, sah dabei aber aus, als hielte sie die Luft an. Marlene sagte, »Wir müssen nicht drüber reden«, und Dascha sagte, »Was denn«, und Marlene sagte, »Gestern«, und Dascha prustete übermütig.

»Wer war es denn?«

»Zappo«, sagte Dascha, »aus der Bäckerei, weißt du?«

Marlene stockte, die Kleiderbügel wie Gerippe in ihrer Hand. Sie hatte sich den Tag über Gedanken gemacht und alle ausgeschlossen bis auf zwei oder drei Jungs aus der Barackensiedlung, fast noch Teenager wie Dascha selbst. Sie dachte an Zappos weiße Haare am Hinterkopf.

»Äh«, sagte Marlene.

»Ich weiß, dass er voll alt ist«, sagte Dascha. Sie pflückte energisch ihre Schürzen von der Kleiderstange.

Marlene überfiel das diffuse Gefühl, etwas verhindern zu müssen.

»Boris darf das nicht mitkriegen«, sagte Dascha, und dann, als Marlene sich nicht rührte: »Was?«

»Ach, weiß nicht«, sagte Marlene, »ich find das nicht gut, der ist echt zu alt.«

Sie traten zusammen nach draußen und gingen zu ihren Zimmern zurück. Marlene glaubte, am Ende der Barackenreihe Jakub und Zappo zusammen Boule spielen zu sehen, aber auf die Entfernung irrte sie sich vielleicht.

»Ich glaube, der will nur Sex«, sagte Dascha.

»Ja, eben.«

»Aber ich auch, das ist doch perfekt.«

»Meinst du?«

Dascha lehnte in der offenen Barackentür. »Jetzt sei nicht so verkrampft«, sagte sie, »Barbara hat mir die Karten gelegt. Meine Monatskarte ist der Narr.«

Marlene sagte nichts, und Dascha wurde wütend und sagte, »Ich kann das doch selbst entscheiden«, und Marlene sagte, »Na klar, aber«, worauf Dascha erwiderte: »Soll ich hier lieber nach der großen Liebe suchen? In einem Freizeitpark auf einer komischen Insel?«

Abends bei Facetime hielt Robert zur Begrüßung ein Päckchen in die Kamera; die Auflösung war schlecht, und das Bild fror immer wieder ein.

»Was ist das?«, fragte Marlene.

»Von deiner Mutter. Ist heute angekommen.«

Marlene rutschte in eine bequemere Sitzposition auf ihrem Bett. Auf dem Bildschirm war nur ihr Gesicht zu sehen, umrandet von der Kapuze ihres Pullovers.

»Kannst du es aufmachen?«

Robert stand auf, vermutlich um eine Schere zu holen; Marlene starrte auf die indirekt beleuchtete, leere Wand im Hintergrund.

»Mir gefällt das nicht«, sagte er dumpf und unsichtbar außerhalb des Bildes.

»Ich weiß«, sagte sie.

Robert kehrte auf den Bildschirm zurück. »Die müssen doch wissen, wo du bist.«

»Ich bin ja kein Kind mehr«, sagte Marlene, und Robert machte »Pff«.

»Findest du das nicht alles unnötig dramatisch?«

Marlene schwieg. Dann zog sie langsam an den Kordeln ihrer Kapuze, bis die Öffnung so klein war, dass sie kaum noch hindurchschauen konnte.

»Hör auf damit.«

Sie zog die Kapuze noch weiter zusammen.

»Marlene.«

Marlene ließ die Kordeln los und zog die Kapuze vom Kopf. »Ja, okay«, sagte sie, »ich kümmere mich drum.«

Robert sagte, »Ich hab halt nur keine Lust, deine Eltern anzulügen«, und Marlene sagte, »Machst du doch gar nicht«, und Robert sagte, »Aber im Kopf, im Kopf lüge ich die an«.

»Hast du mal nach Jobs geguckt?«, fragte er dann.

»Ich hab einen Job.«

»Du weißt doch, was ich meine.«

»Ich weiß nicht, wie du dir das vorstellst, ich such schon die ganze Zeit, aber es gibt einfach nichts, ich will da jetzt nicht drüber reden.«

Sie starrten einander an. Marlene wurde schlagartig bewusst, dass Robert gar nicht wirklich da, sondern aus tausenden Pixeln zusammengesetzt war und dass sie ganz allein in einem Containerzimmer mitten in der Nordsee saß. Sie legte das Handy neben sich auf die Decke und griff nach ihrer Haube, die zwischen ein paar anderen Kostümteilen am Fußende ihres Bettes lag. Sie setzte sie auf, band eine Schleife unter ihrem Kinn und nahm das Handy wieder in die Hand. »Guck mal.«

Roberts Gesicht wurde augenblicklich weich. Manchmal konnte er sie ansehen, wie andere Menschen kleine Tiere ansahen. »Oh«, sagte er, »na gut. Aber die musst du jetzt anlassen.«

Dann öffnete er das Paket und präsentierte ihr den Inhalt: eine Postkarte mit einem blühenden Baum, drei bunte Küchenhandtücher, ein halbes Kilo Honig vom Nachbarn ihrer Eltern, eine Tafel Schokolade.

Robert sagte, »Schon irgendwie echt nett«, und Marlene sagte, »Ja schon, auf jeden Fall«.

»Danke«, sagte sie, bevor sie auflegten, »du kannst die Schokolade haben, wenn du willst.«

Ein paar Minuten später öffnete sie den Chat mit ihrer Mutter. *Was für eine liebe Überraschung!*, tippte sie, *Wann soll ich denn den ganzen Honig essen? Habe mich sehr gefreut.* Sie schickte die Nachricht ab und schloss den Chat. Dann öffnete sie ihn wieder, schrieb, *liebe Grüße an Papa*, löschte den Satz und schrieb stattdessen, *Gibt es was Neues wegen der Klage?* Sie starrte reglos auf das Handy, bis der Bildschirm erlosch. Im spiegelnden Schwarz sah sie, dass sie noch immer ihre Haube trug.

Janne rauchte nur noch bei ihr am Fenster, wenn sie den Tag über keinen Workshop gab. Vielmehr sahen sie sich jetzt wieder über die Straße hinweg an, verzogen unauffällig die Gesichter. An den Tagen zwischen den Workshops war sie fast noch angespannter, baute Dinge ab und andere Dinge auf, machte nur kurze Pausen. Einmal sah Marlene sie in Sportkleidung vom Deichaufgang kommen, sie schien in der Mittagspause gelaufen zu sein. Sie trug nur ein Top mit breiten Trägern, und Marlene fiel erst abends vor dem Einschlafen auf, dass sie davor noch nie Jannes Schultern, ihren Rücken, ihre Oberarme gesehen hatte.

»Riech mal«, sagte Janne, nachdem sie ungewöhnlich spät ans Fenster des Ladens getreten war. Sie krempelte den Ärmel ihres Hemdes hoch und streckte ihr den Arm hin.

Die unerwartete Nähe überrumpelte Marlene derart, dass sie erst überhaupt nichts wahrnahm. »Ich riech nichts«, sagte sie.

Janne roch jetzt selbst an ihrem Handrücken. Ihr Handgelenk war schmal, die Härchen auf ihrem Arm dunkel und glatt. »Fisch«, sagte sie dann.

»Ja gut«, sagte Marlene und deutete auf die Räucherei, die sich im Sonnenlicht gleißend vom Deich dahinter abhob, »das ist nicht sehr überraschend.«

»Irgendwann kommt dieser Moment, da rieche ich nach Fisch bis zum Ende der Saison, das geht einfach nicht mehr weg, das war letztes Jahr schon so.«

Marlene sagte, »Ach Quatsch«, und Janne sagte zeitgleich, »Am ganzen Körper«, und sie lachten, und Marlene sagte, »Stört mich nicht«, und erschrak erst darüber, als Janne schon zu lachen aufgehört hatte und sie unverwandt ansah.

12

Luzia schrieb, *Hab von Robert gehört dass es schwierig war mit Paul?*

Marlene schrieb, *Ja schon.*

Dabei war es eigentlich gar nicht schwierig. Es war plötzlich sogar ganz einfach mit Paul, vielleicht zum ersten Mal. Sie hatte kaum mehr an ihn gedacht, seit sie zurück auf Strand war.

Luzia schrieb, *Och nee, tut mir leid. Ruf an wenn du drüber reden willst ok*, und Marlene schrieb, *ok*.

Sie wussten beide, dass damit nicht nur Paul, sondern auch ihr Spaziergang an der Außenalster gemeint war.

Als Barbara sie nach einem Haarschnitt fragte, freute Marlene sich, etwas zu tun zu haben. Bis dahin hatte der Abend leer und lang vor ihr gelegen; es machte sie zunehmend unruhig, dass jeder Tag gespenstisch dem nächsten glich. »Von mir aus auch einfach heute«, sagte sie.

Barbara aß gerade ein schnelles Doppeltes von einem tiefen Teller, weil keine flachen mehr da waren. »Dann aber jetzt gleich. Ich will später noch zum Feuer.«

Marlene fragte, »Welches Feuer«, und Barbara sagte, »Nur das normale kleine Feuer«, und Marlene sagte, »Ach so«. Es kam ihr absurd vor, dass eine Frau über fünfzig einen besseren Abendplan hatte als sie. Als sie ihr draußen die Haare schnitt, setzte sich Dascha neben sie auf die Bodenbretter des Laubengangs.

»Pass auf mit Splittern«, sagte Barbara, taxierte Dascha mit den Augen, hielt den Kopf dabei aber still.

»Ja ja«, sagte Dascha. Sie trug tatsächlich nur eine kurze Hose und stellte ihre nackten Füße auf die Holzkante.

Die Sonne sank langsam auf den Deich zu und versilberte Barbaras Haar, das sie sich eben über dem Waschbecken angefeuchtet hatte.

»Alles okay?«, fragte Dascha.

»Ja, klar«, antwortete Marlene, ohne aufzublicken, »wieso?« Energisch kämmte sie Barbaras Haar, bis es fast wie ein metallener Helm aussah.

»Weiß nicht«, sagte Dascha und streckte die Beine aus, »du bist irgendwie so –«

»Du brauchst dich nicht beeilen mit dem Schneiden«, sagte Barbara zu Marlene.

»Ich beeil mich doch gar nicht.«

Dann war es eine Weile still. Marlene dünnte die Strähnen über den Ohren aus.

»Bist du sicher, dass ich dir nicht mal die Karten legen soll?«, sagte Barbara dann halblaut, »Als Dank für die Frisur?«

Gespannt beugte Dascha sich vor.

Marlene begradigte entschlossen die Haarlinie im Nacken. »Ähm«, sagte sie, »nein danke, ich glaube, lieber nicht.«

Sie ging um Barbara herum und kämmte ihr den Pony glatt in die Stirn. Kurz trafen sich ihre Blicke. Es war Marlene schon öfter so gegangen: Wenn Barbara sie ansah, fühlte sie sich gläsern und irgendwie durchlässig. Sie konzentrierte sich wieder auf die Schere und die Haarspitzen.

Aus dem Nichts fragte Barbara Dascha nach ihrem Alter. Dascha sagte, »Neunzehn, warum«, und Barbara sagte, »Nur so«, aber dann fügte sie hinzu, »Drei Jahre älter als meine Tochter«. Barbara sprach fast nie von ihrer Tochter. Manchmal sah man sie abseits zwischen den Baracken stehen und telefonieren, dann trat sie auf der Stelle und sprach eindringlich ins Handy.

»Vermisst du sie?«, fragte Dascha.

Barbara hielt still, noch stiller als eben. Sie schloss die Augen, als Marlene ihr die abgeschnittenen Spitzen aus dem Gesicht wischte, und ließ sie auch danach geschlossen. »Ja«, sagte sie. Die Sonne war hinter dem Deich verschwunden, ihre Haare wieder dünn und grau. »Natürlich. Die ganze Zeit.«

Marlene pustete Kamm und Schere sauber und hielt sie danach in einer Hand. Dascha sah aus, als blinzelte sie ins Gegenlicht, aber es gab kein Gegenlicht mehr.

»Wir sehen uns im August, in den Ferien«, sagte Barbara. »Sie hat sich einen richtigen Sommerurlaub gewünscht –«, sie fuhr sich über den Kopf und wandte sich Marlene zu, »– wie sehe ich aus?«

»Super«, sagte Marlene.

»Echt«, sagte Dascha.

Sie standen auf und räumten alles zusammen, Barbara brachte den Stuhl in ihr Zimmer zurück. Dascha sah ihr nach. »Voll traurig irgendwie«, sagte sie, und Marlene sagte, »Psst«.

Barbara kam zurück, und zeitgleich sahen sie Boris und Zappo vom Deich herüberlaufen. Dascha winkte ihnen zu, und die beiden kamen angeschlendert. Sie hatten nasse Haare und trugen jeweils ein Handtuch über der Schulter. Für einen Moment dachte Marlene, sie wollten ebenfalls einen Haarschnitt, aber dann verstand sie. »Wart ihr schwimmen?«

Zappo und Boris nickten, deuteten auf den Deich und erzählten von der Badestelle, der Temperatur des Wassers. Marlene war gar nicht auf die Idee gekommen, baden zu gehen, die Nordsee war bisher bloße Kulisse gewesen. Genauso war ihr nicht aufgefallen, dass Zappo und Boris sich kannten. Sie hatte sie vorher noch nie zusammen gesehen. Dascha und Zappo verabredeten sich scheinbar diskret mit den Augen; dass Boris nichts merkte, erschien Marlene unglaublich. Sie beobachtete ihn genau, sein offenes Hemd, das breite Gesicht. Es gefiel ihr, dass alle hier von etwas wussten, das ihm vorenthalten blieb, auch wenn sie sich Sorgen um Dascha machte.

Barbara lud sie ein, später vorbeizukommen, und verschwand in Richtung der Waschräume. Marlene ging mit Dascha zusammen zurück. »Gehst du auch gleich zum Feuer?«, fragte sie, als sie schon in der offenen Tür standen.

Dascha schlang fröstelnd die Arme um den Körper. »Nee, ich hab was vor. Du?«

»Vielleicht, mal sehen.«

»Ah, okay.«

»Was?«

»Na ja«, Dascha gähnte, »da gehen doch nur die Alten hin.«

Marlene aß ein paar Gewürzgurken und drei Knäckebrote bei offenem Fenster. Eine Möwe landete auf dem dünnen Barackendach, und sie erschrak von den Geräuschen der Krallenfüße, dem Klopfen des Schnabels auf dem Wellblech über ihr. Das Display ihres Handys leuchtete auf. Ihre Mutter hatte auf die Nachricht geantwortet, die sie vor Tagen geschickt hatte. *Haben einen super Anwalt gefunden. Mach dir keine Sorgen!* Dahinter zweimal das Emoji der betenden Hände.

Es begann zu dunkeln. Um ihre Deckenlampe schwirrten kleine Insekten. Es war ein schöner Abend, kühl zwar, aber die Luft war klar und frisch. Im untersten Fach ihres Kühlschranks hatte sie stets zwei Flaschen, ein Bier und ein Radler, einer Regel entsprechend, die Robert vor Jahren aufgestellt hatte und der sie auch hier auf Strand folgte. Sie nahm das Bier heraus, schloss das Fenster und lief den Laubengang in Richtung Deich entlang. Durch die Fenster warf sie einen flüchtigen Blick auf den Feierabend der anderen, Telefonate über Lautsprecher, plaudernde Bildschirme. Sie hatte die Flasche bereits im Zimmer geöffnet und trank nun im Gehen ein paar Schlucke. Das Feuer brannte im Eisenkorb hinter der letzten Barackenreihe, an derselben Stelle wie kurz nach ihrer Ankunft. Marlene trat langsam heran, und die Schemen in der Dunkelheit verfestigten sich. Dascha hatte recht gehabt: Niemand hier war jung. Marlene kannte fast alle vom Sehen, aber die meisten von ihnen wohnten in den drei anderen Barackenreihen, nutzten andere Küchen und Wascräume. Sie erkannte den Mann, der in ihrer Küche immer die Sportschau auf seinem Handy schaute, sie sah Barbara inmitten ihrer Freundinnen, an denen die Kostüme immer etwas authentischer aussahen als an Marlene, einfach, weil sie selbst schon älter waren.

Kurz stand Marlene unschlüssig am Rand des flackernden Lichtkreises, dann entdeckte sie Jakub. Er saß allein auf einer der Bänke, umfasste eine Bierdose mit beiden Händen. Marlene trat von hinten an ihn heran und setzte sich.

»Oh«, sagte Jakub ertappt.

Marlene blickte in den Feuerkorb vor ihnen, in dem ein zahmes kleines Feuer brannte. Dann sah sie ihn vorsichtig von der Seite an, und als sich ihre Blicke trafen, lachten sie.

»Ich bin abends nicht gern allein«, sagte Jakub, bevor Marlene etwas fragen konnte.

»Und dann sitzt du hier?«

»Wieso denn nicht?«

Marlene schaute sich um. Dass niemand gefärbte Haare hatte oder Schminke trug, ließ alle noch einmal älter aussehen. Die Frau neben ihr reichte Marlene ein Schälchen Erdnüsse. Sie nahm es entgegen und griff hinein; gegenüber aßen ein paar Leute Salzstangen aus einem Glas und wieder andere dippten Möhrenschnitze in eine Tupperdose.

»Wie oft ist das hier?«

»Einmal die Woche oder zweimal. Ich seh das von meinem Fenster aus.«

Marlene dachte daran, wie sie das erste Mal miteinander gesprochen hatten. Das war keine zwei Monate her. Allein, dass sie darüber nachgedacht hatte, mit ihm zu schlafen, erschien ihr heute absurd.

»Also Dascha und Zappo –«, sagte Jakub nach einer Weile.

»Hm«, sagte Marlene.

»Ich hatte auch mal so eine Romanze.«

»Eine Romanze?«

»Ich bin ja schon paar Jahre hier. Und vor –«, er bewegte stumm die Lippen, »– vor vier Jahren hab ich hier eine getroffen, das war direkt –« Er trank einen Schluck. »Na ja, das war jedenfalls nichts für länger.«

»Nicht?«

»Nee.«

Marlene hielt ihm die Nüsschen hin. Jakub stellte die Bierdose zwischen die Füße und griff in die Schale. Dann nahm er die Nüsse einzeln zwischen Daumen und Zeigefinger und steckte sie sich nacheinander in den Mund.

»Aber was mich wundert«, sagte er dann.

Marlene vermutete, dass das Bier, das halbleer zwischen seinen Schuhen klemmte, nicht sein erstes war.

»Sie hat dann Jura studiert, und ich dachte immer, sie ist bestimmt mit einem Juristen zusammen, aber –«, er aß die letzte Erdnuss und nahm das Bier wieder in die Hand, »aber weißt du, was ihr Freund macht?«

Marlene zuckte mit den Schultern. Barbara hatte ihr von gegenüber zugewunken, und sie hob verstohlen die Hand, um das Gespräch nicht zu stören.

»Der ist Motivationstrainer.«

Marlene sagte, »Oh«, und Jakub sagte, »Dann hätte sie es auch mit mir probieren können«. Marlene lachte. Jakub lachte nicht.

»Denkst du noch viel dran?«, fragte Marlene.

»Nur wenn ich hier bin. Im Winter gehts.«

Die Frau von rechts nahm Marlene die leere Erdnussschale ab, und Marlene sagte, »Danke, vielen Dank«.

»Hattest du das schon mal?«, fragte Jakub, während er unbeweglich ins Feuer sah. »Dass das einfach nicht mehr weggegangen ist?«

»Ähm, nein«, sagte Marlene, »nein, bisher nicht.«

13

Nach zwei Wochen passierte es endlich. Den ganzen Tag hatte Marlene gegenüber Männer in teurer Freizeitkleidung ein und aus gehen sehen. Am frühen Abend verschwanden sie, und als Marlene auf dem Weg nach Hause an der Tür zur Räucherei vorbeikam, schwang diese auf. Janne stand auf der Schwelle, die Klinke noch in der Hand. »Was ist mit unserem Essen?«, rief sie.

Marlene blieb stehen, Aufregung durchschoss ihren Körper. »Ach ja«, sagte sie, »stimmt.«

Janne fragte, ob sie noch Lust habe, und Marlene betrachtete sie flüchtig aus der Distanz, die verschwitzten Haarsträhnen, ihre Hände, nass vom Spülen oder Putzen, und sagte, »Ja, ja, auf jeden Fall«. Janne schien sich ehrlich zu freuen. Sie warfen einander Wochentage zu, bis sie einen gefunden hatten, der beiden passte: der kommende Dienstag.

»Cool«, sagte Marlene.

»Ja, cool«, sagte Janne, und sie schauten einander etwas länger an als nötig, bevor sie sich verabschiedeten.

Das Wochenende verflog wie von selbst. Marlene arbeitete, ging einkaufen, wusch ihre private Wäsche, aß Käsebrote mit Tomatenmark im Stehen und im Liegen, gab Blusen in die Kostümwäsche und holte sie am Folgetag aus dem Trockenraum ab. Samstagabend hörte sie Dascha und Zappo erneut im Zimmer nebenan und versuchte, die innere Unruhe zu ignorieren, die die Geräusche in ihr auslösten, eine

Vorfreude eher, die sie sich sofort verbot. Am Sonntagabend spielte sie zur Sicherheit mit Barbara in der Küche Canasta, die ihren Unmut über Zappo nicht verbarg und die Karten energisch auf den Tisch knallte. Montagfrüh erwachte sie in elektrischer Anspannung und war die Erste im Waschraum. Montagnachmittag machte sie eine Kaffeepause mit Janne, und sie taten, als hätten sie nie über eine Verabredung gesprochen, bis Janne im Gehen sagte, »Ich hol dich morgen nach der Arbeit ab«, und Marlene nickte, als wäre das schon sonst wie oft vorgekommen. Montagabend war ihr flau, und sie verzichtete auf ein Abendessen, trank aber braunen Schnaps mit Barbara und ihren Freundinnen und lag dann bis spätnachts wach. Dienstagfrüh stand sie zu spät und gerädert auf, stellte fest, dass ihr keine Zeit zum Duschen blieb, und schlüpfte in die Kleider vom Vortag. Als sie sich auf Arnos Toilette im Spiegel sah, stellte sie fest, dass sie vor dem Treffen unbedingt nochmal nach Hause musste. Kurz vor Mittag trat Marlene aus dem Laden.

»Ich esse heute nicht mit«, sagte sie über den niedrigen Gartenzaun hinweg. Arno drehte sich um und stützte sich erstaunt auf seine Schaufel.

»Okay«, sagte er.

Marlene richtete ihre Haube und sagte, sie wolle sich etwas hinlegen, und Arno fragte, ob sie krank sei, und sie sagte, »Nein, nur einfach geschafft, weißt du«, und er sagte, »Ja, ja, das kenn ich«.

Er trat mit dem Stiefel etwas Erde fest. »Du kannst auch bei uns ein Päuschen machen. Wir haben ein Gästezimmer oben, da legst du dich einfach aufs Sofa.«

Marlene sagte, »Danke, aber«, und Arno sagte, »Schon gut, schon gut«. Dann stieß er die Schaufel wieder vor sich in den Boden.

Marlene hätte sich gern im Gästezimmer auf das Sofa gelegt. Stattdessen fuhr sie mit dem Fahrrad zurück in die Baracken. Die Waschräume waren leer, und sie fror, als sie sich auszog. Sie wusch sich hastig die Haare und schnitt sich die Fingernägel. Zurück im Zimmer cremte sie ihr Gesicht, ihre Hände und die rauen Stellen an den Ellbogen ein, zog ein schwarzes Shirt unter die Bluse und nahm eine Jeans mit. Kurz überlegte sie, auch etwas Schminke einzustecken, aber sie fühlte sich am sichersten, wenn man ihr die Vorbereitungen nicht ansah.

Sie hatte noch zwanzig Minuten Zeit, fuhr aber schon los, langsam genug, um in den frischen Sachen nicht zu schwitzen. Auf der kurzen Strecke zum Dorf bemühte sie sich, in die Ferne zu schauen, in der Hoffnung, der Weitblick würde ihr die Aufregung nehmen. Normalerweise verspürte sie vor Verabredungen eine angenehme Nervosität, die sie kribbelnd von innen wärmte. Aber dieses Treffen war so uneindeutig, dass sie ihm kein Gefühl zuordnen konnte.

»Du bist ja wie neu«, sagte Arno, als sie den Laden betrat. Marlene strich nervös ihr feuchtes Haar zurück, erfreut über sein Kompliment. Zuhause verließ sie selten die Wohnung, ohne dass Robert ihre Erscheinung kommentierte, was in Ordnung war, weil seine Bemerkungen ausnahmslos positiv ausfielen, als ginge sie stets in Haute Couture auf die Straße.

»Hast du noch was vor?«, fragte Arno, als er die Bonbonieren auffüllte.

»Ich bin mit einer Freundin verabredet später.«

Arno sah sie unverwandt an; Marlene dachte, dass sie ihn womöglich unterschätzte.

»Also, mit Janne«, schob sie hinterher.

Arno lupfte die Augenbrauen und wandte sich wieder den Gläsern zu.

»Was?«

»Nichts.«

»Ach komm.«

»Nee, ist super«, sagte er, »wirklich, ist doch schön. Ich wundere mich bloß, weil – eigentlich ist sie eher für sich.«

Den Nachmittag über war es voll im Laden, die Kasse klingelte unablässig, die Gäste standen gedrängt vor den Regalen. Als er neue Honiggläser brachte, wies Arno mit dem Kinn auf das Getümmel und sagte, »So ist das im Sommer«, und Marlene fragte, »Immer«, und Arno sagte, »Schon«.

In den kurzen Momenten, in denen sie nicht abkassierte, schielte sie zum Fenster, das einen Spaltbreit offenstand, und versuchte, einen Blick auf die Räucherei zu erhaschen. Als Janne dann tatsächlich ans Fenster trat, hatte Marlene gerade Kundschaft und freute sich heimlich, dass sie so beschäftigt aussah. Janne klopfte an die Scheibe und steckte den Kopf in die Stube, und die Leute waren entzückt vom authentischen Dorfleben. Marlene grüßte sie mit den Augen, aber als die Schlange nicht kürzer wurde, formte Janne mit den Lippen ein paar Worte, die Marlene nicht verstand, und verschwand.

Kurz vor Feierabend leerte sich der Laden. Marlene ging

noch einmal auf die Toilette, vermied aber den Blick in den Spiegel, um sich nicht zu entmutigen. Dann trat sie hinaus auf die Straße. Janne stand links neben der Tür. Marlene schreckte zurück, und Janne lachte.

»Wartest du schon lange?«, fragte Marlene.

»Überhaupt nicht.«

Sie scharrten unschlüssig mit den Füßen, bis Marlene vorschlug, die Räder zu holen. Janne fuhr kein historisches, sondern ein schlankes Trekkingrad mit einem seltsam unpassenden Korb am Lenker. Sie schoben die Fahrräder nebeneinander her bis zum Ortsausgang, dann stieg Janne auf und sagte, sie müssten jetzt ein paar Minuten fahren, »Ist das okay?«, und Marlene sagte, »Ja, na klar«, und versuchte, selbst so nebenbei wie möglich aufzusteigen. Sie fürchtete, Janne würde vornewegfahren, aber so war es nicht: Sie fuhr in Zeitlupe ein paar Kurven, bis Marlene sie eingeholt hatte, und blieb dann dicht neben ihr. Bald erreichten sie die sauber asphaltierte Straße, die vom Hafen am Deich entlangführte. Nicht ein einziges Auto war zu sehen, bloß ein Fischerboot auf einem Anhänger am Parkplatz gegenüber. Marlene bemerkte, dass sie noch nie in diesem Teil der Insel gewesen war, dass sie nicht wusste, wohin die Straße führte. Dascha hatte öfter vom Campingplatz auf der anderen Seite gesprochen, von den Windsurfern, den einzelnen Höfen zwischen den Feldern mit ihren Pensionszimmern.

»Wo fahren wir hin?«, fragte sie.

»Überraschung«, sagte Janne und blinzelte zu ihr herüber.

Marlene kniff die Augen zusammen. Rechter Hand begann

ein Rapsfeld, dessen Leuchtkraft sie blendete, danach eine leere Weide, von Wasserrinnen durchzogen. Auf dem Deich, der sich links auftürmte, pausierte ein Schwarm Vögel. Der Himmel spannte sich milchig darüber; die Sonne bewegte sich langsam Richtung Horizont, bereit, sich ins Meer zu stürzen.

»Wir sind gleich da«, sagte Janne.

Nach ein paar hundert Metern bremste sie vorsichtig und hielt an einem unscheinbaren Deichaufgang, dessen Holzbohlen mit der Wiese verwachsen schienen. Sie stellten die Fahrräder am Zaun ab, und Janne öffnete das Tor zur Treppe. Sie erklomm die unebenen Stufen mit einer Routine, die bewies, dass sie diesen Weg täglich zurücklegte. Marlenes Herz schlug schnell und hart in ihrer Brust. Sie sah den Wind in Jannes Haaren, bevor er sie selbst erfasste. Ihres Wissens nach wohnten die Menschen aus gutem Grund im Inselinnern, geschützt von den Deichen, hinter denen das Nichts begann. Am höchsten Punkt blieben sie stehen. Vor ihnen lag eine pralle, durchklüftete Wiese, so breit, dass das Meer dahinter kaum zu erkennen war.

»Was ist das?«

»Salzwiesen«, sagte Janne, und dann streckte sie die Hand aus. Ein schmaler Pfad führte durch das Gelände, eine provisorische Brücke überspannte einen Wassergraben. Mitten im Grün stand eine Hütte auf Stelzen.

»Da wohnst du?«, fragte Marlene, und Janne nickte. Ihre Wangen waren gerötet, und zum ersten Mal kam es Marlene in den Sinn, dass auch sie nervös war. Gemeinsam nahmen sie den flachen Abstieg. Was von oben wie ein dichter Teppich ausgesehen hatte, war aus der Nähe ein Dickicht aus unzähligen Pflanzen; Marlene kannte nicht eine einzige beim Namen. Sie hörte Gezwitscher in den Gräsern, die Vögel versteckt zwischen den Büscheln. Janne setzte vorsichtig einen Fuß vor den anderen. Alle paar Schritte drehte sie sich um und wies Marlene auf Unebenheiten am Boden hin. Die Gräben waren bis oben gefüllt mit Wasser, von rosa geblümten Graskanten eingefasst, der Pfad verschlammt und durchbrochen von Pfützen. Vorsichtig passierten sie die Holzbretter, die als Brücke dienten. Janne ging voran und beobachtete genau, wie Marlene es ihr gleichtat.

Sie erreichten die Leiter, die zur höhergelegenen Veranda der Hütte führte; Marlene war noch immer sprachlos. Alles hier fühlte sich surreal und zauberhaft an, als wären sie an einem Ort, der nicht wirklich existierte. Verlegen wies Janne auf die Sprossen und sagte, »Du zuerst«, dann trat sie einen Schritt zurück.

Die Aussicht von der Veranda war überwältigend. Sie standen nebeneinander, die Hände auf dem hölzernen Geländer. Marlene verspürte den gewohnten Impuls, Janne zum Lachen zu bringen, aber nichts bot Anlass für einen Witz, und sie schwieg andächtig.

»Cool, oder«, sagte Janne, den Blick in die Ferne gerichtet, ehe sie einen Schlüssel aus der Hosentasche holte und die Tür aufschloss.

Marlene fragte nach der Hütte. Janne antwortete von drinnen, »Eine Vogelwarte, die von früher, vor der neuen Vogelstation«, und Marlene sagte, »Wirklich«, sah noch einmal ringsum und betrat den Wohnraum.

Es gab nur ein einziges Zimmer, der Boden, die Wände, die Decke aus Holz. Ein kleiner Tisch unter dem Fenster, eine Küchenzeile daneben, an der hinteren Wand ein schmales Bett. Am Fußende stand ein Ofen, dessen Rohr in der Wand verschwand.

»Das ist so schön hier«, sagte Marlene.

Janne steckte die Hände wieder in die Taschen. »Ja«, sagte sie dann, »schon ziemlich schön.«

Es war ungewohnt, sie so zu sehen, in ihrem Zuhause, im weißen Strickpullover, der wie all ihre Kleidung alt sein konnte oder auch nicht. Marlene stellte sich vor, wie sie am Tisch aß, vielleicht bei offenem Fenster, wie sie jeden Morgen hier aufwachte. Bis eben hatte sie nicht gewusst, wo sie diese Dinge tat, und nun stand sie mitten in ihrem Schlafzimmer, und während dieser Umstand sie bei Online-Dates immer belustigt hatte, empfand sie ihn hier als seltsam verbindlich und intim.

Janne bot Marlene einen Platz am Tisch an und begann, verschiedene Dinge aus dem kleinen Oberschrank zu holen. Auf der Arbeitsfläche standen in Wassergläsern zwei Pflanzen, die Korallen ähnelten.

»Ich kann dir leider nur was Einfaches machen hier«, sagte sie.

»Ist doch super«, sagte Marlene. Unter dem Tisch zog sie ihre Schuhe aus und schlüpfte in die mitgebrachte Jeans, dann legte sie den Rock und die Bluse ab. Sie fuhr mit den Fingern den Fensterrahmen entlang und beobachtete Janne von der Seite, die vom Tag in der Räucherei erzählte und währenddessen eine Zwiebel schnitt. Das Messer glitt schnell und fast lautlos hindurch; als sie eine Knoblauchzehe schälte, sah es aus, als würde sie ihr aus dem Mantel helfen.

»Du kannst ja kochen«, sagte Marlene unvermittelt, und Janne lachte und hielt inne, den nackten Knoblauch in der Hand.

»Ein bisschen.«

»Jetzt mal ernsthaft«, sagte Marlene, »das hast du nie erzählt. Woher?«

Janne hackte den Knoblauch auf dem Brett vor sich klein und schwieg einen Moment. Dann sagte sie, »In Peru habe ich damit angefangen«, und Marlene wiederholte, »In Peru«, und Janne ließ das Messer sinken, streute etwas Salz über den Knoblauch und sagte, »Mein Vater ist Koch dort. Mein Spanisch ist sehr schlecht, aber kochen – das haben wir dann immer zusammen gemacht. Ich flieg da alle paar Jahre mal hin.«

Janne hatte ihren Vater bisher noch nicht erwähnt. Marlene fürchtete, dass sie ungern darüber sprach, und zwang sich, nicht weiter nachzuhaken.

»Soll ich dir helfen?«, fragte sie stattdessen.

»Ach was«, sagte Janne. Sie schälte ein paar Kartoffeln und schnitt sie in dünne Scheiben. »Aber du kannst zwei Bier aus dem Schuppen holen.«

Sie erklärte ihr den Weg und entzündete knisternd den Gasherd. Marlene trat auf die Veranda, ging am Fenster vorbei um die Hütte herum. In einem kleinen Verschlag schien sich die Toilette zu befinden, an der Seite war eine Außendusche angebracht. Die Abstellkammer war schmal und lag im Halbdunkel, beleuchtet nur von ein paar Oberlichtern in der Außenwand. Neben der niedrigen Tür standen zwei Getränkekästen, Marlene griff zwei kleine, raumwarme Bier aus dem oberen. Dann erst sah sie sich um.

Ringsum waren Regale an den Wänden, voll mit Gegenständen, die Marlene im Dämmerlicht erst langsam erkannte. Sie trat näher. Da waren kaputte Vasen und Ofenkacheln, Teile von Schalen, von Tellern, Werkzeuge, Münzen, weiter hinten Tierknochen, ein spitzer Schädel, Ziegelsteine. Der Boden knackte unter ihren Füßen. Sie hörte den Wind von draußen, dann schlug die geöffnete Tür zu. Marlene drückte hastig dagegen. Als sie den Raum verließ, verspürte sie Erleichterung, ein Gefühl, als ließe sie etwas Schweres hinter sich.

Auf dem Weg zurück in den Wohnraum roch sie die Zwiebeln durch das geöffnete Fenster.

»Tut mir leid, dass die nicht kalt sind«, sagte Janne, als Marlene ihr eine der Flaschen reichte.

»Was sind das für Sachen in dem Raum?«, fragte sie.

Janne schwenkte die Pfanne; die Bratkartoffeln waren fast durchsichtig. Neben dem Herd stand eine Schale mit zwei weißlichen Fischfilets in einer Marinade.

»Das ist altes Zeug aus Rungholt.«

Marlene sagte, »Was, echt«, dann stießen sie an, und Janne sagte, »Ja, das war gleich hier vorne, wenn du bei Ebbe ins Watt gehst, liegt da noch alles Mögliche«. Sie zeigte durch das Fenster Richtung Wasser. »Als ich letztes Jahr eingezogen bin, stand alles voll damit. Ich hab das dann nach hinten geräumt. Meine Mutter hat das gesammelt, als sie jung war.«

»Wieso?«

Janne füllte die Bratkartoffeln in eine Schüssel, stellte sie mittig auf den Holztisch und schob die Ärmel ihres Pullovers wieder nach oben. »Vielleicht, weil sie sich schon immer dafür interessiert hat, was es noch so gibt, woanders oder eben früher, also –« Sie legte die Filets in die Pfanne, nahm die Korallenpflanzen aus den Gläsern, trennte den Wurzelballen ab und gab die Ästchen dazu. »– sonst wär sie ja auch nicht weg von hier. Wir müssen jetzt aber nicht den ganzen Abend über meine Eltern reden, oder?«

»Nein, stimmt.«

»Was machen deine Eltern nochmal?«

»Böden«, sagte Marlene.

Janne holte zwei Teller aus dem Schrank und richtete das Essen darauf an. Als sie sich zu Marlene an den Tisch setzte, trafen sich ihre Blicke. Keine von ihnen sah weg.

»Du hast echt schöne Augenbrauen«, sagte Janne und begann, ihren Fisch zu zerteilen.

»Danke«, sagte Marlene. Sie spürte, dass sie rot wurde. Schnell nahm sie ihr Besteck und probierte. »Oh mein Gott«, sagte sie. »Was hast du mit den Kartoffeln gemacht?«

Janne sah auf. »Angebraten.«

Die Kartoffelscheiben waren knusprig und goldbraun, die Zwiebeln glasig, der Knoblauch unsichtbar. Verstohlen betrachte sie Janne beim Essen; sie kaute bedacht, aber ohne Überraschung, was Marlene unfassbar erschien.

»So lecker«, sagte sie.

Janne trank amüsiert einen Schluck aus der Bierflasche.

»Und das?« Marlene zeigte auf die Korallen, und Janne

sagte, »Meeresspargel, der wächst unten überall auf der Wiese«.

»Meeresspargel«, wiederholte Marlene und spießte ein Ästchen auf die Gabel. Sie zögerte kurz; sie aß selten Dinge, die sie nicht kannte. Der Spargel knackte im Mund und schmeckte frisch und salzig. Marlene sagte, »Mhm«, und Janne sagte, »Ja oder«, und sie lachten. Dass offenkundig nicht nur sie sich Gedanken gemacht hatte, beruhigte Marlene.

Dann sprachen sie über ihre Woche, über die Tage davor, über die Workshops, über Dascha und Zappo. Janne holte zwei weitere Bier von hinten, und Marlene starrte nach draußen, wo der milchige Himmel den Sonnenuntergang verbarg. Es dämmerte, die Salzwiese verlor langsam ihre Farben. Janne drehte sich eine Zigarette und rauchte am offenen Fenster. Es war ihre erste, seit sie zusammen aufgebrochen waren.

»Hörst du hier manchmal die Glocken von Rungholt?«

Janne pustete den Rauch in die Dämmerung. »Wer hat dir das denn erzählt?«

»Das sagt man doch so.«

»Also«, sie grinste, »nur wenn es wirklich windstill ist.«

»Echt?«

Janne zuckte mit den Schultern. »Sie haben letztens erst die Reste der Kirche im Watt gefunden. War eine richtige Sensation. Mal sehen, ob sie weiter läutet oder ob sie –«, sie machte eine Pause, in der sie die Zigarette ausdrückte, »– jetzt erlöst ist oder so.«

Marlene fragte, »Was meinst du?«, und Janne sagte,

»Ach, keine Ahnung«. Drinnen wurde es dunkel. Janne knipste eine baumelnde Campingleuchte an und entzündete ein paar der Kerzen, die auf kleinen Tellern überall im Raum standen.

Während sie weitersprachen, schälte sie eine Orange, fast ohne hinzusehen, und reichte Marlene eine Hälfte über den Tisch. Sie selbst aß ihre Hälfte beinah mechanisch, ohne Marlene aus den Augen zu lassen. Marlene erzählte, dass in dem Buch, das sie gerade las, die Figur wie sie selbst auf einer Insel festsaß, und dabei fiel ihr Blick auf Jannes rechte Hand, ein Stück Orangenschale zwischen Daumen und Zeigefinger. Ihr Daumen befühlte das weiße Innere der Schale, strich behutsam darüber. Marlene stockte.

»Was ist?«

»Nichts«, sagte sie.

Sie sprach weiter, und ihr Blick wechselte dabei zwischen Jannes Gesicht und ihrer Hand hin und her; die tätowierten Punkte und Striche auf der Haut, die kurzen, runden Nägel, die schmalen Fingerknöchel. Plötzlich war es still. Marlene spürte, dass sie fror. In einer Kneipe hätte sie nun gesagt, willst du hier noch was trinken oder bei mir, aber das passte jetzt nicht, überhaupt passte nichts von dem, was sie kannte. Sie sahen einander über den Tisch hinweg an. Janne grub ihre Fingernägel in die Orangenschale. Marlene öffnete den Mund, ohne zu wissen, was sie sagen würde. Janne kam ihr zuvor.

»Ich kann dich nach Hause bringen, wenn du willst«, sagte sie und stellte umständlich die Teller aufeinander, die Geräusche unwirklich laut im Raum.

Marlenes Herz pochte so heftig, dass sie befürchtete, Janne könnte es hören. Sie spürte etwas durch ihren Körper fahren, vielleicht die Abendkälte, vielleicht die Enttäuschung. »Musst du nicht«, sagte sie.

»Wenigstens bis zum Fahrrad.«

In der anbrechenden Nacht sah Marlene, dass sich das Wasser aus der Wiese zurückgezogen hatte; die Rinnen und Becken lagen leer und nass im Dunkeln. Schweigend erklommen sie den Deich. Marlene trug zusätzlich einen Pullover, den Janne ihr geliehen hatte. Unten an der Straße brauchte sie unwahrscheinlich lange, um ihr Fahrrad aufzuschließen. »Okay«, sagte sie endlich.

»War schön«, sagte Janne, und dann trat sie einen Schritt vor und umarmte sie. Es war das erste Mal, dass sie sich wirklich berührten, und Marlene hielt sich perplex am Lenker ihres Rads fest. Sie spürte einen Arm um ihre Hüfte, den anderen um den Hals. Sie spürte Jannes Wange an ihrem Ohr, nur kurz. Dann war es vorbei, und sie fuhr nach Hause, allein durch die Dunkelheit.

14

In der Nacht schlief sie kaum und schreckte mehrfach hoch. Wenn sie die Augen schloss, sah sie die Bilder des Abends vor sich, sie roch die gebratenen Zwiebeln, spürte das Knacken des Meeresspargels zwischen ihren Zähnen, empfand das Frösteln aus der Kammer auf der Haut. Sie sah Jannes Daumennagel in der Orangenschale, hörte den Atem an ihrem Ohr. Sie fror zu sehr, um wieder einzuschlafen, also stand sie auf und tastete nach Jannes Pullover, den sie überzog und nach ein paar Minuten energisch aus dem Bett warf, weil der Geruch sie verrückt machte, verrückt und wach, er roch nach Räucherei und Frischluft und nach Janne.

Am Morgen wachte sie vom Wecker auf, ungläubig, überhaupt eingeschlafen zu sein. Dann wurde sie sich der überwältigenden Erschöpfung bewusst, die es ihr unmöglich machte, aufzustehen. Sie tastete nach ihrem Handy und rief Arno an.

»Ich bin krank«, sagte sie, als er sich meldete. Sie rechnete damit, dass er sauer war.

»Brauchst du was«, fragte er stattdessen, »was hast du denn?«

Marlene wusste es nicht. Sie sagte, sie bräuchte bloß etwas Ruhe, und Arno sagte, »Natürlich, na klar, erhol dich gut«. Nach dem Telefonat schlief sie wieder ein, nur um am späten Vormittag von einem ungekannten, trockenen Durst aufzuwachen. Sie versuchte sich aufzusetzen, aber sofort spürte sie all ihre Glieder gleichzeitig. Ihre Haut war empfindlich und heißer als sonst, sie befühlte ihre Stirn, ihren Bauch, ihre Oberschenkel, sie schien zu glühen, obwohl sie fror. Draußen war es sonnig. Sie wollte weiterschlafen, doch abermals hörte sie ihren Herzschlag, diesmal zaghaft, als trommelte jemand mit leisen Fingern auf ihren Brustkorb. Also blickte sie starr an die Decke, die ihr heute niedriger erschien als sonst. Nach ein paar Minuten schrieb sie Dascha eine Nachricht, die womöglich dramatischer ausfiel als gewollt. Wenig später stand sie mit einer Flasche Wasser in der Tür.

»Bist du nicht arbeiten«, fragte Marlene matt.

»Ab drei«, sagte Dascha und kippte das Fenster über dem Bett. Dann reichte sie Marlene die Flasche, kniete sich neben sie. »Was hast du?«

Marlene machte ein verzagtes Geräusch und trank dabei mit kraftlos erhobenem Kopf aus der Wasserflasche; einzelne Tropfen liefen ihr Kinn hinunter. Dascha befühlte Marlenes Stirn, wie sie es eben selbst getan hatte. Sie kümmerte sich mit einer Selbstverständlichkeit, die Marlene zutiefst vertrauenswürdig erschien; wie auch immer die Diagnose lauten würde, sie würde sie annehmen.

»Normal«, sagte Dascha. Sie zog die Hand zurück.

»Fühl nochmal«, sagte Marlene ungläubig.

Dascha fühlte nochmal. »Ganz normal warm.« Sie fragte Marlene, was ihr fehle, und Marlene sagte, »Heiß, kalt, schwach, müde, und das Herz schlägt zu schnell«.

»Sonst nichts?«, fragte Dascha.

Marlene wurde im Rahmen ihrer Möglichkeiten aufbrausend und sagte, »Das ist doch krank genug«, und Dascha sagte, »Na ja«, und fragte nach Janne.

Marlenes Brustkorb kribbelte. Sie trank noch einen Schluck Wasser. »Ja, war schön«, sagte sie dann.

Dascha nahm ihr die Flasche ab und deckte Marlene zu. »Du musst dich ausruhen.«

»Okay.«

»Aber wahrscheinlich bist du nur verliebt.«

Etwas später schaffte es Marlene in die Waschräume. Sie hatte erwartet, vor ihrem Spiegelbild zurückzuschrecken, wie sonst, wenn sie krank war. Aber ihre Wangen waren prall und gerötet, und die Farbe ihrer Augen war dunkler und satter als sonst. Sie fror noch immer und spürte unter der Dusche jeden einzelnen Tropfen auf der Haut. Danach hatte sie deutlich das Gefühl, nicht nur sich selbst, sondern auch einen Körper abzutrocknen. Essen konnte sie nichts. Mahlzeiten hatte sie seit jeher als gegeben hingenommen. Nun hatte sie seit dem Vorabend nichts mehr gegessen, und ihr wurde schlecht bei der Vorstellung, die Küche auch nur zu betreten. Zurück in ihrem Zimmer ließ sie sich wieder aufs Bett fallen und rief Luzia an. Sie hatte seit dem Streit vermieden, mit ihr zu sprechen, aber jetzt wurde das Bedürfnis danach zu groß.

Luzia war joggen; sie tat das so regelmäßig, dass sie dabei ohne Weiteres telefonieren konnte. Marlene hörte ihre Schritte gedämpft im Hintergrund.

»Na du«, sagte Luzia.

Marlene zählte ihre Symptome auf. Luzia lief unbeeindruckt weiter. Sie fragte verschiedene Möglichkeiten ab, aber Marlene hatte nichts Falsches gegessen, sie bekam nicht ihre Tage und auch keine Sommergrippe. Dann erzählte sie von ihrem Abend mit Janne.

»Wer ist das denn?«

»Wir, äh, rauchen immer zusammen in den Pausen.«

»Du rauchst doch gar nicht«, sagte Luzia.

»Ja, aber sie. Und dann reden wir über alles Mögliche, keine Ahnung.«

Sie hatte befürchtet, sich umständlich erklären zu müssen, aber Luzia lachte ins Telefon. »Ja, okay«, sagte sie nur. Sie schien zu beschleunigen und rief jemandem eine Entschuldigung zu. »Warum hast du nichts erzählt?«

»Ich – das ist keine große Sache.«

»Uff«, sagte Luzia, ihr Atem jetzt deutlich hörbar, »wie schlecht du lügst.«

»Ach Mann«, sagte Marlene.

»Also echt, selbst durch den Hörer merk ich das.«

Sich zu verlieben, hatte Marlene anders in Erinnerung.

»Doch, so ist das«, sagte Luzia, »das ist so. Weißt du noch, wie es mir ging –«

Sie hatte vor Hendrik eine kurze Beziehung mit einem Barkeeper gehabt. In den ersten Wochen nach dem Kennenlernen war ihr so übel gewesen, dass sie sogar zu ihrer Hausärztin in die Sprechstunde gegangen war. Sicher war Marlene auch schon verliebt gewesen. In den letzten zehn Jahren hatte es bestimmt eine Handvoll Leute gegeben, die ihr etwas bedeutet hatten. Doch bisher hatte sich das Meiste in ihrem Kopf abgespielt, der Rest des Körpers hatte nur ihr gehört.

Luzia fragte, »War da was zwischen euch?«, und Marlene antwortete, »Wir haben uns nur angeguckt und so«, und Luzia lachte nochmal und sagte, »Dann sind das die Gefühle, die wissen jetzt nicht, wohin«.

Marlene setzte sich im Bett auf. »Ich bin richtig krank.«
»Kann auch sein. Aber schlaf da mal eine Nacht drüber.«

Abends aß Marlene zwei Scheiben Toast mit etwas Aufschnitt. Sie ignorierte trotzig, dass sich ihr Zustand seit dem Telefonat mit Luzia rapide verbessert hatte, und legte sich schlafen, sobald es dunkel war.

Noch vor dem Morgengrauen erwachte sie mit glasklarem Bewusstsein. Alle Beschwerden vom Vortag waren verschwunden, stattdessen spürte sie schon im Liegen einen Schauer, der ihr den Nacken emporstieg und ihre Ohren heiß werden ließ. Sie öffnete die Vorhänge; niemand anders in den Baracken schien wach zu sein. Aus Gewohnheit lehnte sie sich an die Zimmerwand und zückte ihr Handy, scrollte durch die letzten Chats und die tagesaktuellen Nachrichten und klickte schließlich ein Eiskunstlaufvideo an, das ihr vorgeschlagen wurde. Aber statt der beruhigenden Wirkung, die das Kratzen der Kufen und die Schwünge und Sprünge sonst auf sie hatten, sah sie nur auf die Hände des Paares, die sich in Schultern, in Hüften und Oberschenkel gruben, und das Ende der Kür, als sich beide heftig atmend gegenüberstanden, kam ihr plötzlich anstößig vor. Eine seltsame Erregung griff auf sie über; ruckartig schlug sie die Decke zurück.

Sie fühlte sich gesund, aber fror noch immer. Irritiert

besah sie ihre nackten Füße am Boden. Sie war seit April barfuß im Zimmer herumgelaufen und hatte sich nie an der Kälte des Linoleums gestört. Ein Kribbeln ballte sich in ihrer Körpermitte zusammen. Sie öffnete die Tür nach draußen. Morgenfrische Luft blies herein; sie trat in den Türrahmen und schaute in die Dämmerung.

Und weil es nicht geholfen hatte, den Sport anderer Leute anzuschauen, beschloss sie spontan, selbst welchen zu machen. Der Gedanke kam ihr zum ersten Mal, seit sie auf Strand war. Also zog sie eine Jogginghose, ihre Turnschuhe und einen Pullover an, alles Kleidung, die sie sonst im Alltag trug, und lief zwischen den Barackenreihen hindurch und dahinter den Deich hoch. Oben angekommen fühlte sie sich so wach wie seit Monaten nicht mehr. Sie wusste nicht genau, wie weiter, also lief sie probeweise einfach los. Nach wenigen hundert Metern verschwand das Kribbeln in ihrem Bauch, und das Seitenstechen setzte ein. Marlene blieb stehen. Das Geschrei der Möwen schallte wie lautes Lachen über ihr. Sie nahm die Arme nach oben, als würde sie jubeln. Sofort fühlte sie sich besser. Die schmerzende Lunge und der Zug auf die Sehnen und Bänder in ihren Beinen waren weit intensiver als in ihrer Vorstellung, und sie erinnerte sich nicht, das jemals so genossen zu haben.

Als sie zurückkam, traf sie Barbara im Waschraum.
»Nanu«, sagte Barbara, »du bist doch krank.«
»Jetzt nicht mehr.«
»Du siehst gut aus.«
Marlene hielt das für einen Scherz, aber dann fiel ihr

Blick auf ihr Spiegelbild. Sie sah noch besser aus als gestern, die feuchten Haarsträhnen wie eine hübsche Bordüre um die Stirn. Barbara musterte sie und fixierte ihre Haube mit kleinen Klammern. Es konnte erst kurz nach sechs sein. Marlene fragte, was sie so früh hier mache, und Barbara sagte, »Wenn ich früh genug hingehe, dann kann ich vorher noch in die Sauna«.

»Echt.«

»Klar. Das merkt kein Mensch.«

Barbara zählte ihre Favoriten auf: Holzofensauna, Meerwasserbad, japanisches Luftsprudelbecken. Die Vorstellung, dass Barbara täglich in die Sauna ging, während sie alle in den heruntergekommenen Containern duschten, machte Marlene sprachlos.

Barbara rieb sich etwas trockene Haut von den Lippen. »Du kannst ja mal mitkommen, wenn du öfter so früh auf bist.«

Sie ließ das Fahrrad stehen und lief die Strecke zum Dorf. Von den Weiden stieg dumpf und feucht der Tau auf, gleichzeitig spürte Marlene die Sonne auf ihrem Nasenrücken. Sie dachte: Es wird ja Sommer. In den vergangenen Tagen hatte sie vergessen, dass eine neue Jahreszeit bevorstand. Die Temperaturen waren gemäßigt gewesen, irgendwo zwischen warm und kalt, eine unauffällige Witterung, die Marlene kaum bemerkt hatte. Nun nahm sie den Weg durch die Wiesen, und alles schien sich ihr aufzudrängen: die sachte bewegte Luft, das Zittern einzelner Blätter in den Büschen, die sonderbaren Rufe kleiner Vögel im Gras. Alles zeigte sich von seiner besten Seite, alles war wunderschön, aber am schönsten war Marlene selbst.

»Oh«, sagte Arno, als sie sich vor dem Laden trafen, »du siehst aber erholt aus. Frisch.«

Marlene war darauf vorbereitet, sich erklären zu müssen, doch er verschwand nervös im Hof, bevor sich dazu Gelegenheit bot. Die Gerüche des Ladens stachen ihr in die Nase, als sie durch die Tür trat, fast so, als wäre sie lang nicht hier gewesen, als beträte sie eine Erinnerung. Sie betrachtete die schweren Holzmöbel, die gefüllten Gläser in den Regalen, sie erahnte die versteckten Apparaturen dazwischen. Sie sah an sich herunter, auf ihre Lederschuhe, den groben Stoff ihrer Schürze, und unter alldem kam sie sich wahnsinnig echt vor, als wäre sie in einen Brunnen oder ein Erdloch gefallen und liefe nun durch eine Traumwelt, in der nur sie selbst real war. Die verhüllte Heizung, die Kasse, die keine war, die abgedeckten Lichtschalter, alles, was in den letzten Monaten zu ihrem Alltag verwachsen war, wurde nun wieder Kulisse, hinter der sich andere Dinge verbargen.

Am späten Vormittag steckte Arno den Kopf zur hinteren Tür herein. »Noch kurz zum Mittagessen gleich –« Er stockte und hielt sich am Türrahmen fest.

Marlene wartete.

»Da kommt die Mama von Maja und Toni, also Denika, die ist heute auf der Insel, die isst heute mit.«

»Okay«, sagte Marlene, »klingt gut.«

Arno sagte auch, »Gut«, und schloss die Tür, hinter der es bald zu rumpeln begann. Als Marlene mittags den Wohnraum betrat, war der Esstisch leer, stattdessen war auf der

Terrasse ein Gartentisch gedeckt, der dort sonst nicht stand. An der Längsseite saßen Jakub und eine Frau, die etwas befangen an einem Glas Wasser nippte. Denika war wunderschön. Ihr kinnlanges Haar war fast so blond wie das ihrer Kinder, sie trug ein weißes, strahlendes T-Shirt, ihre Haut war gebräunt wie nach einem unbeschwerten Kurztrip.

Marlene lächelte sie an und ging zu Arno in die Küche. Er bückte sich gerade, um in den Ofen zu sehen, dann riss er beherzt die Ofentür auf und holte ein Blech mit Keramikförmchen heraus, aus denen kleine, pralle Hauben herausquollen. Beeindruckt trat Marlene einen Schritt zurück. »Was ist das denn?«

»Soufflé«, sagte Arno zu den Förmchen, dann erst drehte er sich um. Sein Gesicht war gerötet, einzelne Schweißperlen standen ihm auf der Stirn. Marlene riss ein Stück Küchenrolle ab und reichte es ihm; er tupfte damit sein Gesicht ab.

»Alles okay?«, fragte Marlene.

»Geht schon«, sagte Arno.

Er holte einen Stapel Teller aus dem Schrank, zählte sie, stellte einen zurück, platzierte die übrigen nebeneinander auf der Arbeitsfläche, griff beinahe mit bloßen Händen nach den Förmchen und suchte dann nach einem Handtuch. Marlene nahm die Salatschüssel und verließ die Küche.

Draußen kamen die Kinder von der Schule und liefen mit hüpfenden Lederrucksäcken auf Denika zu. Denika umarmte beide, küsste ihre Köpfe. Sie sahen aus wie eine Familie aus Zeitreisenden, die ein Jahrhundert voneinander getrennt gewesen war. Jakub saß betreten daneben, und auch Marlene stand unschlüssig in der Terrassentür. Plötzlich blickte Denika auf und sah Marlene an. Aus der Nähe war sie sogar noch schöner.

»Hallo«, sagte sie. Ihre Zähne hatten fast die Farbe des T-Shirts.

»Das ist meine Mama«, sagte Maja.

»Meine auch«, sagte Toni.

»Das hab ich mir gedacht«, sagte Marlene, und Denika lachte.

Die Kinder stellten ihre Rucksäcke ab und hatten sich gerade hingesetzt, als Arno auf die Terrasse trat, in jeder Hand einen Teller. »Wo wart ihr so lange?«, fragte er, »ihr habt doch getrödelt.«

»Nee«, sagte Toni.

»Die Schule war länger«, sagte Maja.

Arno sagte, »Aha«, und stellte die Teller hin, und Denika sagte, »Jetzt seid ihr ja da«, und dann fiel ihr Blick auf das Essen und sie gab einen Laut von sich, den Marlene nicht zu deuten wusste.

»Du hast Soufflé gemacht«, sagte sie sanft.

»Das geht doch schnell«, sagte Arno und verschwand im Haus.

»Werdet ihr immer so toll bekocht?«, fragte sie in die Runde.

Marlene sagte, »Ja«, Jakub sagte, »Unterschiedlich«, und Toni sagte, »Nee«, alles gleichzeitig.

Arno brachte die restlichen Teller, Denika wies die Kinder an, sich drinnen nochmal die Hände zu waschen, was Arno schweigend hinnahm. Marlene hatte sich vor dem Essen nie die Hände gewaschen, wenn sie aus dem Laden kam. Heute fragte sie sich, wieso eigentlich. Sie wollte nicht gemeinsam mit den Kindern aufstehen, also blieb sie sitzen und betrachtete verstohlen ihre Handflächen.

Zu dem Soufflé gab es geraspelte Rote Beete und Feldsalat. »Ich liebe Rote Beete«, sagte Denika. Arno lächelte und nahm unsicher sein Besteck auf. Es war Marlenes erste richtige Mahlzeit seit dem Abend mit Janne. Der Geschmack, die Aromen, die Textur kamen ihr unwirklich intensiv vor, und sie überlegte, ob es an ihrer geschärften Wahrnehmung lag oder ob Arno sich bloß besondere Mühe gegeben hatte.

Die Stimmung am Tisch war wohlwollend, aber angespannt. Arno und Denika fragten die Kinder über den Schultag aus, Marlene konnte nicht sagen, ob aus ehrlichem Interesse oder aus Verlegenheit. Sie hatte Arno noch nie so erlebt. Wenn sie sonst gemeinsam aßen, sprachen sie meist über den Laden, das Wetter, die Tiere, den Abwasch, und manchmal vergaß Marlene dabei, dass Maja und Toni noch in die Grundschule gingen.

Nach dem Essen verschwanden die Kinder in der Scheune, und Jakub und Marlene räumten den Tisch ab. Mittlerweile bewegten sie sich in der Wohnung, als wären sie hier zu Hause, sie befüllten die Spülmaschine und setzten Filterkaffee auf. Dann liefen sie um die Ecke zur versteckten Bank neben der Regentonne. In der Regel sah Marlene Jakub bloß dabei zu, wie er rauchte, aber als er ihr heute die Zigaretten hinhielt, nahm sie eine.

Schon mit dem ersten Zug spürte sie das Nikotin, den beschleunigten Herzschlag in der Brust. Die Rückseite des Stalls und Teile des Gemüsegartens verschwammen für eine

Sekunde vor ihren Augen, nur um augenblicklich gestochen scharf zurückzukehren, fast so, als hätte sie noch nie zuvor geraucht.

»Sie sieht heiß aus«, sagte Jakub nach ein paar wortlosen Zügen.

»Ach ja?«

»Ja, voll.«

Marlene sagte, »Kann sein«, und Jakub sagte, »Das ist so eine Frau, mit der willst du im Sommer campen fahren und im Zelt aus Versehen ein Kind machen«. »Puh«, sagte Marlene, und Jakub sagte, »Also, ist jetzt nur mein Gefühl, so als Beispiel«.

»Du machst jetzt erst mal mit niemandem ein Kind, du gehst jetzt zu deinen kleinen Pferden«, sagte Marlene.

Sie warfen ihre Zigarettenstummel in ein offenes Schraubglas unter der Bank, gingen zurück zur Terrasse. Arno und Denika saßen unentschlossen vor ihren Kaffeetassen, eine einsame Milchpackung zwischen ihnen. Denika lehnte sich nach vorn, eine Hand nah an Arnos Arm, als hätten sie sich eben noch berührt.

Denika, mit dem Rücken zu ihnen, sagte gerade, »Wirklich, das ist besser«, und Arno, der sie nun kommen sah, zog seinen Arm endgültig weg und sagte, »Ah, da seid ihr ja«, und stand auf.

»Ich hole mir nur noch schnell einen Kaffee«, sagte Jakub.

»Ich auch«, sagte Marlene.

Unschlüssig setzte sich Arno wieder hin. Marlene trat hinter Jakub ins Haus und warf einen Blick auf die Uhr über der Küchentür. Sie hatten noch sieben Minuten Pause. Im

Stehen tranken sie beide eine halbe Tasse neben der Arbeitsfläche. Marlene hätte gern etwas Milch gehabt, wollte aber nicht nochmal nach draußen gehen.

Jakub trat dicht ans Fenster. »Was ist mit denen?«

»Keine Ahnung.«

»Übrigens«, sagte er, ohne den Blick von der Scheibe abzuwenden, »ich meinte das eben nicht so.«

»Wie denn?«

»Na, also, wie es klang.«

15

Janne war nicht zu sehen. Vormittags schon hatte Marlene immer wieder durch die geöffneten Fenster nach draußen geschaut, bis ein Tourist mittleren Alters sie gefragt hatte, ob denn der Milchmann käme. Sie war zurückgeschreckt; kurz hatte sie die behauptete Vergangenheit vergessen, in der sie sich befand. Nicht, weil sie sich daran gewöhnt hatte, sondern weil sie die plötzliche Gewissheit verspürte, den Kern der Dinge anderswo zu finden. Es kam ihr nun merkwürdig vor, dass sie nie nach Jannes Nummer gefragt hatte, dass sie es seit Monaten dem Zufall überließen, wann sie sich trafen.

Um kurz nach sechs schloss sie den Laden ab. Draußen war es mild, aber deutlich kühler als während der Mittagspause, und Marlene erinnerte sich, ihre Stola im Wohnzimmer liegengelassen zu haben. Sie ging außen um das Haus herum; die Terrassentür stand offen, der Raum dahinter lag bereits im Halbdunkel. Marlene klopfte vorsichtig an die Scheibe, tat es aber eher für sich, weil sie drinnen niemanden erwartete, und erschrak, als sie Arnos Stimme hörte. Er saß unbeweglich in einem Sessel, die Hände im Schoß. Marlene griff nach ihrem Tuch, das über einem Stuhl am Esstisch hing.

»Ähm«, sagte sie dann, »gehts dir gut?«

Arno sah auf und hielt sich an den abgeriebenen Sessellehnen fest. »Ja«, sagte er dann, »lieb, dass du fragst.« Er schloss die Augen und lehnte den Kopf an.

Erst jetzt traute sich Marlene, ihn genauer anzusehen. Sie entdeckte eine von Tonis Legofiguren neben ihm, die er wohl bis gerade in der Hand gehalten hatte. »Ich muss auch noch nicht direkt nach Hause«, sagte sie leise.

Arno öffnete mit unbewegtem Kopf die Augen und schaute sie träge an. »Kannst du aber.«

»Ja, aber ich muss nicht.«

»Okay.«

Marlene setzte sich unbeholfen auf das Sofa, auf dem sie bisher noch nicht gesessen hatte. Arno rutschte nach vorn und fragte, ob sie etwas essen wolle, und Marlene sagte, »Nein, danke«, und er sagte, »Nachtisch, den hab ich für vorhin gemacht, aber dann hab ich den vergessen«, und da konnte Marlene nicht nein sagen. Arno stand auf, wobei das Legomännchen zu Boden fiel. Als er in der Küche verschwand, hob Marlene es wieder auf und legte es auf den Beistelltisch. Sie trat in die Tür und beobachtete Arno, wie er eine abgedeckte Plastikschale aus dem Kühlschrank und zwei Glasschälchen aus dem Regal holte.

»Hab ich gestern schon vorbereitet«, sagte er und befüllte die Schälchen, »dass das richtig durchziehen kann und dann –«, er öffnete die Schublade und holte zwei Löffel heraus, »dann hab ich das vergessen irgendwie.«

Er reichte Marlene eine Schale. Der Nachtisch war ein Schichtdessert aus einer weißen Creme, gräulichem Rhabarberkompott und Kekskrümeln.

»Sieht toll aus«, sagte Marlene. Sie setzten sich nebeneinander auf die Terrasse. Marlene war zunächst etwas abgestoßen davon, wie sich die Zutaten in der Schale vermischten, aber dann schoss ihr die frische Säure des Rhabarbers in den Mund. Arno aß sehr langsam. Als Marlene fertig war, hatte er kaum die Hälfte geschafft und ließ den Löffel kraftlos sinken, scheinbar ohne die Absicht, weiterzuessen.

»Was ist denn los?«

Arno stellte sein Schälchen ab. »Ach«, sagte er und faltete die Hände. Marlene betrachtete ihn von der Seite, den ungepflegten Bart, die Falten um die Augen, die Augen selbst, die blau und eigentlich wirklich schön waren, und einem plötzlichen Impuls folgend legte sie ihm eine Hand auf die Schulter. Arno zuckte zurück, zumindest fühlte es sich zunächst so an. Aber eigentlich verließ bloß die Spannung seinen Körper – wie ein platzender Ballon, ein Sprung in der Fensterscheibe. Sein Kinn zitterte wie das eines Kindes, und mit dem Handballen wischte er sich eine Träne von der Wange. »Es ist total blöd«, sagte er, »weil eigentlich ist das alles okay.«

»Was denn?«

Arno atmete ein und seltsam beherrscht wieder aus. Er blickte starr auf den Boden, als er weitersprach. Dass ihm immer klar gewesen sei, dass Maja ausziehen würde, wenn die Grundschule vorbei war, dass sie das gemeinsam so geplant hatten, aber jetzt kam es eben doch überraschend, und außerdem, und da begann er mit den Händen über seine Oberschenkel zu reiben, außerdem wolle Denika jetzt, dass auch Toni mit zu ihr zieht.

Marlene nahm die Hand von seiner Schulter. Sie beugte sich so weit vor, dass sie Arno endlich ins Gesicht sehen konnte. »Wieso das denn?«

Arno hielt die Hände still und sah sie an mit seinen blauen, traurigen Augen. Sein Kinn zitterte noch immer. »Weil man Geschwister eben nicht trennen soll. Weil er in drei Jahren sowieso auch nach Husum müsste, weil er ganz, ganz einsam hier wäre ohne Maja –«

Er drehte seinen Kopf von ihr weg und versuchte seine Tränen zu verstecken, aber sie liefen unkontrolliert die Wangen hinunter, tropften auf sein Hemd, seine Arbeitshose. Marlene legte wieder ihre Hand auf seine Schulter und spürte, wie sein Oberkörper schnurrte und vibrierte, fast wie eine Maschine, und sie bemerkte selbst einen Kloß im Hals.

»Es ist nur so«, sagte er, und nun ließ er die Tränen einfach laufen, »dass Maja immer hier war, seit sie ein Baby war, seit sie ein kleines, kleines –«, er rieb wieder mit seinen Händen über die Hose, »kleines Baby war, und Toni ja auch, sie waren einfach immer hier.« Sein Mund verzog sich stumm zu einer Grimasse, aber er machte keinen Laut.

Marlene schob ihren Stuhl ein Stück nach hinten und umarmte ihn vorsichtig, und auch jetzt noch, als er das Kinn auf ihre Schulter stützte, spürte sie seine Überraschung. Sie überkreuzte ihre Arme auf seinem Rücken; er war schmächtiger, als sie vermutet hatte. Marlene dachte daran, wie Arno an ihrem ersten Tag die Radieschen auf dem Salat angerichtet, wie er den Kindern kleine Mäuse mit hauchdünnen Ohren geschnitzt hatte. Sein Bart kratzte an ihrem Hals. Das Vibrieren seines Oberkörpers wurde langsam schwächer, bis es endlich ganz verebbte. Arno löste sich aus der Umarmung, dann versuchte er zu lächeln. Fast hatte Marlene den Eindruck, dass er sich schämte.

»Wie habt ihr euch eigentlich kennengelernt?«, fragte sie, »du und Denika?«

Arno rutschte auf dem Stuhl hin und her und sagte, »Ach, also, das ist lange her mittlerweile«.

»Sag mal.«

Er hielt einen Moment inne, als müsste er sich bewusst erinnern. »Sie ist für eine Exkursion auf Strand gewesen, mit der Uni, hat sich hier das Watt angeguckt. Und im Sommer ist sie dann nochmal gekommen, aber nicht wegen dem Watt, sondern wegen mir.«

Er zog die Nase hoch und nahm sein Dessertschälchen wieder vom Tisch.

»Ich war völlig alleine damals, meine Mutter war gerade gestorben, niemand in meinem Alter auf der Insel, alle sind aufs Festland, nach Hamburg, nach Kiel, na ja. Und Denika – ja.«

Er aß einen Löffel des gräulichen Schichtdesserts.

»Und dann kam schon Maja, und wir wollten das hier zusammen aufbauen, und eigentlich sollte hier mal ein Forschungszentrum hin, vom Staat gefördert, weißt du, jahrelang ist da nur geredet worden, und in der Zwischenzeit kam Toni.«

»Und dann?«, fragte Marlene.

»Dann hat Denika es hier nicht mehr ausgehalten. Das wurde immer mehr, die Kostüme, das Dorf, ständig sind Kulissen dazugekommen, jedes Jahr mehr Gäste, das wurde alles immer größer, und das hat sie irgendwie –«, er kratzte das Schälchen aus, »fertiggemacht. Ja. Das und ein paar andere Sachen. Und dann ist sie zurück.«

Behutsam stellte er die Schale ab. Marlene fragte, »Wie lange ist das her?«, und Arno sagte, »Drei Jahre«, und Marlene sagte, »Das tut mir echt leid«.

Arno zuckte mit den Schultern. »Ich fühle mich manchmal so alt«, sagte er dann. »Und gleichzeitig so jung, weil dieses Haus –«, er zeigte schwach hinter sich, ohne den Kopf zu wenden, »da hab ich schon als Kind drin gewohnt.«

Marlene betrachtete den roten Backstein, das verblichene Reet des Dachs. Es war ein schönes Haus. »Hast du mal überlegt, von hier wegzuziehen?«, fragte sie nach einer Pause.

»Na klar«, sagte er und zog nochmal die Nase hoch. »Aber ich hab sonst nicht viel.«

»Du würdest doch was finden in Husum.«

»Wenn ich wegziehen würde, dann müsste ich Weert das Haus verkaufen.«

»Wieso?«, fragte Marlene, »du könntest es doch erst mal behalten, für die Ferien –«

»Ach Marlene«, sagte Arno sanft, ohne den Blick vom Garten abzuwenden, »das kann ich mir nicht leisten. Und es, also – das Haus ist Teil der Abmachung.«

Marlene fragte, »Welche Abmachung?«, und Arno sagte, »Von damals, von früher, als Weert das alles hier aufgebaut hat, das ist zu kompliziert, das ist nicht einfach zu verstehen«.

Marlene saß ratlos auf ihrem Gartenstuhl. Sie hatte das ungute Gefühl, zu tief vorgedrungen zu sein. Plötzlich kam ihr alles hier verflochten und verstrickt vor.

»Wenn ich weggehe, dann kommen hier Gästezimmer rein oder Seminarräume oder eine Glasbläserei oder so was«, er presste die Lippen aufeinander, »und das will ich nicht. Das ist der einzige Ort, der noch so ist wie früher.«

Marlene sagte, »Verstehe ich«, obwohl es von außen kaum zu verstehen war. »Na ja«, sagte Arno, und dann fragte er Marlene, wie es ihr überhaupt gehe heute, und sie brauchte ein paar Sekunden, um zu verstehen, was er meinte. Ihre kurze Krankheit, oder vielmehr das, was sie dafür gehalten hatte, kam ihr Wochen her vor.

»Gut. Besser.«

»Schön«, sagte Arno.

Sie nickten einander zu. Dann sahen sie wieder in den Garten, in dem das Licht gerade die Wärme des Abends annahm.

16

»Ach so«, sagte Janne am Fenster. Es war ein diesiger Vormittag, der nicht hatte enden wollen. Als Janne endlich für eine Zigarette rüberkam, war es kurz vor der Mittagspause. »Ich bin jetzt die Woche in Berlin.«

»Okay.« Marlene versuchte, ungerührt zu klingen. »Und was machst du da?«

Janne sagte, »Ein paar Leute besuchen«, Marlene sagte, »Ach schön«, und Janne sagte, »Ab und zu muss man weg von hier«.

»Total«, antwortete Marlene.

»Aber ähm«, Janne drückte ihren Kippenstummel an den Ziegeln der Außenwand aus, »das war schon total lange geplant. Und ich kann auch nur jetzt weg, weil ich sonst immer Workshops habe.«

»Ist doch voll okay.«

»Ja, klar.«

»Und Berlin klingt super.«

»Auf jeden Fall.«

Sie blickten sich an, bis sie beide grinsen mussten und wegsahen. Seit dem Abendessen in Jannes Hütte hatte das, was zwischen ihnen war, an Kontur gewonnen, und Marlene glaubte immer seltener, sich nur etwas einzubilden. Der Schlehdorn neben dem Fenster war längst verblüht und nun voller hellgrüner Blätter.

»Wann fährst du denn?«

»Schon morgen«, sagte Janne, »aber zum Johannisfest bin ich zurück.«

Das Johannisfest war auch im Schichtplan in der Küche eingetragen. Marlene suchte nach ihrem Namen und stellte fest, dass sie wie alle anderen den Abend über bis Mitternacht arbeiten sollte.

»Das ist nicht schlimm«, sagte Barbara, als Marlene danach fragte. »Da musst du nur dein Kostüm anziehen, und dann gehen wir so verkleidet zum Fest auf dem Dorfplatz, das wars.«

Marlene sagte, »Wieso das denn?«, und Barbara sagte, »Für die Atmosphäre, damit auch Leute von früher da sind, sozusagen«.

»Ich kenn mich da nicht aus«, sagte Marlene, »aber wenn wir nachts arbeiten, müssten wir dann nicht einen Zuschlag –«

»Ach, wenn du damit anfängst –«, sagte Barbara, während sie die Spülmaschine ausräumte, »aber echt, du kannst da machen, was du willst, und dafür hast du den Vormittag frei.«

»Das ist hier echt komisch manchmal.«

Barbara sortierte das Besteck in die Schubladen und nickte dabei. »Ich hab gehört, nächstes Jahr kriegen wir richtige Rollen zugeteilt, mit Namen und allem, das wird auch immer doller.«

Marlene stand ungelenk im Raum. »Nächstes Jahr bin ich hoffentlich nicht mehr da«, sagte sie.

Barbara lachte und stieß klirrend die Schublade zu. »Das hoffe ich auch für dich. Aber es kommen mehr zurück, als du denkst.«

Als Marlene am nächsten Morgen den Laden betrat, sah sie schon durch die Glasscheibe etwas auf der Fensterbank liegen. Es war eine in Packpapier eingeschlagene Makrele. Auf dem Papier stand mit Edding *Bis nächste Woche* geschrieben. Nervös zählte sie an den Fingern die Nächte bis Johannisnacht ab: Es waren sechs.

Je weiter das Jahr voranschritt, desto langsamer verging die Zeit. Sie kannte alle Abläufe, kannte die anderen Saisonkräfte in den Baracken; sogar die Gäste, die den Laden betraten, kamen ihr bekannt vor. Und als nun auch noch die Pausen mit Janne ausblieben, dehnten sich die Stunden ins scheinbar Unendliche. Nach Feierabend wurde es nicht besser. Die Temperaturen sanken wieder, die Sonne versteckte sich tagelang, der Himmel war trüb, die Luft nahezu greifbar, und draußen vergessene Wäsche war morgens feucht und kalt.

Vielleicht verging die Zeit auch nur so langsam, weil Marlene weiterhin unheimlich wach war. Während die anderen merklich unter einem Schleier der ersten Ermüdung dahinschlichen, den die Routine mit sich brachte, nahm Marlene alles sonderbar geschärft wahr. Sie ertappte sich dabei, wie sie sich häufiger berührte, wie sie in Gedanken versunken ihre Fingerknöchel entlangfuhr. Wenn sie sich im Spiegel sah, erschrak sie nicht mehr. Im Supermarkt brauchte sie länger, um sich zu entscheiden, weil sie einen diffusen Appetit verspürte, dem sie mühsam nachspürte. Sie kaufte Lebensmittel aus ihrer Kindheit, an die sie kaum Erinnerungen hatte, Backpflaumen oder Lakritzschnecken. An der Kasse lauschte sie dem Streit eines Paares, das darüber diskutierte, ob es sich eine gemeinsame Zukunft in Aachen aufbauen solle; auf dem Kassenband neben ihnen lagen nur zwei Packungen Limetten. Details wie diese drängten sich ihr auf, wohin sie auch ging, und sie empfand jeden Moment so unmittelbar, dass es unmöglich war, die Woche bis zum Johannisfest einfach im Dämmerzustand hinter sich zu bringen.

Wenn sie nachts im Bett lag, kam ihr die Umgebung zugleich gedrängt und sehr einsam vor. Sie spürte die schlafenden Körper nebenan, die winzigen Zimmer wie Waben aneinandergedrückt, und wie fast achtzig Menschen dicht an dicht ihre Zeit ableisteten. Hinter den Baracken wartete die endlose Weite, so dunkel und leer, dass sie sich Marlenes Vorstellung entzog, sobald sie sich darauf konzentrierte. Seit langer Zeit träumte sie wieder, oder vielmehr erinnerte sie sich morgens an ihre Träume. Es waren eher unscharfe Bilder, die ihr nach dem Aufwachen blieben; das öde Watt und das bewegte Wasser waren zwei, die häufig wiederkehrten.

Sicher hatte die Unruhe auch mit Janne zu tun. Marlene dachte an sie in Berlin. Sie war schon öfter dort gewesen, und obwohl sie es besser wusste, stellte sie sich Berlin als eine Stadt vor, in der alle so waren wie Janne, und fürchtete plötzlich, Janne würde nicht wieder zurückkommen, nicht nach Strand und auch nicht zu ihr.

Liebe Oma, schrieb sie Anfang der Woche auf eine Postkarte, auf der eine Bank in einem blühenden Garten zu sehen war, *der Frühsommer zeigt sich ja nicht wirklich von seiner besten Seite. Da hat man gedacht, es ist endlich so weit, aber nach ein paar schönen ersten Tagen heißt es nun wieder einmal: warten. Ich hoffe, das Wetter wird im Laufe der Woche besser und wir können bald die Sonne genießen. Warst du denn mittlerweile im Gartencenter?*

Am Vorabend ihres freien Tages prüfte sie den Plan der Fährgesellschaft; Flut und Ebbe fielen günstig, und sie beschloss, am nächsten Morgen nach Husum zu fahren. Auf dem Weg zurück in ihr Zimmer traf sie Dascha.

»Willst du noch was machen heute?«, fragte Marlene.

»Ich bin gleich verabredet.«

»Oh nee.«

Dascha trat von einem Fuß auf den anderen und sagte, »Sorry, vielleicht morgen«, und Marlene sagte, sie fahre vormittags nach Husum.

»Wieso das denn?«

»Wieso nicht?«

»Es ist komplett langweilig da.«

Dascha hatte recht, aber das störte Marlene nicht. Als sie am nächsten Mittag durch die Fußgängerzone von Husum lief, war sie überwältigt davon, wie einfach es gewesen war, Strand zu verlassen. Es war nicht so, dass sie die Verbindung zum Festland vergessen hatte, aber besonders in den letzten Tagen war es ihr vorgekommen, als schwebte die Insel im Nichts, als gäbe es nur das Dorf und die Baracken und sonst keinen anderen Ort auf der Welt.

Sie schlenderte durch die unscheinbaren Straßen, betrachtete die Auslagen eines Geschenkeladens, die billigen Souvenirs in den Drahtkörben auf der Straße davor. Die schmalen, ineinandergeschachtelten Häuser blickten von links und rechts auf sie hinunter, als bildeten sie ein freundliches Spalier. Weiter hinten war ein gelber Haribo-Goldbär aus Hartplastik aufgebaut, der sie um zwei Köpfe überragte, und am Hafen setzte sie sich in ein Eiscafé unter die Sonnenschirme und bestellte einen Eisbecher mit Beerenfrüchten. In diesem Moment riss der Himmel auf, und die Sonne zeigte sich das erste Mal seit Tagen. Das Wasser im Hafenbecken glitzerte. Marlene holte ihre Sonnenbrille aus dem Rucksack und krempelte die Ärmel ihres T-Shirts hoch. Sie überlegte, ob auf Strand nun auch die Sonne schien oder ob die Insel weiter von mattem Dunst umgeben war. Dann rief sie Luzia an.

»Willst du nicht für ein Wochenende nach Husum kommen?«

»Puh«, sagte Luzia.

Marlene blickte sich um. Durch die Sonnenbrille erschien alles golden, sogar der Himmel. Die Boote im Hafen wippten auf und ab.

»Das ist total lieb hier«, sagte sie, »und lustig.« Sie beschrieb ihr den Haribo-Bären und die Kinder-Eisbecher auf der Speisekarte.

»Kannst du nicht einfach nach Hamburg kommen? Oder wir fahren für paar Tage nach Bergamo.«

»Ich kann nicht für paar Tage nach Bergamo, ich hab echt nicht viel Urlaub.«

Luzia sagte, »Hm, ich weiß nicht«.

»Bitte, nur ein paar Tage. Ich bin voll einsam hier.«

»Echt? Und was ist mit Janne?«

»Die ist grad in Berlin. Nur für ein Wochenende, komm.«

»Na gut«, sagte Luzia, »aber vor August wird das nichts.«

Als sie aufgelegt hatten, betrachtete Marlene glücklich ihren Eisbecher und machte ein Foto davon, das sie Luzia schickte. Die Beeren waren in einem ordentlichen Muster angeordnet, das nun in der Sonne zerfloss. Marlene begann zu essen; nach ein paar Minuten stellte sie fest, dass sie zuerst alle Himbeeren gegessen hatte. Theoretisch hätte sie noch genug Urlaub, um nach Bergamo zu fahren. Aber die Vorstellung, länger nicht auf Strand zu sein, kam ihr gerade nicht allzu verlockend vor.

Am späten Nachmittag war sie zurück. Sie hatte in Husum noch bei einem Discounter eingekauft. Den Rock und die Bluse, die sie für den Weg durchs Dorf übergezogen hatte, stopfte sie unmittelbar nach der Kostümgrenze wieder zu den Einkäufen in den Rucksack.

Weil es zu spät für Kaffee, aber zu früh fürs Abendessen war, fand sie die Küche leer vor. Marlene setzte sich an einen der Tische am Fenster, schälte eine Zwiebel und Knoblauch und schnitt unbeholfen ein paar Kartoffeln in Scheiben. Ab und zu hielt sie inne und blickte aus dem Fenster. Von hier aus war nur die dritte Barackenreihe zu sehen, darüber der weiße, weite Himmel. Im Küchencontainer gegenüber saß jemand allein am Fenster und aß etwas. Dass sie die Leute, mit denen sie arbeitete, auch täglich beim Essen sah, dass sie nebeneinander schliefen und duschten, kam ihr plötzlich wieder so absurd vor wie in der ersten Woche auf Strand. Der halbe Tag in Husum hatte ihr in Erinnerung gerufen, wie es überall sonst war: Man ging zur Arbeit und dann wieder nach Hause. Luzia ging in den Laden, Robert ging in die

Praxis, und abends hatten sie Spaß in der Kneipe oder im Kino oder sonst wo und vergaßen ihre Jobs bis zum nächsten Morgen. Aber hier hörte der Arbeitstag scheinbar nie auf, und kurz fragte sie sich, wer hier trotzdem Jahr für Jahr wiederkam, bis sie erschrak und dachte: vielleicht Leute wie ich.

Als Marlene die Kartoffeln anbriet, füllte sich langsam die Küche. Barbaras Freundinnen setzten zwei Töpfe mit Wasser auf, ein schmächtiger Junge, der mit Dascha im Restaurant arbeitete, kam zur Tür herein und begann sofort damit, mehrere Scheiben Weißbrot zu toasten. Er trug noch sein volles Kostüm. Ein paar Sekunden später kam auch Dascha in ihrem schwarzen Kleid herein, die Spitzenschürze hatte sie abgelegt.

»Du kochst?«, fragte sie.

Marlene sagte, »Nur paar Bratkartoffeln«, und Dascha trat neben sie, sah in die Pfanne und sagte, »Du musst da aber bisschen die Hitze runterdrehen«.

Marlene war nicht zufrieden mit den Kartoffeln. Frustriert beäugte sie ihren Teller.

»Sieht doch okay aus«, sagte Dascha, die ihr gegenübersaß.

»Die sind viel zu dick«, sagte Marlene. Die erste Kartoffelscheibe, die sie probierte, war in der Mitte noch roh. Durch Jannes Kartoffeln hatte sie fast hindurchsehen können. »Nein, nicht«, sagte sie, als Dascha ihre Hand zum Probieren ausstreckte, »das ist mir peinlich. Wieso kann ich nicht mal Bratkartoffeln machen?«

Dascha sah blass aus in ihrem schwarzen Kleid. Marlene

kramte in ihrem Rucksack, der neben ihr auf dem Stuhl stand, und sagte, »Guck mal«, und Dascha guckte und sagte, »Ah, Schlappen«.

»Hab ich in Husum gekauft«, sagte Marlene.

Dascha sagte, »Cool«, aber blickte dabei an ihr vorbei.

»Alles gut?«, fragte Marlene.

Dascha sagte, »Ach, Zappo«, und Marlene fragte, »Was, was ist mit Zappo«, und Dascha sagte, »Egal«, und Marlene sagte, »Nein, das ist nicht egal«.

»Nichts Schlimmes.«

»Aha.«

»Wir waren verabredet, er ist nicht gekommen, sonst nichts.«

Marlene fragte, »Wie, sonst nichts«, und Dascha sagte, »Na ja, das kann ja mal passieren, dass man das vergisst«.

»Weiß ich nicht«, sagte Marlene, »das ist schon okay, wenn dich das stört.«

»Es stört mich ja gar nicht«, sagte Dascha und nahm sich nun doch eine von Marlenes Kartoffeln, »also echt kaum.«

Marlenes Handy vibrierte. Ihre Großmutter hatte geschrieben: *L. Marl., ja, langsam muss es losgehen mit Sommer Sonne Strand u. Meer, ihr jg Leute seid sicher schon i. d. Startloechern. Gartencenter wurde endlich besucht. Kaufrausch war unvermeidbar, nun alles sehr ueppig auf d. Balkon. Hast du denn einen Urlaub geplant? lG. O.*

»Wer war das?«

»Meine Oma«, sagte Marlene. »Wars hier heute eigentlich auch so sonnig?«

»Keine Ahnung«, sagte Dascha, »hab nicht drauf geachtet.«

17

Schon Tage vorher begannen die Vorbereitungen für das Johannisfest, wie ein großer logistischer Countdown, der die Stunden bis Jannes Rückkehr herunterzählte. Auf dem Dorfplatz wurden nach und nach verschiedene Holzbuden aufgebaut, und neben der Bäckerei stand plötzlich eine halbhohe Bühne, überspannt von einem Sonnensegel.

Am Abend vor dem Fest lag sie schon früh im Bett und versuchte, so schnell wie möglich einzuschlafen. Durch das halb geöffnete Fenster drangen die Schreie der Möwen herein, mal weit entfernt, mal unwirklich laut, als säßen sie direkt vor dem Fenster, zudem Gelächter und Flaschenklirren aus Richtung der Küchencontainer. Es war, als wollte niemand außer Marlene den Tag gehen lassen.

Wenn sie sich herumwälzte, rieb das Bettlaken auf ihrer Haut, und die Bilder, die ihr in den Kopf kamen, hielten sie zusätzlich vom Schlafen ab. Sie dachte an Jannes Umarmung, an die Blicke zwischen ihnen und spürte sie in ihrem Unterleib widerhallen. Aber etwas hielt sie davon ab, sich anzufassen: Sie wollte nichts vorwegnehmen, von dem sie hoffte, dass es tatsächlich passieren würde. Und so schob sie den Gedanken energisch von sich, wenn ihr im Dunkeln Jannes nackte Schulterblätter erschienen.

Am nächsten Tag wachte sie mit dem ersten Licht auf. Verschlafen suchte sie ihre neuen Schlappen, nahm ihr Handtuch von der Stuhllehne und trat in die Morgenluft. Die Waschräume waren leer, und so ging sie den Laubengang zurück bis zu Barbaras Zimmer am Ende der Reihe. Vorsichtig klopfte sie an die Tür. Einen Moment lang geschah nichts, dann wurde sie abrupt aufgerissen.

»Ach, du«, sagte Barbara, noch im Schlafanzug.

»Morgen«, sagte Marlene, »ich wollte fragen, ob ich heute mit in die Sauna kann.«

»Ähm –«

»Also, wenn es nicht passt –«

»Nein, doch, kein Problem, ich muss nur schnell noch ins Bad.«

Während Barbara sich fertigmachte, zog Marlene Rock und Bluse über ihre Schlafsachen. Danach trafen sie sich bei den Fahrrädern; Barbara trug ihr hellblaues Kleid, aber ohne Haube und Schürze. Es konnte nicht später als halb sieben sein. Das Dorf hinter der Kostümgrenze war menschenleer.

Sie erreichten den Dorfplatz, in dessen Mitte bereits Holz und Reisig zu einem perfekten Haufen aufgeschichtet waren, und sofort wurde Marlene von der Nervosität eingeholt, die sie gestern wach gehalten hatte.

»Das wird ja ein riesiges Feuer«, sagte sie.

»Mir ist das auch nie ganz geheuer, aber Weert will das so. Der kommt jedes Jahr zu Johannisnacht, um es anzuzünden, das lässt er sich nicht nehmen.«

»Weert«, sagte Marlene, »gibts den echt? Der ist doch nie da.«

»Man weiß nie, wann genau«, sagte Barbara, als sie rechts abbogen, »aber alle paar Wochen kommt er, um nach dem Rechten zu sehen. Und dann zack –«

»Was, zack«, fragte Marlene, und Barbara sagte, »Ach, zieh einfach dein Kostüm an, dann ist alles gut«.

Marlene war tatsächlich noch nie am Badehaus gewesen. Es lag hinter dem Edeka, hinter dem Friedhof der Namenlosen und der Kirche, die sich daran anschloss.

»Hast du schon mal in die Kirche geschaut?«, fragte Barbara.

»Noch nicht.«

Barbara blinzelte sie an. »Mach das mal. Die gefällt dir.«

Und gerade als Marlene sich fragte, woher Barbara wusste, was ihr gefiel, tauchte das Badehaus auf. Es war grellweiß; Säulen rahmten die hölzerne Eingangstür, und links und rechts davon standen zwei Statuen in Einbuchtungen der Fassade. Unmittelbar dahinter begann der Acker. Nichts im ganzen Dorf war so unecht wie dieses Gebäude.

»Oh mein Gott«, sagte Marlene. Beim Näherkommen erkannte sie, dass die beiden Statuen einen Fischer und seine Frau darstellten.

Barbara lachte und sagte, »Wie bei Disney, oder«, und dann schoben sie die Fahrräder hinter das Haus. Der Personaleingang war eine schlichte Stahltür, neben der sich mehrere Paletten stapelten. Sie traten zunächst in einen dunklen, warmen Flur, an dessen Ende sich eine weitere Tür zum Spabereich befand. Ein kleines Schwimmbecken lag in der Mitte des Raums, auf das durch ein Oberlicht die Morgensonne fiel. Um das Becken zog sich ein Säulengang mit Liegestühlen. Marlene drehte sich um; die Tür war von dieser Seite mit Holz verkleidet.

»Kannst du deine Schuhe ausziehen«, sagte Barbara, »sonst muss ich nochmal wischen, bevor ich aufmache.«

Marlene zog ihre Schlappen an. Sie betrachtete die

blauen Terrazzofliesen am Boden. Barbara verschwand nach hinten; ein paar Sekunden später leuchteten in allen Ecken gedimmte Lichter auf, und Musik erklang aus unsichtbaren Lautsprechern. Es roch intensiv nach ätherischen Ölen.

»Ich muss jetzt die Sauna anheizen, aber du kannst ins Luftsprudelbecken, wenn du willst«, sagte Barbara, die mit einem Korb voll Holzscheite zurückkam.

Marlene wollte unbedingt ins Luftsprudelbecken, das sich in einem abgeteilten Zimmer rechts vom Atrium befand. Die Wände waren mit blauweißen friesischen Kacheln verziert, wie Marlene sie aus der Teestube kannte, und durch das Fenster konnte man auf den Acker sehen. Sie legte ihre Sachen auf einer Holzbank ab und ließ sich nackt ins Becken gleiten. Das Wasser umschloss sie bis zum Hals, weich und warm. Die aufsteigenden Blasen zerzausten die Oberfläche, und die Luftstrudel ließen sie schweben. Marlene schloss die Augen und lehnte den Kopf an den Beckenrand. In letzter Zeit spürte sie die Erschöpfung nach der Arbeit immer deutlicher. Morgens unter der Dusche massierte sie sich den Nacken und kreiste mit den Schulterblättern, aber nichts davon half. Die Anspannung schien tiefer zu liegen, unerreichbar für ihre Finger.

Marlene hörte, wie die Tür aufging, und öffnete erst ein Auge, dann das zweite.

»Und, wie fühlst du dich?«

»Reich«, sagte sie und blinzelte nach oben. Sie beobachtete, wie Barbara routiniert aus ihren Sachen schlüpfte; die Kreuzkette behielt sie an. Ihr Körper war hager, nur ihr Unterbauch wölbte sich leicht nach außen. Seufzend stieg sie neben Marlene ins Becken, dann nickten sie einander in stummem Einvernehmen zu.

»Bist du eigentlich nach der Heiligen Barbara benannt?«, fragte Marlene.

»Nee«, sagte sie. »Nach Barbara Ann.« Sie stützte sich am Beckenrand ab, und ihre Zehen erschienen an der Wasseroberfläche.

Marlene sagte, »Wie«, und Barbara sang, »Ba-Ba-Ba Ba-Barbara Ann«, und Marlene lachte, »Ach, das Lied«, und Barbara sagte, »Genau«.

»Tut gut, hm?«, fragte sie nach einer Weile.

»Sehr.«

»Wir können auch noch kurz in die Sauna.«

»Und das merkt niemand, dass du hier morgens reingehst?«

Barbara winkte ab und ließ sich treiben. »Ach, wer denn. Die anderen machen das auch, und die Gäste kommen erst ab neun.«

Marlene betrachtete sie, ihre geschlossenen Lider, ihre Falten um den Mund, auf der Stirn. Kurz glaubte Marlene, sie sei eingeschlafen, aber da öffnete Barbara blitzschnell die Augen.

»Bist du entspannt?«

»Ähm, ja. Das ist richtig schön hier, klar bin ich entspannt.«

Barbara fixierte sie weiter, fast misstrauisch, und wieder packte Marlene das Gefühl, als ginge dieser Blick durch sie hindurch, als könnte sie ihr die Aufregung, die hartnäckig in ihren Knochen saß, vom Gesicht ablesen. »Beziehungsweise«, sagte sie, »hatte ich mich gefragt, ob du mir doch mal die Karten legen könntest.«

Barbara lächelte und tauchte die Arme wieder ins Wasser. »Na klar«, sagte sie, »jetzt gleich?«

Damit hatte Marlene nicht gerechnet. Sie sagte, »Wir müssen nicht«, und Barbara sagt, »Doch, doch, die Sauna muss eh noch vorheizen, alles gut«. In Handtücher gewickelt traten sie ins Atrium. Barbara legte ein paar Holzscheite nach; als sie zurückkam, hielt sie die Karten in der Hand.

»Also«, sagte sie und setzte sich neben Marlene auf eine Liege, »was willst du wissen?«

»Ich dachte, das wäre eher so allgemein«, sagte Marlene ausweichend und schlang das Handtuch fester um sich.

»Worum gehts denn, Familie, Karriere, Liebe –« Barbara hielt inne.

»Liebe«, sagte Marlene verlegen.

Barbara mischte die Karten, platzierte den Stapel auf dem Polster zwischen ihnen und fächerte ihn in einer flüssigen Bewegung auf. »Jetzt suchst du drei aus.«

Marlene zog drei Karten. Sie beeilte sich bei der Auswahl und gab sie Barbara, die zunächst den Stapel wieder zusammenschob, ihre drei Karten auslegte und sie dann wieder ansah wie eben. »Bist du bereit?«

»Ja«, sagte Marlene und versuchte ein Grinsen, »klar.« Ihr Herz klopfte, und sie verschränkte die Arme vor dem Körper, um es vor Barbaras Blicken zu schützen.

»Das ist die Vergangenheit«, sie drehte die Karte um, die Marlene zuerst gezogen hatte. Sie zeigte einen missmutigen Mann, der am Fuß eines Baumes saß. »Ja«, sagte Barbara, als wäre das nur logisch, »wie lange bist du schon alleine?«

»Schon ziemlich lange«, sagte Marlene ausweichend.

»Das hier bedeutet Enttäuschungen und Rückzug und hier –«, Barbara deutete auf einen kleinen Kelch, »das sind die Chancen, die du nicht siehst, weil du zu sehr – eben zu sehr bei dir bist.«

Marlene sagte, »Okay«, und Barbara drehte die mittlere Karte um. »Die ist für die Gegenwart«, sagte sie dann. »Ach, der Mond. Hm.«

Marlene betrachtete die zwei Tiere auf der Karte, die den kugelrunden, gelben Mond anheulten. »Wofür steht der Mond?«, fragte sie.

Barbara hielt wieder ihre Kreuzkette zwischen den Fingern, fuhr damit unter den Nägeln entlang. »Für das Unbewusste, das Unbekannte, für, äh, wundersame Orte, die bisher im Dunkeln lagen. Für Unruhe. Für Vorahnung.«

»Das klingt aber mystisch«, sagte Marlene und rechnete damit, Barbara ein Lächeln zu entlocken, aber sie sagte bloß, »Ja, das stimmt«. Sie ließ den Blick nicht von den Karten und drehte die dritte um. »Und die ist für die Zukunft«, sagte sie. In der Mitte der Karte war eine orangefarbene Scheibe zu sehen, auf der eine Sphinx saß. Barbara sagte nichts.

»Was ist das?«

»Das Rad des Schicksals«, sagte sie zögernd, noch immer ohne den Blick von der Karte zu lassen.

»Und?«

»Also, da steckt sehr viel drin.«

»Zum Beispiel?«

»Veränderung, Zufall und äh – ja, eben Schicksal.«

»Das kann ja alles bedeuten«, sagte Marlene.

»Ja«, sagte Barbara.

»Aber ist das eine gute Karte?«, fragte sie.

»Wie gesagt«, sagte Barbara, und nun löste sie sich und sah zu ihr hoch, ihr Blick unerwartet ernst, »die kann alles bedeuten.«

»Herrlich«, sagte Arno, als Marlene nach der Mittagspause den Hof betrat, »so ein Wetter am Johannistag.«

»Was meinst du?«

»Alte Bauernregel. Wie das Wetter zu Johanni war, so bleibts dann viele Tage.«

Marlene sagte, »Aha«, und Arno sagte, »Der Wortlaut war jetzt nicht ganz richtig, aber ungefähr so«. Marlene schloss den Laden auf und öffnete das Fenster. Das Wetter draußen war tatsächlich so freundlich, wie es der Jahreszeit entsprach. Je weiter die Saison voranschritt, desto mehr Gäste besuchten das Dorf. Heute kam es Marlene vor, als sei die Aufregung auch unter ihnen spürbar, als schlügen auch sie die Zeit bis zum Fest tot, indem sie kleine Töpfe Honig und Sirup kauften, sie drängten sich an den Regalen entlang und riefen einander Pläne für später zu. Es gab kaum mehr Momente, in denen Marlene allein im Laden war, und es graute ihr schon jetzt vor den Sommerferien.

Um kurz vor sechs begann sie mit der Abrechnung, als Maja und Toni hereinkamen. Sie hatten bereits ihre Kostüme an, die ungewohnt hell und sauber waren, und beide trugen einen Kranz aus rosafarbenen Blüten auf dem Kopf.

»Ihr seid aber schick«, sagte Marlene.

Toni und Maja drehten sich und präsentierten ihren Kopfschmuck.

»Ui«, sagte Marlene, »toll.«

Sie nahm an, dass sie für die Süßigkeiten hier waren. Sie hatten die stille Abmachung, dass Marlene so tat, als schaute sie woandershin, wenn sie sich an den Bonbonieren bedienten, und auch sie selbst aß regelmäßig von den Keksen. Aber diesmal standen sie hibbelig im Raum und schienen auf etwas zu warten.

»Wollt ihr gar nichts Süßes?«, fragte sie.

»Wir holen dich ab«, sagte Maja.

Marlene war gerührt, fast verlegen. Dass Kinder freiwillig Zeit mit ihr verbrachten, war neu und ungewohnt.

»Wir dürfen nicht zu spät kommen«, sagte Toni und trampelte mit seinen Füßen, bis Maja ihm energisch die Hand auf die Schulter legte.

»Weißt du, was passiert?«, fragte er dann. »Um Mitternacht?«

Marlene stützte sich auf die Theke und sagte, »Nein, weiß ich nicht«.

»Genau um Mitternacht«, fuhr er fort, »kommt Rungholt aus dem Wasser«, er riss seine kurzen Arme hoch, »nach oben.«

Marlene zog an Tonis Armen. »Aber alle sieben Jahre nur«, sagte sie, »Papa hat gesagt, nächstes Jahr ist das erst.«

Enttäuscht ließ Toni die Arme sinken. Maja streichelte seinen Rücken.

»Aber ein ganz großes Feuer gibt es«, sagte sie, noch immer ihrem Bruder zugewandt, »das größte Feuer, das es gibt.« Dann blickte sie Marlene an. »Gegen die Dämonen. Dass die verschwinden von der Insel.«

Toni zog erschrocken die Luft ein. Maja sagte, »Was, was

ist denn«, und er blickte nervös zu Marlene, die noch immer auf die Theke gestützt dastand, dann wieder zu Maja, dann wieder zu Marlene.

»Was ist?«, fragte Maja nochmal.

»Verschwindet der dann auch«, fragte er Maja flüsternd, aber so laut, dass Marlene es gerade noch hörte, »der immer zu mir kommt?«

Alarmiert blickte Maja zu Marlene, die sich zurücklehnte, als hätte sie nichts gehört. Maja drückte ihren Bruder an sich.

»Ich will gar nicht, dass der – der kann ruhig weiter –«

»Pssst«, sagte Maja leise zu ihm, »das ist was anderes. Da dürfen wir nur mit Mama und Papa drüber reden.«

»Okay.«

»Das ist geheim.«

Marlene hatte sich demonstrativ wieder der Abrechnung gewidmet, obwohl sie längst damit fertig war. Ihre Haut kribbelte. Sie fragte sich, warum es sich nicht nach einer Kindergeschichte anfühlte, obwohl es doch eine war. Entschlossen nahm sie eins der gefüllten Gläser und hielt es den beiden hin. »Hier«, sagte sie heiter. »Für den Weg.«

Sie lösten sich voneinander, Toni sah noch immer verschreckt zwischen Maja und Marlene hin und her. Beide fischten eine bunte Gummischlange aus dem Glas, Marlene nahm sich auch eine. Zusammen verließen sie den Laden durch die Hintertür. Marlene blickte auf die hellblonden Kinderköpfe vor sich und fragte sich, wie gut sie die Leute kannte, mit denen sie täglich zu Mittag aß.

18

Barbara hatte recht gehabt: Die Johannisnacht war dankbare Arbeitszeit. Marlene musste bloß in der Menge herumlaufen und sich auf eine der zahllosen Bänke setzen. Alle anderen aus den Baracken waren da, manche von ihnen sah sie zum ersten Mal in Kostüm. Die meisten saßen in pittoresken Gruppen zusammen und aßen etwas. Sie waren Staffage, Dekoration; sie füllten den Hintergrund, machten das Fest lebendig. Etwa ein Viertel von ihnen musste an den Ständen arbeiten, die um den Platz herum aufgereiht waren. Dascha verkaufte Erdbeerbowle aus großen Bottichen, und Marlene und Jakub hatten jeweils schon zwei Pappbecher davon getrunken. Nun saßen sie etwas abseits, so weit wie möglich entfernt von der niedrigen Bühne, auf der seit einer halben Stunde ein Shanty-Chor vom Festland schunkelte. Das Feuer war noch nicht entzündet, es wollte und wollte nicht dunkel werden.

»Darum geht es doch«, sagte Jakub, »dass heute der längste Tag ist.«

Marlene aß die Erdbeeren aus dem Becher, sie schmeckten sauer und alkoholisch. Nervös spähte sie durch die Lücken, die sich zwischen den flanierenden Gästen auftaten. Die letzte Fähre war vor fast drei Stunden angekommen, und Marlene hatte damit gerechnet, dass Janne kurz darauf auftauchen würde. Eben hatte sie schon am Verkaufsstand der Räucherei angestanden, der mehrere Meter lang war, riesige metallene Behälter mit Heringssalat reihten sich aneinander, dahinter Filets auf dem Grill, eine Fritteuse, aus der kellenweise panierte Sprotten gehoben wurden. Marlene hatte eine Tüte davon bestellt, obwohl Janne nicht aufgetaucht war. Die Fische waren knusprig und heiß, aber nichts tröstete sie über die Enttäuschung hinweg, die sich langsam in ihr ausbreitete. Jakub aß den letzten Fisch und knüllte die Tüte zusammen. Er stand auf und deutete auf den leeren Becher in ihrer Hand. »Noch einen?«, fragte er, und Marlene nickte.

Er verschwand zwischen den Leuten. Marlene stützte den Kopf in die Hände. Die meisten Kinder, die auf dem Fest umherliefen, trugen Kränze aus Gräsern und Blüten, die man an einem der Stände basteln konnte. Sie sahen hübsch damit aus, fröhlich. Marlene spürte die Bowle, als sie aufstand. Ihr war schwindlig, und sie hielt kurz inne. Endlich rührte sich etwas um den Holzhaufen. Die Sonne war längst hinter dem Deich verschwunden, vom Inselinneren zog die Dunkelheit herauf. Der Chor verstummte einen Augenblick, bevor er ein neues Lied anstimmte. Vor der Teestube wurde die erste Fackel entzündet. Sie spiegelte sich unruhig in den Sprossenfenstern. Ringsum leuchteten jetzt nacheinander die Fackeln auf, und alle Gäste drängten in die Mitte. Marlene blieb hinten stehen. Der Chor beendete sein Lied und verließ die Bühne. Die Kinder hörten auf, herumzulaufen, die Gespräche erstarben, und die einzelnen Stimmen, die noch in der Menge zu hören waren, klangen andächtig und gedämpft wie in einer Kirche. Alle erwarteten das Auflodern, die helle, verschwenderische erste Flamme, so hoch wie der Abendhimmel selbst, die Holz und Reisig in Brand setzen und alles mitreißen würde –

»Hey.«

Marlene drehte sich um. Im selben Moment erklang ein Prasseln, ein Knistern, und Marlene sah den Leuchtschein des Feuers auf Jannes Gesicht. Die Menge raunte, und fast augenblicklich stob Rauch in die Luft.

»Hey«, sagte Marlene.

In Jannes Augen spiegelte sich das Zucken der Flammen. Sie standen dicht voreinander, Jannes Gesicht hell, Marlenes Gesicht im Dunkeln. Sie grinsten sich an, schwiegen.

»Du bist zurück«, sagte Marlene dann.

»Ja.«

»Wie hast du mich gefunden?«

Janne grinste noch mehr und trat neben sie, die Arme vor der Brust verschränkt. »Na ja, ich hab dich ganz schön lange gesucht.«

Gemeinsam betrachteten sie das Feuer, das über den Köpfen der Leute in den Himmel leckte. Es knallte und knackte. Tiefgraue, dichte Schwaden wehten über den Platz und legten sich über die Häuserdächer.

»Oh.« Marlene biss sich auf die Unterlippe, um ihr Lächeln zu verstecken. »Ich, äh, war die ganze Zeit hier.«

Von irgendwo kam Jakub, aus der Menschenmenge oder aus der Dunkelheit. Er fixierte angestrengt die Pappbecher in seinen Händen, und so sah er Janne erst, als er direkt vor ihr stand.

»Hallo, ach so«, sagte er, »bin schon weg.«

»Du musst nicht –«

»Wollt ihr die Bowle?« Er hielt ihnen die Becher hin.

Marlene sagte, »Auf keinen Fall«, und er sagte, »Doch, doch, ach was, hier«, und Marlene sagte, »Na gut«, und nahm ihm die Becher ab. Er verschwand in die Richtung, aus der er gekommen war, und sie waren wieder zu zweit. Sie setzten sich auf die Bank hinter ihnen. Ihre Oberschenkel berührten sich leicht durch den Stoff ihres Rockes und Jannes Hose. Zum ersten Mal trug sie Kleidung, die eindeutig ein Kostüm war, ein gestreiftes Hemd und Stiefel. Marlene spürte eine unerklärliche Hitze auf ihren Wangen und trank einen Schluck von der Bowle. Die Erdbeeren darin waren diesmal süß und fleischig.

»Und«, sagte sie, um Beiläufigkeit bemüht, »wie wars in Berlin?«

»Schön«, sagte Janne. Ihr Becher war schon halb leer. »Anstrengend. Ich bin froh, dass ich zurück bin.«

Marlenes Herzschlag beschleunigte weiter. Alle vagen Hoffnungen verfestigten sich so schnell, dass ihr Inneres kaum hinterherkam. Sie sprachen über Jannes Woche, dann über Marlenes Woche auf der Insel. Sie waren geübt darin, miteinander zu plaudern, aber heute schoben sich verräterische Pausen zwischen die Sätze, aufgeladene Zwischenräume, in denen sie ihre Becher austranken und die Früchte daraus aßen. Sie sahen sich weniger an als sonst, aber wenn sie es taten, konnten sie kaum mehr damit aufhören.

»Sag mal«, fragte Marlene, als sie auch den dritten Becher Bowle zu spüren begann, »stimmt das eigentlich mit Rungholt?«

»Was?«

»Dass es«, sie riss dramatisch die Arme über den Kopf, wie Toni es vorhin getan hatte, »wieder hochkommt. In der Johannisnacht.«

Janne lächelte und blickte ins Feuer. »Nur alle sieben Jahre.«

»Ja, das hab ich schon gehört.«

»Ist doch ein Grund, nächstes Jahr wiederzukommen.«

Marlene lachte und sagte, »Ja, das wär ein guter Grund«, aber dann hielt sie inne und betrachtete Janne von der Seite. »Und hast du was gesehen? Vor sechs Jahren?«

Janne erwidert ihren Blick, das Kinn an der Schulter. Für einen Moment sah sie ernst aus, öffnete die Lippen. Aber dann schoss ihr ein belustigtes Funkeln in die Augen. »Also, du willst wissen, ob ich eine versunkene Stadt gesehen habe?«

Marlene lachte nervös, sagte, »Nein, ach, keine Ahnung«, und sah überrumpelt auf, als sich Janne neben ihr erhob.

»Komm«, sagte sie, »wenn dir sowas gefällt, dann weiß ich was.«

Marlene folgte ihr durch die Menge. Mittlerweile war es fast Nacht; die umliegenden Gebäude bildeten einen unregelmäßig beleuchteten Hintergrund. Die Leute standen weniger dicht, als sie es von weiter hinten angenommen hatte, und trotzdem griff Janne nach ihrem Arm, während sie sich einen Weg suchten. Marlene spürte die Berührung unwirklich vergrößert, als liefen alle Nervenenden an ihrem Ellbogen zusammen. Vorn am Feuer drängte sich ihnen die Hitze entgegen. In den Flammen ließen sich noch unscharf die aufgeschichteten Äste erahnen, Funken flirrten umher und sanken auf den sandigen Boden vor ihnen. Dass Menschen bis heute so von Feuer angezogen waren, kam Marlene archaisch vor. Als versammelten sie sich um etwas, das älter war als sie selbst, kraftvoller, mächtiger, und beruhigten sich damit, dass es zähmbar war.

Janne hielt weiter ihren Arm fest und zog sie sanft ein paar Meter weiter, bis sie einen Korb mit kleinen Holzstücken erreichten. Manche davon waren schmale Scheite, andere waren krumm und glatt geschliffen, vielleicht Strandgut. Janne suchte zwei aus und gab Marlene eins davon. »Hier«, sagte sie, »das ist alles Unglück und all deine Ängste. Und jetzt«, Janne deutete mit Schwung nach vorn, »verbrennst du sie.«

Marlene wollte ihr Holzstück ins Feuer werfen, aber Janne hielt sie zurück. »Du musst sie dir vorstellen.«

Marlene umfasste das Aststück mit beiden Händen. Janne neben ihr tat dasselbe, sie schloss sogar die Augen. Ihre Lider flackerten, oder vielleicht flackerte auch nur das Licht darauf. Marlene beobachtete sie für einen Moment, dann konzentrierte sie sich auf das Holz in ihren Händen. Es fühlte sich weich an. Marlene dachte an ihre Tarotkarten, an den gelben Mond, an den Mann und den Baum, an ihre letzte Woche hier und an ihr letztes Jahr. Dann warf sie das Aststück ins Feuer. Janne tat es ihr gleich.

»Ziemlich schön eigentlich«, sagte Marlene.

»Das machen wir jedes Jahr zu Johannisnacht.«

»Dann hast du ja gar keine Probleme mehr.«

Janne lachte und wollte etwas erwidern, aber da riss sie jemand an der Schulter herum. Es war Silke. »Wo warst du denn so lange?«, fragte sie. Sie trug ein Kleid aus dunklem steifem Leinen.

»Äh«, sagte Janne und zog die Augenbrauen zusammen, »ich hab mich umgezogen. Das wolltest du doch.«

Erst jetzt sah Silke auch Marlene an und nickte ihr wortlos zu.

»Du musst Nachschub holen im Lager«, sagte sie. »Nochmal zwei Boxen Heringssalat und Bismarck und Makrele. Okay?«

»Okay«, sagte Janne, offensichtlich irritiert von der Anweisung. Marlene spürte, dass Janne anders reagiert hätte, wenn sie unter sich gewesen wären.

»Danke«, sagte Silke nun sanfter. Sie blickte an Jannes Kostüm herunter und lächelte, strich einmal über ihren Arm und nochmal über den Rücken.

Janne erwiderte ihr Lächeln. »Schon gut.«

Silke verschwand, und Janne wandte sich wieder Marlene zu.

»Nervig«, sagte sie und schüttelte den Kopf. »Kommst du mit?«

Marlene fragte, »Ins Lager«, und Janne sagte, »Nur, wenn du magst«, und Marlene sagte, »Doch, auf jeden Fall, klar«. Sie bahnten sich einen Weg durch die Menge. Marlenes Augen hatten sich an die Helligkeit der Flammen gewöhnt, und als sie hastig den Platz hinter sich ließen und in die unbeleuchtete Straße einbogen, kam sie ins Straucheln.

Janne blieb stehen. »Weißt du, wieso Piraten Augenklappen getragen haben?«

»Weil sie ein Auge verloren haben?«, fragte Marlene in die Richtung, in der sie Janne vermutete. Langsam stellten sich die Konturen ringsum wieder scharf.

»Das denkt man«, sagte Janne, »aber eigentlich haben sie nur ein Auge abgedeckt, damit es an die Dunkelheit unter Deck gewöhnt ist. Ein Auge für draußen, eins für drinnen.«

»Wirklich?«

»Ich glaube. Als Kind hab ich sowas geliebt.«

»Was?«

»Räubergeschichten.«

Sie waren völlig allein auf der Straße, und mit einem Mal fühlte es sich an, als wären sie auch allein im ganzen Dorf, allein auf der Insel. Als wäre das Fest hinter ihnen urplötzlich verschwunden oder vielmehr, als hätte es nie ein Fest gegeben. Als wäre es immer nur um sie beide gegangen, um diesen Abend, diesen Spaziergang, ihre Körper nebeneinander, die sich nicht berührten, obwohl sie es könnten.

Janne schloss die Seitentür der Räucherei auf, und sie traten in einen schmalen Raum, der sich wohl hinter dem Verkaufsraum befand. Ein dumpfes Brummen empfing sie, und als Janne das Licht anmachte, sah Marlene zwei Gefriertruhen und einen deckenhohen Kühlschrank.

Janne öffnete die Glastür. »Gibt gar keinen Heringssalat mehr«, sagte sie und holte zwei abgedeckte Gefäße heraus, die sie auf einer der Gefriertruhen abstellte. Marlene sagte nichts und sah sich um. Janne schloss den Kühlschrank wieder.

»Was?«

»Hier arbeitest du?«

Janne betrachtete nun wie Marlene den Raum, die gräulichen Fliesen, die Neonröhre an der Decke. »Ja«, sagte sie, »aber meistens bin ich drüben.« Sie zeigte auf eine Tür gegenüber.

Marlene lehnte sich an den Kühlschrank. »Kann ich es sehen?«

Janne hielt inne. Dann sagte sie, »Klar«, und griff nach einem der Behälter auf der Gefriertruhe, winkte ab und hielt Marlene stattdessen ungelenk die Tür auf. Als Marlene an ihr vorbeiging, wich sie ihrem Blick aus, ihre Augen huschten hin und her, ihre Wangen waren gerötet. Es überraschte Marlene noch immer, Janne so nervös zu sehen. Der zweite Raum war wärmer, und als die Tür hinter ihnen zufiel, verstummte das Brummen der Gefrierschränke. Marlene blieb stehen. In der Mitte des Raumes stand ein schwerer, schwarzer Ofen, dessen Rohr durch die Decke nach draußen führte. Ringsum waren Gestelle aufgebaut, an denen in sauberen Reihen die geräucherten Fische hingen. Rechts von ihnen, unter dem einzigen Fenster, stand ein langer metallener Arbeitstisch, daneben ein Waschbecken. Über dem Becken war eine Leine gespannt, darauf etwas, das von Weitem wie Handschuhe aussah.

»Ist jetzt halt überhaupt nicht aufgeräumt«, sagte Janne verlegen.

Belustigt sah Marlene sie an, dann ging sie um den Ofen herum. »Und da werden die drin –«

»Ja«, sagte Janne eilig und öffnete die Ofentür. Marlene betrachtete die leeren Etagen, die Asche am Boden, auf die Janne nun schwach zeigte und sagte, »Die müsste man auch mal wieder, egal«. Fahrig blickte sie Marlene an, als wartete sie auf ein Urteil. Marlene trat näher an das Gestell mit den Fischen. Ihre Haut glänzte bronzefarben, aus ihren Mündern ragten Haken heraus, an denen sie aufgehängt waren. Sie drehte sich zu Janne um, die in diesem Moment zufällig schluckte, und Marlene sah die Bewegung ihres Kehlkopfs, genau an der Stelle, die bei den Fischen durchbohrt worden war. Wenn sie sich die Dinge zwischen ihnen vorgestellt hatte, war Marlene nie davon ausgegangen, etwas ginge von ihr aus. Sie dachte an das weiche, krumme Holzstück, das sie eben ins Feuer geworfen hatte.

»Also«, sagte sie, »ich habe ja eben alle meine Ängste verbrannt.«

Janne versuchte ein Lächeln.

Als sie einen Schritt näher trat, hörte Marlene, wie unruhig ihr Atem ging. »Und für heute Abend zumindest kann ich Sachen sagen, die ich sonst vielleicht nicht sagen würde«, sie trat noch näher heran, bis sie dicht voreinander standen, »zum Beispiel, dass ich dich gerne küssen würde.«

Marlene spürte ihren Puls bis in die Handgelenke. Der Hintergrund verschwamm. Jannes Lider zitterten wie eben am Feuer. Regungslos betrachtete sie Marlenes Gesicht für ein, zwei, drei Sekunden, bis sie endlich ihre Hand ausstreckte und Marlenes Wange berührte. Marlene spürte Jannes Atem auf ihren Lippen, dann die Lippen selbst. Als sie sich küssten, war es, als fiele etwas durch sie hindurch und zerschellte in ihrem Unterleib. Es war ein kurzer Kuss. Danach sahen sie sich für einen Moment hellwach an, bis Janne den Blick senkte und ihre Stirn an Marlenes legte. Sie hatten exakt dieselbe Größe.

»Ich hab die ganze Woche –«, sagte Janne heiser, Marlene sah unscharf ihre Wimpern von oben »– eigentlich nur an dich gedacht.«

Marlene zog den Kopf zurück. Janne schaute sie auf eine Art an, die zerknirscht, fast entschuldigend wirkte. Marlene nahm Jannes rechte Hand in ihre und betrachtete die zwei silbernen Ringe, die tätowierten Punkte und Striche auf den Fingern, zum ersten Mal aus dieser Nähe. Dann hob sie die Hand zum Mund und küsste ihren Handrücken.

19

Marlene wusste nicht, wie lange sie in der Räucherei gewesen waren, wie lange sie neben dem Ofen und den aufgereihten Fischen gestanden hatten, bis Janne schließlich vorschlug, zu ihr zu fahren. Je näher sie dem Fest gekommen waren, desto mehr hatte sich wieder der gewohnte Abstand zwischen sie geschlichen, und während sie abseits darauf wartete, dass Janne den Fisch zum Verkaufsstand brachte, war Marlene alles Geschehene bereits vorgekommen wie ein Fiebertraum. Den Weg am Deich entlang hatten sie beinahe schweigend zurückgelegt, und Marlene hatte sich an die drei Becher Bowle erinnert und die zwei Lichtkegel ihrer Fahrräder nicht aus den Augen gelassen.

Nun ging sie hinter Janne die Treppe des Deichaufgangs hoch. Der Himmel über dem Wasser war noch immer dunkelblau. Von weiter hinten hörte sie das Rauschen der Nordsee. Marlene spürte Jannes Körper überdeutlich neben sich, obwohl sie kaum etwas sah. Janne leuchtete mit ihrem Handy voraus, als sie in die Salzwiese hineinliefen. Der Boden war nasser als beim letzten Mal. Nach ein paar Metern blieb Janne abrupt stehen. Im Licht der Taschenlampen sah Marlene, dass im Graben vor ihnen das Wasser bis zum Rand stand.

»Tut mir leid, ich dachte, wir schaffen es noch vor der Flut«, sagte Janne, als sie ihre Schuhe abstreifte, »ich bin noch nicht wieder dran gewöhnt.«

Sie krempelte die Hose hoch und wartete, bis Marlene

ihre Stiefel aufgeschnürt hatte. Dann machte sie den ersten vorsichtigen Schritt ins Wasser und wurde bis unter die Kniekehle nass. »Ach scheiße«, sagte sie und ging drei Schritte bis zur anderen Seite, »du musst richtig deinen Rock hochnehmen.«

Marlene raffte den Stoff und hielt einen Fuß ins Wasser. Es war viel weniger kalt, als sie befürchtet hatte. Der Untergrund des Grabens war sandig und voller Pflanzen. Langsam ging sie auf Janne zu.

»Weißt du, was man sagt?«

»Nein, was denn?«

»Es bringt Glück, wenn man in der Johannisnacht badet.«

Marlene blieb stehen. »Das ist doch kein Baden.«

»Es reicht auch, wenn man über die Wiese geht und der Tau –«

Marlene ließ ihren Rock los. Der Stoff schwamm auf der Wasseroberfläche und wurde langsam schwerer.

»Was machst du?«, fragte Janne und leuchtete nach unten.

Marlene tat einen Schritt an ihr vorbei und legte ihre Sachen ins Gras. Dann begann sie, ihre Bluse aufzuknöpfen. »Glück klingt gut«, sagte sie, »das kann ich gebrauchen.«

Janne ließ das Handy sinken und war nur noch ein Schemen in der Dunkelheit. Nervös erahnte Marlene, dass sie unbewegt dastand. Dann gewöhnten sich ihre Augen, und sie sah, wie sich auch Janne in einer flüssigen Bewegung ihr Hemd auszog; der helle Stoff trieb klar umrissen zwischen ihnen. Marlene schaute nach oben. Endlich war es tatsächlich Nacht. Marlene kannte keine Sternbilder, sie sah nur einzelne, willkürlich platzierte Leuchtpunkte. Sie bemerkte, dass Janne ebenfalls nach oben schaute. Für einen Moment beobachtete sie ihre Schultern, ihre aufrechte Haltung, den gestreckten Hals; dann beugte sie sich hinunter und bespritzte sie mit einer Handvoll Wasser. Janne nahm die Arme vors Gesicht, dann holte sie aus und tat es ihr gleich. Die Wassertropfen auf der Haut waren viel kälter als der Graben selbst, und Marlene schüttelte sich und keuchte und tauchte ihre Hand noch einmal ein, und Janne nahm sogar beide Hände und schaufelte ihr einen ganzen Schwall entgegen. Marlene stieß einen Schrei aus und schnappte nach Luft, und Janne lachte auf, aber verstummte dann.

Sie standen so dicht voreinander wie eben in der Räucherei. Die plötzliche Nähe machte sie vorsichtig, wie der schnelle Schnitt durch einen Apfel, der beinahe in die Handfläche ging. Janne strich mit ihren nassen Fingern Marlenes Arme entlang. Marlene berührte Jannes Nase, ihre Lippen, ihr Kinn. Sie küssten sich wieder. Es fühlte sich an, als würden sie das nicht erst seit heute, sondern seit langer Zeit tun. Jannes Lippen schmeckten salzig, aber nur in den ersten Sekunden. Marlene spürte ihre Arme um die Taille, ihren Mund, ihre Zunge an ihrem Hals, kleine Küsse bis hoch zum Ohr.

»Meinst du, du hast genug gebadet?«

Marlene küsste Janne noch einmal, berührte ihre Seite, ihren Bauch. »Nein«, flüsterte sie, und dann ließ sie von Janne ab, ging in die Knie und ließ sich rückwärts ins Wasser gleiten. Der Graben war gerade tief genug, um vollständig unterzutauchen. Die Kälte umschloss ihren ganzen Körper, legte sich um ihre Brust. Das Wasser schoss ihr in die Nase und lief ihr in die Ohren. Sie hatte Stille erwartet, und die dumpfen, hohlen Töne, die vielleicht aus ihr selbst kamen, überraschten sie. Sie hielt die Augen geschlossen, aber sie wusste, dass es hier noch dunkler war als die Nacht oben, dunkler als jede Nacht, vielleicht der dunkelste Ort überhaupt. Sie befühlte mit den Händen den sandigen Untergrund, dann stützte sie sich ab und tauchte wieder auf.

Das Salzwasser schmerzte in ihrer Nase. Sie prustete mehrmals, schüttelte den Kopf, dann öffnete sie vorsichtig die Augen.

»Hä«, sagte Janne und lachte, »das war aber dramatisch.«

Marlenes Puls pochte in ihren Schläfen, und sie empfand eine unbändige Freude daran, ihre Lungen wieder mit Luft zu füllen. Wenn sie im Graben saß, ging ihr das Wasser knapp bis über den Bauchnabel; langsam gewöhnte sie sich an die Kälte. Ihr Rock trieb lose um sie herum. »Komm her«, sagte sie zu Janne, »sonst hab ich mehr Glück als du. Nur kurz.«

Janne schien zu zögern. »Aber echt nur kurz«, wiederholte sie dann.

Marlene hörte, wie sie ihre Hose auszog und ins Gras warf.

»Ich trau mich nicht. Es ist zu kalt.«

Marlene spritzte eine Handvoll Wasser in ihre Richtung, und Janne ging laut atmend neben ihr in die Hocke. »Oh Gott«, sagte sie, »oh Gott, kalt.«

»Du musst richtig untertauchen.«

»Auf keinen Fall.«

»Doch, du musst«, sagte Marlene und rieb Jannes Arm, »du sollst genauso viel Glück –«

Prustend tauchte Janne unter und einen Moment später wieder auf. Sie schnaubte wie Marlene eben, womöglich noch lauter. »So«, sagte sie dann, »war das gut?«

Marlene sagte, »Ja«, und Janne sagte, »Okay«, und dann küssten sie sich wieder, noch dringlicher als eben, und Marlene zog Janne auf ihren Schoß, und Janne zog Marlene das Unterhemd aus und dann ihr eigenes über den Kopf. Marlene hatte die Grabenkante im Rücken, sie spürte Jannes Gänsehaut auf ihrer eigenen, berührte ihren Oberkörper mit flüchtigen Fingern.

»Sollen wir hochgehen?«, fragte Janne.

Erst jetzt bemerkte Marlene, dass sie beide zitterten. Als sie aus dem Graben stiegen, fühlte sich die Luft warm an. Marlene öffnete ihren Rock, der schwer und vollgesogen an ihr herabhing, und ließ ihn zu Boden fallen. Janne hob ihr Handy auf und leuchtete ihnen den Weg über die schmale Holzbrücke bis hin zur Leiter der Vogelwarte. Auf den Sprossen nach oben befürchtete Marlene kurz, ihre Beine würden nachgeben, die Kälte, die Erregung, und nun überkam sie auch noch eine nervöse Spannung, die sie nicht so recht zuordnen konnte.

Oben schloss Janne die Tür auf, machte das Licht über dem Tisch am Fenster an, entzündete eine der Stumpenkerzen mit einem Feuerzeug, und bei allem war sie zur Hälfte nackt. Getroffen von diesem Anblick verharrte Marlene zunächst im Türrahmen. Janne stand verlegen an den Tisch gelehnt da, und Marlene fühlte so viel gleichzeitig, so viel durcheinander, sie wusste nicht, was nun kam, sie wusste nicht, was tun, sie wollte Janne ewig weiter ansehen, aber vermutlich war das nicht genug; sie wollte keine Pause, die alles kaputtmachte, und das Beste war wohl, einfach weiterzumachen. Sie stürzte auf Janne zu und küsste sie, ergriff ihre Hüfte, drückte sie an sich, und Janne küsste sie zurück, sie strich über Marlenes Rücken, ihre Arme, aber es fühlte sich anders an als gerade im Wasser. Marlene wusste nicht, ob es an ihr lag, ob sie etwas falsch machte, ob Janne die Lust verloren hatte, ob sie den Abend bereute, ob sie zurück zum Fenster wollte und lieber wieder nur reden.

»Alles okay?«, fragte Marlene und stellte sich auf das Schlimmstmögliche ein, als Janne sie an sich zog und die Arme um sie legte, sanft diesmal, als fürchte sie, Marlene zu zerdrücken.

»Ja«, sagte sie nach einem Moment und vergrub das Gesicht in Marlenes nassen Haaren. »Das geht nur alles so schnell.«

Jannes Nasenspitze berührte ihren Nacken, sie zitterte noch immer. Und mit einem Mal durchflutete Marlene eine Erleichterung; sie bemerkte, wie sehr sie selbst fror, wie erschöpft sie war, vom Tag, von der Woche, sie bemerkte ihre kalten Füße, den Sand zwischen den Zehen, ihren trockenen Mund, das Wasser in den Ohren. Janne hatte recht gehabt; tatsächlich haftete ihr ein Räuchergeruch an, der auch nach einem Bad in der Salzwiese nicht verschwunden war. Zwischen ihnen breitete sich eine vorsichtige Wärme aus. Es war nicht einmal wirklich warm, es war einfach etwas weniger kalt als anderswo, aber es reichte, damit Janne mit dem Zittern aufhörte.

»Frierst du noch?«, fragte Marlene.

»Es geht«, sagte Janne, und beide traten sie von einem Fuß auf den anderen, ein schaukelnder Gleichschritt, fast ein Tanz.

Ein paar Minuten später saß Marlene neben Janne am Ofen, die Arme um die Knie geschlungen. Sie trug eine trockene Unterhose und ein Longsleeve. Als Janne beides aus dem schmalen Schrank geholt und ihr gegeben hatte, war ihr Blick noch einmal an Marlene entlanggeglitten, als wollte sie sich alles einprägen. Marlene hingegen hatte weggesehen, als Janne in trockene Sachen geschlüpft war, sie hatte am Herd gestanden und scheinbar konzentriert in den Topf geschaut, in dem das Teewasser zu kochen begann.

Die Holzscheite im Ofen waren sorgfältig aufeinandergeschichtet, eine perfekte Miniaturnachbildung des Johannisfeuers auf dem Dorfplatz, was Marlene sehr gefiel, aber sie behielt es für sich. Janne zündete eine zerknüllte Zeitung an und schob sie unter das Holz, und sofort fingen die Reisigzweige Feuer. Jannes Haare hatten sich wieder zu Locken aufgestellt, wie eine Blume, die sich unbemerkt geöffnet hatte. Sie lehnte die Ofentür an und stand auf. Marlene sah weiter ins Feuer.

Sie schwiegen. Es war, als ließen sie so das Geschehen pausieren. Sie befanden sich in einem Zwischenraum, in dem die veränderten Tatsachen zwischen ihnen noch keine Rolle spielten. Janne reichte ihr von hinten eine Tasse Tee und sagte, sie gehe nochmal runter.

»Was machst du?«

Janne berührte leicht ihren Hinterkopf. »Unsere Sachen holen«, sagte sie dann.

Marlene folgte ihr auf die Terrasse nach draußen und blieb am Geländer stehen. Der Wind kam ihr kühler vor als gerade, und sie hielt die Tasse fest umklammert. Janne verschwand für einige Zeit und kletterte mit einem Bündel Kleider auf dem Arm wieder nach oben. Fenster und Türöffnung der Vogelwarte leuchteten in der Nacht, ringsum war es schwarz. Eine einzelne Möwe schrie, weiter hinten rauschte die Flut. Noch immer stachen prahlerisch die Sterne hervor.

»Interessierst du dich für das Weltall?«, fragte Marlene.

Janne hängte die Kleidungsstücke über das Geländer. »Eigentlich nicht so. Und du?«

Marlene überlegte kurz. »Eigentlich auch nicht.«

»Für die Seefahrt war das wichtig«, sagte Janne. »Zur Orientierung.« Sie trat neben Marlene und stützte ihre Arme aufs Geländer. »Es gab mal einen Piraten hier auf der Insel, hast du von dem gehört?«

»Nein«, sagte Marlene.

»Das ist ewig her«, sagte Janne, »der hat im Kirchturm gewohnt mit seinen Leuten, und nachts hat er Irrfeuer angezündet für die Schiffe«, sie zeigte in eine Richtung, »ungefähr dort.«

»Und dann?«

»Dann sind die Schiffe zerschellt, und die Fracht wurde angespült.«

»Schlau«, sagte Marlene, »aber auch schlimm.«

Janne zuckte mit den Schultern. »Das ist Tradition hier. Als der Pirat irgendwann weg war, haben die Leute damit weitergemacht, und heute, ich meine –«

Marlene sagte, »Was«, und Janne sagte, »Ach«, und Marlene sagte, »Hm«, und schließlich sagte Janne, »Na, das Dorf ist eigentlich nichts anderes, oder«.

Drinnen versperrte Janne die Tür. Marlene stellte zögerlich die leere Tasse ab und wollte sich gerade auf das schmale Bett in der Ecke setzen, als Janne die Decke zurückschlug und ihr bedeutete, darunterzuschlüpfen. Sie lagen dicht beieinander, die Köpfe je auf einem Arm.

»Ist dir noch kalt?«, flüsterte Janne.

Marlene schüttelte den Kopf. Janne küsste sie vorsichtig auf den Mund. Es war ein Kuss, der nichts ankündigte, der nirgends hinleitete, einfach nur ein Kuss ohne Eile und absehbares Ende. Es erinnerte sie an früher, und dass sie das immer erregt hatte: sich so lange zu küssen, bis irgendwann der Schluckreflex ausgelöst wurde. Janne strich ihr übers Gesicht, über den Haaransatz, den Bogen unter ihren Augenbrauen, die Kuhle zwischen Kiefer und Ohr, über die Ohren selbst. Marlene öffnete die Augen, und einen Moment später, scheinbar zufällig, tat Janne es ihr gleich, und dabei küssten sie sich weiter, langsamer, die Berührung der Lippen kaum zu unterscheiden vom Gefühl des Atems auf der Haut. Marlene war plötzlich so müde. »Kann ich hier schlafen?«, fragte sie.

Janne hielt inne. »Auf jeden Fall.«

Sie stand auf und öffnete die Ofentür. Die glühenden Holzscheite machten ein Geräusch wie Glitzern, wie Eiszapfen. Dann kehrte sie wieder ins Bett zurück und sprach zum ersten Mal Marlenes Namen aus. Es klang wie ein Geheimnis.

»Ja«, antwortete Marlene mit geschlossenen Augen.

»Wachst du manchmal nachts auf?«

»Eigentlich nicht. Wieso?«
»Nur so.«
Janne streichelte wieder ihr Gesicht. Marlene schlang den Arm um ihre Seite und schlief ein.

Nur wenige Stunden später wurde es hell, so früh wie sonst nie. Als Marlene erwachte, war der Ofen aus. Die Bettwäsche hatte den gleichen Räuchergeruch wie Janne, und die Morgensonne schien auf den Fußboden vor dem Bett. Sie spürte die Wärme von Jannes Körper unter der Decke und eine leichte Berührung, eine Bewegung zwischen den Laken. Sie drehte sich nach links und sah, dass auch Janne wach war. Ein Flattern durchfuhr Marlenes Unterbauch, das sie endgültig weckte, und bevor sie ein Wort gesprochen hatten, erschien Jannes Gesicht über ihr, ihre Locken vor der hölzernen Zimmerdecke. Sie küsste ihren Hals, eine Hand um ihre Taille, und die Erinnerung an die schüchternen Berührungen von gestern Abend verschwamm. Janne schob ihr Oberteil nach oben und küsste ihren Bauch bis hinunter zum Schambein. Marlene beobachtete den Arm, den sie neben ihr auf der Matratze abstützte, bis Jannes Gesicht wieder vor ihrem auftauchte. Sie küssten sich, es schmeckte nach letzter Nacht.

Plötzlich war es still, stiller noch als sonst. Sie ließen sich nicht aus den Augen; Janne nahm ihre Hand von Marlenes Taille, schob ihre Unterhose beiseite. Langsam drang sie mit einem Finger in sie ein. Marlene war so feucht, dass es sie selbst überraschte. Sie spürte jede Bewegung mit einer Intensität, die beinah schmerzhaft war. Janne sah sie weiter

an, fragend und unerträglich nah, und Marlene schloss die Augen und drehte den Kopf zur Seite. Sofort hörte Janne auf.
»Alles gut?«, fragte sie.

»Ja, klar«, sagte Marlene und öffnete die Augen wieder.

Janne küsste sie erneut und berührte sie noch vorsichtiger als gerade. Marlene fragte sich, ob Janne erwartete, dass sie kam. Sie wusste, dass das nicht passieren würde, es klappte fast nie mit jemand anders. Sie fragte sich auch, ob es jetzt noch zu früh war, Janne anzufassen, ob sie dann womöglich dachte, es gefalle ihr nicht, ob sie lieber noch etwas warten sollte, ob Janne so erregt war wie sie selbst –

Janne zog ihre Hand zurück. Marlene schauderte.

»Soll ich aufhören?«, fragte sie unsicher.

»Nein«, sagte Marlene. Sie bemerkte, wie sie errötete.

»Du kannst mir auch sagen, was du magst.«

»Das. Was du gemacht hast.«

Janne legte sich neben sie, die Hand auf Marlenes Bauch. Mit dem Daumen umkreiste sie ihren Bauchnabel.

Marlene drehte sich auf die Seite. »Tut mir leid.«

Janne riss die Augen auf. »Du musst nicht –«, sagte sie, »– ich meine, du kannst mir einfach sagen, was dir gefällt.«

Marlene versuchte, darüber nachzudenken, suchte nach Worten. »Ich weiß es gerade nicht«, sagte sie schließlich.

Für einen Moment meinte sie, einen Ausdruck der Überraschung zu sehen, dann küsste Janne ihre Schulter. Marlene verbarg ihr Gesicht in den Kissen.

Sie waren wohl wieder eingeschlafen. Als Marlene zum zweiten Mal aufwachte, ließ die Hitze im Raum sie die Decke zurückschlagen. Benommen trat sie ans Fenster. Hinter der Veranda konnte sie erkennen, dass sich die Gräben in der Salzwiese schon wieder mit Wasser gefüllt hatten. Sie stürzte zu ihrer Tasche und blickte aufs Handy; es war später Vormittag. Janne wachte auf und sagte, »Was machst du, komm her«, und Marlene sagte, »Es ist voll spät, ich muss arbeiten«.

»Heute?«

»Ja«, sagte Marlene und suchte den Raum ab.

»Ich versteh eure Dienstpläne nicht«, sagte Janne und setzte sich gähnend auf.

Marlene öffnete die Tür nach draußen. Die Sonne spiegelte sich in den Wassergräben, die Strandgrasnelken durchtupften noch immer die Wiese, es war fast windstill. Janne trat ebenfalls aus der Hütte. Marlene beobachtete, wie sie die getrocknete Kleidung auf dem Geländer befühlte, ihren Rock, ihre Bluse, das Unterhemd, wie ihre Hände in den Stoff griffen, den sie sonst am Körper trug, und sie stellte sich vor, dass einer dieser Finger in ihr gewesen war.

»Geht«, sagte Janne und hielt ihr die Bluse hin. Blinzelnd sah sie zu, wie Marlene in ihre Sachen schlüpfte und die Stiefel anzog. Der Rock war steif vom Salz und wehrte sich, als sie die Treppe hinunterstieg. Im Graben unten stand das Wasser weniger hoch als gestern, und Janne rief, »Spring«, und Marlene sprang.

»Das ist so ein Tag übrigens.«

Marlene drehte sich um und sah nach oben. »Was?«

Janne lehnte am Geländer, grinste und zeigte dorthin, wo das Meer begann. »An dem man die Kirchglocken hören kann.«

20

Sie war rund zwei Stunden zu spät. Als sie den Laden betrat, war es so voll, dass sie kaum zum Tresen durchkam. Sie sagte, »Entschuldigung, Entschuldigung«, und drängte sich zwischen den Leuten durch. Arno beachtete sie nicht und kassierte weiter ein älteres Pärchen ab, seine Miene versteinert in ihrer Freundlichkeit.

»Wo ist deine Haube?«, fragte er, ohne sie anzusehen.

Unwillkürlich tastete Marlene ihren Kopf ab, obwohl sie wusste, dass sie gestern keine angezogen hatte, als sie zum Fest gegangen war. »Vergessen«, sagte sie kleinlaut.

Er ließ sie hinter der Kasse stehen und verschwand in der Wohnung. Wortlos streckte er ein paar Minuten später einen Arm aus der Tür und hielt ihr ein Tuch aus grober Baumwolle hin, das sie sich um den Kopf band.

Als sie in der Mittagspause in die Küche trat, holte er verschiedene Packungen Aufschnitt aus dem Kühlschrank und warf sie mit Schwung auf die Arbeitsplatte. »Ich hab jetzt nichts gekocht«, sagte er mit dem Rücken zu ihr, »hatte ich keine Zeit für.«

»Tut mir leid«, sagte Marlene nochmal.

Arno sagte, »Schon gut«, aber so klang es nicht. Die Kinder sprangen lärmend im Haus herum. Seit die Sommerferien begonnen hatten, spielten sie fast den ganzen Tag draußen im Hof. Arno schickte sie zum Händewaschen ins Bad, und Marlene folgte ihnen, eine neue Routine, seit Denika zu Besuch gewesen war. Toni hatte die Angewohnheit, mit dem kleinen Clownfisch im Seifenspender zu sprechen, wenn er im Bad war.

»Ich kann auch mal länger bleiben«, sagte sie, zurück in der Küche. Arno holte energisch vier Teller und Besteck aus den Schränken; Jakub hatte wohl frei. »Oder ich komme einen halben Tag zusätzlich.«

»Du musst nicht kommen, wenn du frei hast.«

Marlene sagte, »Ich kann aber«, und Arno sagte, »Du musst nicht«, und Marlene fragte, »Wieso«, und Arno wurde plötzlich laut und sagte, »Heute, heute hättest du da sein müssen«.

Maja stand im Türrahmen und blickte erschrocken zwischen ihnen hin und her. Arno schickte sie mit den Tellern nach draußen, um den Tisch zu decken.

»Weert ist seit gestern da«, sagte er dann, »und wenn der sieht, dass ich im Laden stehe und der Stall zu ist –«

Verblüfft schüttelte Marlene den Kopf. Dass Weert auf der Insel war, schien ihr noch immer absurd. »Und wo kommt der jetzt auf einmal her?«, fragte sie.

»Von der Ostsee«, antwortete Arno und ging nach draußen auf die Terrasse, »da hat er doch auch ein Hotel.«

»Das wusste ich nicht«, sagte Marlene und folgte ihm.

»Na ja, woher auch.«

»Was für ein Hotel?«

»So ein Kurhotel in Binz, keine Ahnung. Ich war nie dort. Soll schick sein.«

Toni und Maja saßen schon am Tisch und verteilten Teller und Messer. Marlene setzte sich. »Wie kommt man denn an sowas?«

Arno beschmierte die erste Brotscheibe mit Margarine und sagte, »Ach, das hat er länger schon, dreißig Jahre oder wie lang die Wende eben her ist. Hat sein Vater gekauft, der hatte ein bisschen Geld übrig.«

»Ein bisschen Geld«, sagte Marlene, und Arno sagte, »Ja. Und von dem, was er da verdient hat –«, er öffnete eine Goudapackung, die Toni ihm hinhielt, »– hat er ein paar Jahre später das Dorf hier aufgebaut.«

Die Kinder saßen still vor ihren Tellern. Schweigend schnitt Marlene drei Scheiben von einem Camembert ab; als sie in die Brotscheibe biss, waren im Käse die Abdrücke ihrer Schneidezähne zu sehen. »Und jetzt hast du Angst vor ihm, wenn er einmal zu Besuch ist?«

Arno ließ überrascht das Gurkenglas sinken, das er gerade in der Hand hielt. »Es geht doch nicht um mich«, er sah sie mit großen Augen über den Tisch hinweg an, »es geht um dich.«

Marlene kaute und versuchte, einen gefassten Eindruck zu machen.

»Du musst wirklich aufpassen. Letztes Jahr hat er jemanden gefeuert, weil er während der Schicht Kopfhörer getragen hat.«

Marlene fragte, »War er denn heute da«, und Arno sagte, »Nein, noch nicht«, und Maja rutschte auf ihrem Stuhl herum und sagte, »Er kommt irgendwann als Überraschung«.

»Ich mein nur«, sagte Arno.

»Danke, das ist lieb.«

Nachdem Maja ihnen Kaffee serviert hatte und dann mit Toni im Garten verschwunden war, rückten sie ihre Stühle für die letzten Minuten ihrer Pause in einen Sonnenfleck. An der Art, wie Arno an seiner Tasse nippte, merkte Marlene, dass er gleich etwas fragen würde.

»Wo, äh«, sagte er scheinbar beiläufig einen Moment später, »wo hast du denn gesteckt heute Morgen?«

»Bei Janne«, sagte Marlene, »in der Vogelwarte.« Sie spürte, wie er erstarrte.

»Hast du da auch geschlafen?«

Marlene sagte, »Ja«, und Arno sagte erst nichts, und dann, »Schön, super«, und trank einen Schluck.

»Ja, war schön«, sagte Marlene und lächelte ihn an.

Er lächelte beflissen zurück; darunter erkannte sie sein Unbehagen.

Nach der Arbeit ging sie auf dem Deich spazieren und rief Robert an, der ebenfalls auf dem Heimweg war.

»Na«, rief er über ein hupendes Auto hinweg. Die Kopfhörer, mit denen er telefonierte, hatten einen leichten Wackelkontakt, aber er weigerte sich stur, ein neues Paar anzuschaffen.

»Na«, antwortete Marlene. Dann erzählte sie ihm von der Nacht mit Janne. Robert hörte zu und machte hin und wieder ein Geräusch. Als sie fertig war, schwieg er.

»Hm«, sagte er dann.

»Sag mal was.«

»Ja, ich versuche –«, einzelne Satzfetzen verhallten im Nichts, »aber es ist schwierig.«

»Was ist schwierig?«

»Na ja«, die Straßengeräusche drängten wieder in den

Vordergrund, »es ist halt – wir haben nie wirklich über Sex gesprochen und –«

»Und was?«

»Und wenn es nicht um einen Mann geht, kann ich dir erst recht nicht helfen, ich meine, davon habe ich überhaupt keine Ahnung.«

Marlene schwitzte, kniff die Augen zusammen und sah in die Ferne. Es war Ebbe; das Wasser hatte sich zurückgezogen und eine öde, beigefarbene Fläche hinterlassen. »Das ist doch egal«, antwortete sie dann, »das ist doch wohl ein grundsätzliches Problem.«

»Wie?«

»Ein grundsätzliches Problem. Dass ich fast dreißig bin und nicht weiß, was mir gefällt. Mach mal die Kopfhörer raus.«

Es knisterte und knackte.

»Puh«, sagte Robert. Er klang nun näher, echter. »Das war vielleicht nicht so im Fokus. Mit Paul zum Beispiel. Also, kann ich mir vorstellen.«

Marlene dachte an Pauls Gesicht, wenn er kam, und daran, dass das die einzigen Gelegenheiten gewesen waren, in denen sie ihn wirklich hatte greifen können. Sie dachte an seine verzögerten Antworten, an ihre eigenen kurzfristigen Absagen. Es war nicht auszuschließen, dass sie das Gefühl von Anziehung gelegentlich mit mikroskopisch kleinen Demütigungen verwechselt hatte. Dass der Sex mit Paul oder anderen vor ihm einem Spiel geglichen hatte: Wer mehr Lust empfand, verlor. Als läge die größte Befriedigung darin, jemand anders aus der Fassung zu bringen.

»Ach, das kenn ich«, sagte Robert, als Marlene es ihm so beschrieb, und sie bildete sich ein, seinen leichtfüßigen, federnden Gang zu hören. »Und außerdem ist das so privat, man will das manchmal gar nicht sagen irgendwie.«
»Was?«
»Na ja – was man so mag. Oder?«
»Hm«, sagte Marlene.
»Noch was«, sagte Robert, »kann ich mit nach Husum im August? Dich so lange nicht zu sehen, das macht mich total fertig.«

Abends im Bett schrieb sie eine Postkarte an ihre Großmutter: *Liebe Oma, für einen richtigen Urlaub habe ich dieses Jahr leider keine Zeit, aber auch im Alltag lässt sich viel Neues entdecken. Oft sind es ja die einfachen Dinge, die einem Freude machen. Gestern war z. B. der längste Tag des Jahres, sehr aufregend. In einem Monat fahre ich mit Luzia und Robert für ein Wochenende nach Husum, das wird sicher ganz schön.*

Danach klappte sie ihren Laptop auf. Was Janne von den Irrfeuern erzählt hatte, erinnerte sie an den Plot eines Hitchcock-Films, den sie vor Jahren gesehen hatte, und als sie jetzt die ersten Minuten noch einmal anschaute, kamen ihr die unscharfen Schwarzweißbilder nicht mehr grotesk und altmodisch vor wie beim letzten Mal. Die Laterne auf der Anhöhe, das schwankende Schiff vor den Felsen, die Wellen, die tosend auf das Deck einbrachen, die ertrinkende Besatzung und die plündernde Bande an Land erschienen ihr unheimlich und echt, und obwohl die Schauplätze im Film nichts mit der Landschaft auf Strand gemein hatten, meinte sie doch, die Insel zu erkennen.

21

Kurz hatte Marlene befürchtet, es würde länger dauern, bis sie Janne wiedersah. Aber direkt am nächsten Tag fing sie Marlene vor der Räucherei ab. Es war kaum neun, und in den Schatten der Häuser hing noch die Morgenfrische, die einem heißen Tag voranging.

»Müsstest du nicht mal freihaben?«

»Morgen«, sagte Marlene und stieg vom Fahrrad. Janne trug ein einfaches schwarzes T-Shirt. Sie lächelten einander an, aber als Janne einen Schritt näher kam, wich Marlene um ein paar Zentimeter zurück. Verlegen traten sie auf der Stelle. Marlene hatte das Gefühl, man könnte ihnen mit einem Blick alles ansehen.

»Hast du Lust auf einen Ausflug?«, fragte Janne.

Marlene sagte, »Klar, wann«, und Janne sagte, »Heute, wenn du willst«, und Marlene sagte »Ja, auf jeden Fall, unbedingt«. Arno öffnete die Fenster des Ladens. Marlene grüßte über die Straße und bedeutete ihm, dass sie gleich hineinkommen würde.

»Magst du Camping?«, fragte Janne.

»Äh, ja, warum nicht.«

Janne lachte und kreuzte die Arme vor der Brust. Marlenes Blick fiel auf ihre Hände, mit denen sie die Oberarme umgriff.

»Nur, wenn du magst«, sagte sie dann, und Marlene sagte, »Doch, bitte«.

»Kommst du zu mir? Um halb acht. Nicht später, okay?«

»Ja, ist gut«, sagte Marlene, zwinkerte glücklich und schob ihr Fahrrad hinters Haus.

Nach der Arbeit fuhr sie den Weg am Deich entlang. Der Raps war verblüht, und seine Früchte, die für Marlene wie Bohnen aussahen, standen starr in alle Richtungen. Janne wartete bereits unten am Zaun. Sie trug einen Rucksack, auf den zwei Isomatten geschnallt waren, und stieg sofort aufs Rad, als Marlene neben ihr anhielt.

»Haben wirs eilig?«, fragte Marlene.

»Schon«, rief Janne über die Schulter, bereits ein paar Meter vor ihr. Marlene verstand erst, als sie die Räder abgestellt und den übernächsten Deichaufgang erklommen hatten. Es war schon wieder Ebbe, und inmitten der Leere war etwas zu sehen.

»Was ist das?«

»Südfall«, sagte Janne.

Marlene kniff die Augen zusammen; sie erkannte Gras und am höchsten Punkt ein Haus. Janne lief den Deich hinunter und geradezu in Richtung Watt, und nun ergab alles Sinn; die Insel war nur bei Ebbe erreichbar.

»Zieh am besten deine Schuhe aus.«

Perplex befolgte Marlene die Anweisung. »Wie lange dauert das?«

»Eine halbe Stunde vielleicht.«

»Ist das –«, verlegen schlenkerte Marlene mit den Schuhen in ihrer Hand herum, »ist das nicht gefährlich?«

Janne grinste und griff nach ihrer freien Hand. »Nein«, sagte sie dann, »gerade nicht.«

Der gräuliche Schlick quoll zwischen ihren Zehen hervor. Ein schmaler Wasserlauf schlängelte sich neben ihnen entlang, etwas weiter vorn pickten dünnbeinige Vögel im Boden herum. Marlene blieb stehen. In der Luft lag ein Geräusch wie Kohlensäure. Sie suchte den Sandboden ab, konnte aber nichts Ungewöhnliches sehen. »Woher kommt das?«, fragte sie.

»Das ist das Wattknistern, das machen so kleine Krebse im Boden.«

Marlene ließ Jannes Hand den ganzen Weg nicht los. Der Untergrund war weich und nachgiebig, dann wieder hart wie Beton. Ab und zu trat sie auf scharfkantige Gegenstände wie Muscheln oder Steine. Das Watt war die ständige Kulisse der letzten Monate gewesen, aber ähnlich wie die Salzwiesen war es ihr nicht wie ein tatsächlicher Ort vorgekommen, den man betreten konnte.

Nach einer Weile hielt Janne an. »Guck mal«, sagte sie und zeigte auf einen grauen Klumpen am Boden, »Austern.«

Marlene beugte sich ein Stück hinunter.

Janne wendete den Klumpen mit dem Fuß. »Die kommen von Sylt«, sagte sie, »das sind pazifische Austern, die wurden in den Achtzigern hier ausgesetzt. Eigentlich war es denen hier mal zu kalt, aber mittlerweile –«, sie machte eine ausladende Geste. Dann drückte sie Marlenes Hand. »Viele mögen die nicht«, sie scharrte im nassen Sand, zog Linien mit dem großen Zeh, »aber ich hab mich denen immer irgendwie verbunden gefühlt. Also als Kind und bis heute eigentlich, keine Ahnung.«

Janne wollte sie weiterziehen, aber Marlene hob die Auster vom Boden auf und betrachtete sie aus der Nähe. Dann streichelte sie mit den Fingerspitzen über die gefurchte Oberfläche.

Janne lächelte. »Das sind sogar zwei«, sagte sie, »siehst du das?« Und dann: »Hast du schon mal Austern gegessen?«

Marlene schüttelte den Kopf. »Noch nie«, sagte sie, und Janne lächelte wieder und sagte, »Okay«, und sie gingen weiter.

Kurze Zeit später erreichten sie Südfall. Die Insel schien zum größten Teil aus Salzwiesen zu bestehen, auf denen eine Handvoll Schafe weidete, nur durch einen dünnen Zaun vom Watt getrennt. Darüber erhob sich ein begraster Hügel, auf dessen Kuppe das Haus stand.

»Und wer wohnt dort?«, fragte Marlene.

»Eine ganz alte Frau. Wie in einem Märchen.«

Marlene lachte.

»Im Sommer ist sie hier, und im Winter wohnt sie auf Strand.«

Als sie näher kamen, runzelte Janne die Stirn.

»Was ist?«

»Sie hat einen neuen Steindeich. Ich war seit letztem Jahr nicht mehr hier.« Dann ließ sie Marlenes Hand los. »Warte, ich sag Bescheid, dass wir da sind.«

Marlene sah ihr nach, als sie die Wiese hinaufließ. Sie drehte sich um; im Sand zeichneten sich blass ihre Fußspuren ab, am Horizont die Küstenlinie von Strand. Winzig klein erkannte sie die Vogelwarte und weiter rechts schemenhaft den Hafen, und Marlene konnte nicht glauben, wie mühelos die Dinge ihre Größe veränderten.

»Tut mir leid«, sagte Janne, als sie zurückkam, »sie ist nicht so für Besuch, sonst hätte ich dich vorgestellt.«

Sie suchten sich einen Platz am Fuß des Hügels, oberhalb der Salzwiese. Das Zelt, das Janne mitgebracht hatte, war eher für eine Person gedacht, die Isomatten überlappten sich in der Mitte. Janne holte Teller aus ihrem Rucksack, eine Blechdose, Becher, eine Kerze, die sie in den Boden drehte, als befände sich dort ein passendes Gewinde. Mittlerweile stand die Sonne tief. Marlene ließ sich auf der Decke nieder, die sie vor dem Zelt ausgebreitet hatten. Janne nahm ein helles Brot aus ihrem Rucksack und zündete die Kerze an, sie goss Weißwein in die Becher, zückte aus dem Nichts zwei Gabeln, öffnete die Dose und verteilte den Inhalt auf den Tellern.

»Oh«, sagte Marlene, »was ist das?«

»Ceviche«, sagte Janne, und Marlene hielt im schwindenden Licht den Teller näher ans Gesicht.

»Ist der Fisch roh?«

»Ja«, sagte Janne, und ihr stolzer Ausdruck verschwand, »Hering. Ist das schlimm?«

»Nein«, sagte Marlene, »spannend.«

Der Fisch war in dünne Streifen geschnitten. Erst nach und nach erkannte sie die anderen Zutaten: rote Zwiebelringe, Tomaten, grüne Stückchen, die vermutlich Sellerie waren, Koriander, Chili. Am Boden des Tellers sammelte sich eine Flüssigkeit, die sie mit dem Zeigefinger probierte. Janne saß regungslos neben ihr und beobachtete, wie Marlene die Fingerkuppe in den Mund nahm. Der Sud war sauer und scharf und salzig. »Zitronensaft«, sagte sie, und Janne sagte, »Ja«. Der Fisch war zart und schmeckte ebenfalls säuerlich. Die Chilischote brannte auf ihrer Unterlippe, auf der Zunge.

Sie saßen draußen vor dem Zelt, bis die Sonne endgültig verschwand. Als sie hineinkrochen, umfingen die Außenwände sie wie ein Kokon. Es war gerade so dunkel, dass alles seine Farbe verlor. Sie küssten sich vorsichtig, zum ersten Mal an diesem Tag. Marlene schmeckte den Koriander und die Schärfe, die in ihrem Mund wieder aufflammte. Janne küsste Marlenes Nasenrücken, ihre Augenlider, das Kinn. Marlene drehte eine ihrer Locken um den Finger, immer und immer wieder. Die Dämmerung machte sie mutig.

»Wegen gestern –«, sagte sie leise.

Janne hielt still.

»– ich hab mir da nie so viele Gedanken zu gemacht. Ich weiß nicht mal, wieso.«

»Wozu?«

»Sex.«

»Ach so.«

»Vielleicht war das auch Absicht. Weil ich mich auf eine Art –«, sie legte beide Hände auf ihren Bauch, »– nicht so viel mit meinem Körper beschäftigen wollte. Und es hat mich auch lange niemand so danach gefragt wie du.«

Janne rückte mit ihrem Kopf dicht an sie heran. Marlene fragte, »Ist das Quatsch«, und Janne sagte, »Nein, überhaupt nicht«.

Marlene blickte weiter nach oben an die Zeltdecke. »Und ich glaube, dass mir eigentlich ziemlich viel gefällt. Aber ich kann irgendwie nicht drüber reden.«

»Das ist doch okay«, sagte Janne und legte ihre Hand ebenfalls auf Marlenes Bauch, »das ist doch total okay.«

Sie verschränkten ihre Finger. Sogar im Halbdunkel waren die Tätowierungen auf Jannes Hand zu erkennen. Die gestrichelte Linie, die Marlene sonst an den Weg auf einer Schatzkarte erinnerte, sah nun aus, als hätte man auf der Haut eine Sehne nachgezeichnet. Marlene meinte, das Meer etwas lauter zu hören.

»Kannst du dich auf mich legen?«, fragte sie in die Dunkelheit.

Janne verharrte eine lange Sekunde. Dann richtete sie sich auf, und Marlene spürte langsam ihr Gewicht auf ihr.

»So?«, fragte Janne.

»Ja«, sagte Marlene. Sie strich über Jannes Rücken, die einzelnen Knochen ihrer Wirbelsäule spürbar durch den Stoff. Sie küssten sich wieder, selbstverständlicher als gerade, und Jannes rechtes Bein rieb an ihrem Oberschenkel.

»Ich hab einen Vorschlag«, sagte Janne. Ihr Gesicht schwebte über Marlene. »Wir probieren ein paar Sachen, und du sagst Bescheid, wenn dir was gefällt.«

Marlene spürte ein Flimmern hinter dem Bauchnabel, etwa auf derselben Höhe, auf der sich Jannes Beckenknochen in ihre Haut grub. »Okay«, sagte sie.

Als sie sich auszogen, stießen sie mit den Armen an die Zeltwände. Es war nun vollständig dunkel und stickig. Erst mit Verspätung bemerkte Marlene, dass sie zum ersten Mal wirklich nackt waren. Jannes Gesicht war nun wieder über ihr, dann an ihrem Hals, ein Bein zwischen ihren, die Reibung diesmal so unmittelbar, dass Marlene ein erstes Geräusch entfuhr.

»Wie ist das?«, fragte Janne.

»Ja«, sagte Marlene, »das ist gut.«

Und so machten sie weiter. Marlene schloss die Augen, um die Dunkelheit noch zu verstärken, in der ihr Jannes Hände wie vom Körper losgelöst erschienen, die Berührungen ihres Mundes unberechenbar, wie aus dem Nichts, bis Jannes Haare schließlich an der Innenseite ihrer Oberschenkel kitzelten.

»Vorsichtig«, sagte Marlene unwillkürlich, was sie selbst überraschte.

»Ja«, sagte Janne, ihr Atem auf Marlenes Haut. Einen Moment später spürte sie die Schärfe der Chili oder vielmehr eine Erinnerung daran, ein leises, warmes Brennen zwischen ihren Beinen, Jannes Lippen, ihre Zunge –

»Oh«, sagte Marlene, und Janne hörte auf, und Marlene sagte, »Nicht aufhören«, und Janne machte weiter. Sie drang mit einem Finger in sie ein und fragte, »So«, und Marlene sagte, »Ja«, und sie bewegte den Finger, und Marlene sagte, »So irgendwie nicht«. Janne hielt inne und veränderte den Winkel, Marlene sagte, »Hm«, und Janne veränderte noch etwas anderes, und Marlene zuckte zusammen und sagte, »Ja, so, genau«, und noch immer lag über allem das Brennen der Chili, und Janne drückte mit der freien Hand auf Marlenes Unterbauch, und Marlene sagte noch mal, »Nicht aufhören«, und sie fühlte sich wie ein hohler Baumstamm, durch den der Wind pfiff, als hätte sie gar kein Inneres, als hätte sie nur ihren Körper, als wäre er keine Hülle von etwas, sondern endlich die Sache selbst.

Am nächsten Morgen erwachte sie früh. Das Licht fiel durch die hellblauen Zeltwände, und alles schimmerte wie unter Wasser. Janne lag mit offenen Augen neben ihr, und erst jetzt bemerkte Marlene die Hand an ihrem Oberarm.

»Wir müssen aufstehen«, sagte Janne verschlafen, »sonst kommen wir nicht mehr rüber.«

Marlene rieb sich die Augen, drehte sich erst von Janne weg, dann wieder zu ihr und küsste sie auf den Mund. Kurz lagen sie ineinander verschlungen da, dann setzte sich Marlene auf. Die Außenseite ihres Schlafsacks war feucht. Sie stockte und befühlte den Stoff. Vielleicht war das Tau oder kondensierter Atem, aber sie war schon öfter zelten gewesen, und so etwas war ihr nie aufgefallen. Sie streckte ihren Rücken durch, ein einzelner Wirbel knackte. Dann fiel ihr Blick auf den Zelteingang: Der Reißverschluss war zu Hälfte offen.

»Warst du heute Nacht draußen?«

Janne stützte sich auf ihre Unterarme. »Nein«, sagte sie. Ihre Antwort kam leicht verspätet.

»Der war gestern Abend zu.«

»Sicher?«

»Nicht hundertprozentig«, antwortete Marlene, dabei erinnerte sie sich deutlich, wie sie im letzten Dämmerlicht den Eingang verschlossen hatte, an das katzenhafte Schnurren des Reißverschlusses. Noch einmal tastete sie das klamme Polyester ab, aber bevor sie etwas sagen konnte, öffnete Janne schwungvoll ihren Schlafsack und streckte die Beine aus.

»Es war so dunkel, du hast den vielleicht nicht ganz zugemacht«, sagte sie und setzte sich auf. Marlene sagte, »Weiß nicht«, und Janne sagte, »Ist doch egal«, aber als Marlene sich an sie schmiegte, war ihr Körper hellwach und unnachgiebig.

Beim Packen war Janne weiter schweigsam, aber ihre Laune besserte sich, als sie Südfall verließen und das beigefarbene Watt betraten. Marlene war auf eine zufriedene Art müde. Hin und wieder schaute sie in die Landschaft, flach bis auf den hinter dem Deich herausragenden Kirchturm, doch die meiste Zeit sah sie Janne an, ihre Füße in den Pfützen, ihre Schultern unter den Gurten des Rucksacks. »Was ist«, fragte Janne einmal, aber Marlene schüttelte bloß gutgelaunt den Kopf. Es war kurz vor acht und der Himmel makellos blau.

»Wie ist das gewesen, hier aufzuwachsen?«, fragte sie und hakte ihren Zeigefinger in eine von Jannes Gürtelschlaufen.

Janne sah zu Boden. »Was meinst du?«

»Ich stell mir das toll vor«, sagte Marlene, »ich meine, man kann zu Fuß von Insel zu Insel laufen.«

Darauf sagte Janne erst nichts, und dann zögernd, »Na ja, schon«, und schaute in die Ferne, wo der Hafen immer größer wurde. Die Schwere von eben schien zurück.

Marlene ließ ihre Gürtelschlaufe los.

»Der Sommer ist schön hier«, sagte Janne dann, »aber der Winter ist anders. Dunkel, leer. Ohne die Gäste ist es einsam. Als säße man auf einer leeren Bühne. Und dann –«, sie verstummte und kniff suchend die Augen zusammen, »– dann das Wetter. Die Stürme, das Wasser. Immer irgendwie die Angst vor dem Verschwinden.«

Marlene schwieg. Sie gingen langsamer, und Janne zeigte auf die Küste vor ihnen. »Da soll der Deich erneuert werden, eineinhalb Meter höher. Die ganze Seite. Seit ich nach Berlin gezogen bin, reden die davon, aber – Weert hat versprochen, dass er sich drum kümmert. Der könnte das, der kennt die Leute. Aber ich glaube, er will die Baustelle nicht im Dorf. Das würde ja alles kaputt machen. Das dauert Jahre, wenn die den Deich einmal aufreißen.«

Marlene wusste nicht, was sagen. »Tut mir leid.«

Janne lächelte und sagte, »Ach was«, und Marlene lächelte zurück.

»Früher oder später wird das schon noch passieren«, sagte Janne, »lieber früher«, und dann deutete sie auf etwas hinter Marlene, und Marlene drehte sich um.

»Das ist ein Brunnen«, sagte Janne und trat näher heran, »aus Rungholt.«

Marlene folgte ihr. Die Steine des Rings waren dunkel und verwaschen, und obwohl sie kaum mehr als einen Fingerbreit aus dem Boden ragten, waren sie nicht zu übersehen.

Marlene blickte um sich.

»War der gestern schon da?«, fragte sie. »Wir sind doch genau denselben Weg gegangen.«

Janne zuckte bloß mit den Schultern. »Weiß nicht«, sagte sie und griff nach ihrer Hand. »Die Sachen kommen und verschwinden, wie sie wollen.«

22

Die nächsten Tage waren hochsommerlich heiß und drückend. Die Gäste schleppten sich matt durch die Straßen und sammelten sich unter den Sonnenschirmen der Restaurantterrasse. Niemand hatte an der Nordsee mit diesen Temperaturen gerechnet, und die verbrannten Schultern und schweißnassen T-Shirts machten die Überrumpelung sichtbar. Auch die Baracken waren nicht für Temperaturen wie diese gemacht. Ab dem Vormittag glitt die Hitze ins Rauminnere, schleichend, aber unaufhaltsam. Marlene hielt die Vorhänge den ganzen Tag geschlossen und schlief nachts direkt unter dem weit geöffneten Fenster.

L. Marl., antwortete ihre Großmutter schließlich, *Tour n. Husum ist eine klasse Idee, huebsche Stadt mit netten Geschaeften. War ich vor Jahren mit d. Mutter (Weihnachtsmarkt). Hoffentl. ist bis dahin d. Hitze passé, so ist es ja kaum auszuhalten. Trinkst du auch genug?? Lg. O.*

Die Pausen mit Janne wurden immer länger, und wenn sie draußen zu sehen war, folgte Marlene ihr mit den Augen wie dem Finger bei einer Hypnose. Wann immer sie zusammenstanden, sprachen sie gedämpft, fast flüsternd miteinander, manchmal streiften sich ihre Hände, ansonsten berührten sie sich nicht. Aber die neue Vertrautheit war greifbar und unmöglich zu leugnen, und als sie am Ende der Woche gerade wieder die Köpfe zusammensteckten, tippte ein Mann Janne von hinten auf die Schulter.

Weert hatte keinerlei Ähnlichkeit mit dem Bild, das Marlene sich von ihm gemacht hatte. Er hatte ein weiches, rundes Gesicht und trug eine Trekkinghose und ein dunkles Baumwollshirt, helle Salzränder unter den Achseln.

»Hallo, Janne«, sagte er und nickte auch Marlene im Fenster freundlich zu. »Irres Wetter«, er stemmte die Hände in die Hüften. Janne sagte, »Ja«, und Marlene sagte, »Ja, wirklich«, und dann schwiegen sie wieder.

»Das hätte man auch nicht gedacht vor zwanzig, dreißig Jahren.«

»Da hab ich mir noch keine Gedanken über das Wetter gemacht«, sagte Janne.

Weert lachte und sagte, »Stimmt«, und dann, als ergäbe es sich gerade so, »Tut mir den Gefallen und haltet etwas Abstand. Keine Gespräche hier am Fenster, ja«. Er schaute zwischen ihnen hin und her.

Marlene sagte nichts und hielt die Luft an.

»Wir reden immer nur ein paar Minuten«, sagte Janne. Ihre Stimme klang seltsam ruhig.

»Dann trefft euch doch nach Feierabend. Aber hier –«, er beschrieb einen nachlässigen Kreis mit der Hand, »– seid ihr für den Gast da.«

Marlene warf Janne einen Blick zu. Es war klar, dass es an ihr war, zu antworten.

»Okay.«

Weert nickte und sagte, »Schön«, und zwinkerte auch Marlene im Gehen noch einmal zu. »Silke hat Eiskaffee im Kühlschrank«, rief er aus ein paar Metern Entfernung und verschwand in Richtung Dorfplatz.

Am frühen Abend lagen sie auf Jannes Bett, Tür und Fenster standen offen.

»Wieso hast du so schnell nachgegeben?«, fragte Marlene vorsichtig.

»Wann?«

»Vorhin, mit Weert.« Langsam dämmerte ihr, welchen Einfluss diese Anweisung auf ihren Arbeitstag haben würde.

Janne drehte sich auf den Rücken.

»Ich dachte irgendwie, du würdest anders reagieren.«

Janne sah sie von der Seite an. »Ah ja?«

»Schon.«

Janne setzte zu einer Antwort an, aber hielt mitten im Luftholen inne. Das Gebälk um sie knackte, verformt von der Hitze des Tages. Draußen schrie ein einzelner Vogel.

»Ich hab ihn mir anders vorgestellt.«

»Wie denn?«

»Weiß nicht«, sagte Marlene, den Kopf auf einen Arm gestützt, »nicht so – nett.«

»Du würdest dich wundern«, sagte Janne, stand auf und begann schweigend, das Abendessen vorzubereiten.

Dascha sah sie kaum noch. Hin und wieder hörte Marlene sie nebenan mit Zappo, ein paar geräuschvolle Minuten, ein Rhythmus, der ihr mit jedem Mal müder vorkam. Meistens lag das Zimmer im Dunkeln, und auch in der Küche oder in den Waschräumen trafen sie sich nicht. Marlene nahm sich vor, im Hotel vorbeizufahren, aber etwas hielt sie zurück. Dafür begegnete sie Boris beinahe täglich; sie fragte sich, ob er mittlerweile von Dascha und Zappo wusste. Bis auf den ständigen Sonnenbrand schien er recht zufrieden.

Krieg eine Woche vor dem Urlaub meine Weisheitszähne raus, schrieb Robert ihr, und Sekunden danach: *Passt oder?*
Puh, schrieb Marlene, *musst du wissen.*
Wird schon gehen, antwortete er, *ist mir jetzt zu peinlich da nochmal anzurufen.*

Ein paar Tage später lud Janne sie wieder zum Essen ein. Mittlerweile hatten sie endlich Nummern ausgetauscht, und Janne verschob das Treffen zweimal um eine halbe Stunde. Marlene kam schließlich in der einbrechenden Dämmerung an; die Kerzenstumpen brannten und verlängerten die Hitze im Raum.

»Tadaa«, sagte Janne verlegen. Marlene spürte ihre Anstrengung, als sie sich zur Begrüßung umarmten. Auf dem Tisch stand eine Platte mit vierundzwanzig Austern, jede von ihnen mit einer anderen Füllung. Sie setzten sich, Janne öffnete zwei kleine Bierflaschen.

»Probier eine«, sagte sie.

Marlene betrachtete die Platte. Die Schalen der Austern fügten sich aneinander wie Puzzleteile. Marlene fragte, »Welche«, und Janne zeigte auf eine, die mit kleingehackten Tomaten und blassrosa Zwiebeln gefüllt war, und presste eine geviertelte Limette darüber aus. Marlene löste das Austernfleisch mit ihrer Gabel; es war weich und zäh zugleich, die rohe Zwiebel stieg ihr in die Nase, und unter der Säure lag ein Geschmack nach Algen, nach Meer, nach Salz. Sie aßen alle vierundzwanzig, jede von ihnen einzigartig und köstlich. Als sie fertig waren, stapelte Janne klimpernd die leeren Schalen übereinander.

»Das mit Weert –«, sagte sie, aber hielt gleich wieder inne, als hätte sie es sich anders überlegt. »Also, ich hab ihm letztes Jahr vorgeschlagen, peruanisches Essen anzubieten. In der Räucherei.«

Marlene hielt die Bierflasche mit einer Hand umschlossen. »Oh«, sagte sie.

»Er hat natürlich gesagt, dass das nicht ins Dorf passt, aber auf der anderen Seite am Campingplatz steht ein Imbiss leer, und Weert hat versprochen«, Janne setzte die letzte Schale vorsichtig oben auf den Stapel, »dass wir darüber sprechen, ob das nicht etwas wäre für mich.«

»Das ist ja super.« Marlene beugte sich vor, und Janne sagte, »Ja«, und Marlene legte ihre offene Hand auf den Tisch, und Janne legte ihre hinein.

»Ja«, sagte sie nochmal, »und ich will dann sowas anbieten. Austern sind ja nicht teuer. Aber auch andere Sachen. Ceviche, Sandwiches mit Krabben. Mit Sachen von hier.« Sie lächelte.

Marlene drückte ihre Hand. »Das klingt toll«, sagte sie, »ich würde jeden Tag bei dir essen.«

»Du kannst auch jetzt jeden Tag bei mir essen«, sagte Janne, und Marlene lachte. Aber Janne beugte sich hinunter und küsste Marlenes Handrücken. »Wirklich, ich koche so gerne für dich. Dir schmeckt immer alles.«

23

Die Hitze hielt den ganzen Juli über an, wurde zu einem Grundrauschen, zu einer zermürbenden Tatsache. Die Gäste bewegten sich schleichend durch das Dorf, selbst die Kinder liefen müde umher. Von den Kostümen wurde nur noch das Nötigste getragen. Wenn niemand hinsah, krempelte Marlene die Ärmel ihrer Bluse hoch und stopfte hinter dem Tresen ihren Rock oben in den Bund. Der Schlehdornstrauch vor dem Fenster ließ kraftlos die Blätter hängen, die kleinen Beeren, die seit Kurzem an den Ästen hingen, sahen grau und runzlig aus. Die Wiese um die Baracken verbrannte und raschelte trocken, auch der Deich verlor seine sattgrüne Farbe. Die Alten hörten auf, ein Feuer anzuzünden, und saßen nun im Halbdunkeln auf den Bänken. Janne gab das Joggen auf, und Marlene nutzte gemeinsam mit ihr das erste Mal die Badestelle in der Nähe des Hafens. Die Nordsee war kalt und lebhaft und brachte zumindest eine kurze Abkühlung. Arno bereitete mittags nur noch Salate zu und ließ sich über die Wetterlage aus. Die Nachrichten waren ein nicht abreißender Strom aus Beiträgen über die Hitzewelle, die auch das Festland getroffen hatte.

Doch während die anderen durch die Hitze abstumpften, erschien es Marlene, als würde ihr eine dünne Haut abgezogen, die sie zuvor nicht bemerkt hatte. Die Wochen waren zugleich endlos und extrem gegenwärtig, und manchmal kam es ihr vor, als bewegte sie sich als Einzige durch ein eingefrorenes Bild. Schon jetzt sammelte sie Eindrücke, an die sie sich später erinnern würde: das irisierende Licht in Jannes nassen Wimpern, wenn sie zusammen baden gingen, die hellen Streifen auf ihren Fingern, wenn sie abends den Schmuck ablegte, der Geruch nach Räucherei in ihren Haaren, ein klebender Zigarettenfilter an der Lippe. Die Streifzüge abends durch die Salzwiese, die Kräuter später im Essen, Portulak, Strandwermut. Janne, wie sie Krabben pulte. Janne, wie sie ihre Finger in den Mund nahm, damit die harte Nagelhaut etwas aufweiche und sie Marlene nicht wehtat, wenn sie in sie eindrang.

Marlene war ungewohnt empfindlich und leicht zu erregen, schnell überreizt. Sie träumte lebhaft, fast jede Nacht. Wenn sie in ihrem eigenen Bett aufwachte, berührte sie sich leise unter dem offenen Fenster, die Vorhänge zugezogen. Sie schaute kaum Filme und keine Eiskunstlaufvideos mehr. Sie hatte ständig Hunger; im Laden nahm sie Süßigkeiten aus den Bonbonieren, und ihr kleiner Kühlschrank war zum ersten Mal wirklich voll, obwohl sie selten zuhause aß. Im Edeka überkam sie eine unbändige Lust auf die Früchte in der Auslage, und sie kaufte große, weißfleischige Pfirsiche und die ersten dunkelroten Kirschen.

Die Gerichte, die Janne für sie kochte, die Namen, die sie für Marlene mehrfach wiederholte: Chupe de Camarones, Choros a la Chalaca. Feuchte Bettwäsche, feuchte Haut, ein pochender Unterleib, Sand zwischen den Zehen, unter den Fingernägeln. Janne, die von gegenüber zu ihr herübersah, ein paar lautlose Worte auf den Lippen; wie sie die Knöpfe ihrer Bluse mit einer Hand öffnete. Die Pflanzen, auf die Marlene zeigte, als lernte sie eine Fremdsprache, und deren

Namen Janne ihr verriet, Strandflieder, Milchkraut, Andelgras.

Und andere, fast vergessene Dinge waren wieder da. Wenn Janne sie anschaute, wenn sie neben ihr im schmalen Bett saß und ihre Augen Marlenes Körper hinunterwanderten, ihn wirklich ansahen, dann kamen alle Unsicherheiten zurück, die sie sich in den letzten Jahren verboten hatte. Obwohl sie Jannes Komplimenten glaubte, obwohl sie sich selbst so mochte wie kaum je zuvor, erschreckte sie die Präsenz ihres Körpers, der plötzlich überall anwesend war. Die viele Zeit, die sie mit Janne verbrachte, und der Abgleich mit einem anderen Körper führten dazu, dass sie sich selbst gestochen scharf im Spiegel des Waschraumes sah. Sie stellte fest, wie blond sie über die letzten Wochen geworden war, wie braun ihre Hände und Unterarme. Ihre Bauchfalten, wenn sie im Schneidersitz saß, dagegen die Sehnen an Jannes Kniekehlen. Sie fühlte sich selbst größer, weil sie exakt so groß war wie Janne. Ihre Brüste kamen ihr weich und voluminös vor, und sie streifte sie manchmal gedankenverloren durch den Stoff hindurch.

An einem Tag, der so heiß war, dass die Geschäfte im Dorf mittags für zwei Stunden schlossen, gingen Marlene und Janne in ihrer Pause zur Kirche. Seit Weerts Besuch auf der Insel hielt sich Janne an seine Anweisung und war nicht mehr ans Fenster getreten. Marlene hatte das so hingenommen, obwohl es ihr fehlte.

Vor dem Edeka aß eine vierköpfige Familie schweigend Eis am Stiel, der Friedhof der Namenlosen lag stumm und gleißend in der Sonne. Marlene hatte immer wieder an die Kirche gedacht, nachdem Barbara ihr davon erzählt hatte, aber bisher war sie noch jedes Mal daran vorbeigegangen. Als sie den Innenraum betraten, kamen ihnen zwei ältere Frauen entgegen; danach schloss die schwere Pforte hinter ihnen, und sie waren allein. Die Wände waren aus rotem Backstein. In der Luft lag der Geruch nach altem Gemäuer, die hölzernen Sitzreihen waren hellblau gestrichen. Marlene sah an die Decke. Dutzende Modellschiffe hingen an Schnüren von den Holzbalken, nebeneinander und übereinander wie Mobiles, vor allem Segelschiffe, aber auch einzelne Frachter und sogar ein Segelflugzeug. Zahllose Gemälde von Booten zwischen aufgetürmten Wellen schmückten die Wände. Die Rahmen der Bilder waren golden und silbern, in jedem Falle kostbar. Marlene senkte den Blick und schaute direkt in Jannes grinsendes Gesicht.

»Gefällt dir, oder«, sagte sie.

»Ja«, sagte Marlene und blickte wieder nach oben. Sie gingen ein paar Schritte zwischen den Sitzbänken hindurch. Die Kühle des Raumes ließ sie frösteln.

»Wenn die Leute früher in Seenot geraten sind und überlebt haben, dann haben sie danach ein Schiff oder ein Bild anfertigen lassen«, sagte Janne, »sozusagen als Dank.«

»Die sind alle so schön.«

»Ja«, sagte Janne und zeigte auf eins der kleinsten Schiffe, eine einfache rote Barkasse. »Das ist von meinem Großvater.«

Marlene betrachtete den Schiffsbauch von unten. »Was ist da passiert?«

Janne trat neben sie und zuckte mit den Schultern. »Sturm. Er hat da nie viel drüber geredet. Er hat nur immer gesagt –« Sie verstummte.

»Was?«

»– dass es plötzlich windstill war an einer Stelle. Wie im Auge eines Tornados. Und er hat behauptet, dass es genau dort war, wo Rungholt liegt.«

»Wirklich«, sagte Marlene.

»Das war immer seine größte Angst: auf dem Meer zu bleiben. Als er zuhause gestorben ist vor ein paar Jahren, konnte er sein Glück kaum fassen. Davor haben hier alle Angst, die aufs Meer fahren. Nicht mehr wiederzukommen.«

»Kann ich verstehen.«

»Es ist wichtig, einen festen Ort zu haben. Deswegen auch der Friedhof nebenan, weißt du.«

»Gehst du da manchmal hin?« Marlene hatte sich schon gefragt, ob überhaupt jemand die namenlosen Gräber besuchte.

»Alle von der Insel«, sagte Janne, »wir gehen alle ab und zu mal.«

Sie liefen zum Ausgang zurück. Die Schiffe hingen plötzlich dicht über ihren Köpfen und Marlene widerstand dem Bedürfnis, sich zu ducken.

»Weißt du noch, der Pirat«, sagte Janne, als sie fast schon draußen waren. »Von dem ich dir erzählt habe.«

»Klar«, sagte Marlene, »der mit den Irrfeuern.«

»Der hatte hier sein Quartier. Und als sie ihn verhaften wollten, hat er sich im Turm verbarrikadiert. Dann haben sie die Tür eingeschlagen«, Janne zeigte auf die halboffene Tür an der hinteren Wand, »aber als sie die Treppe hoch sind, war er weg. Entkommen. Obwohl da nur ein winziges Fenster ist.«

»Echt?«

»Na ja, so geht zumindest die Geschichte.«

Marlene starrte für einen Moment in den schummerigen Treppenaufgang, das Licht reichte nur bis zur untersten Stufe.

»Ist eine gute Geschichte«, sagte sie schließlich und folgte Janne nach draußen.

Am Abend lag sie lange wach. Die Größe von Jannes Bett hatte sie nie gestört, aber jetzt spürte sie, wie die Haut ihrer Beine aneinanderklebte. Janne bestand darauf, beim Schlafen die Tür zu schließen, und ohne Zugluft staute sich im Zimmer die Wärme, die das Holz nach und nach abgab. Marlene vernahm eine Bewegung neben sich.

»Bist du wach?«

»Ja«, sagte Janne.

Marlene hielt kurz inne. »Willst du mit nach Husum fahren?«

Janne drehte sich auf die Seite. »Im August? Mit Luzia und Robert?«

Marlene sagte, »Wieso nicht«, und Janne sagte, »Okay«, und Marlene fragte, »Ja«, und Janne sagte, »Richtig gern, ja«.

Janne legte ihr Bein auf Marlenes Hüfte. Marlene grub ihr Gesicht in Jannes Halsbeuge, und so schliefen sie ein.

Am nächsten Morgen wachte Marlene davon auf, dass Janne mit einem Lappen neben dem Bett den Boden wischte. »Hey«, sagte sie sanft. »Was machst du?«

Jannes Blick sprang unsicher zwischen dem Boden und dem Bett hin und her. »Mir ist ein Glas umgekippt«, sie wies auf die Kiste, die ihr als Nachttisch diente, »ist mir runtergefallen.«

Marlene hob verwirrt den Kopf. »Was für ein Glas?«, fragte sie.

»Das hab ich hier gestern –«

In Marlenes Erinnerung hatte kein Glas auf dem Nachttisch gestanden, und es lagen auch keine Scherben auf dem Boden. Schlaglichtartig sah sie den nassen Schlafsack im Zelt vor sich, den offenen Reißverschluss. Für einen Moment spürte sie eine Berührung auf ihrer Schulter, wie Fliegenbeine auf der Haut, ein unbehagliches Kitzeln. Aber als sie hinsah, war da nichts. Janne stand auf und wrang den Lappen über dem Waschbecken aus. »Ist ja nichts passiert«, sagte sie, Marlene den Rücken zugewandt. Dann begann sie mit dem Abwasch vom Vorabend.

Anfang August bekam Boris einen Anruf, dass seine Freundin in den Wehen lag, und als er auflegte, war die letzte Fähre vor der Ebbe gerade weg. Silke gab ihm frei, und er packte seine Sachen, aber damit war er schnell fertig, und danach lief er rastlos die Laubengänge der Baracken entlang. Die nächste Fähre fuhr erst in über drei Stunden. Marlene beobachtete ihn durch das offene Fenster. Als er zum dritten Mal vorbeilief, stand sie auf und trat aus der Tür ihres Zimmers. »Kann ich irgendwas tun?«

Boris drehte sich um.

»Sollen wir Boule spielen?«, fragte sie, aber er schüttelte nur den Kopf.

»Sie sollte in drei Wochen erst kommen. Zweiundzwanzigster August, das war der Tag. Alles zu früh.«

»Es wird sicher alles gut.«

»Ich werde zu spät sein«, sagte Boris und dann noch etwas auf Russisch, das Marlene nicht verstand. Sie sagte, »Bestimmt nicht«, und Boris sagte, »Aber vielleicht«, und Marlene wiederholte, »Bestimmt nicht«.

»Diese Insel«, sagte Boris, »sie macht alles kaputt.«

Seine Arme hingen schlaff an den Seiten herunter. Marlene lehnte sich an den Türrahmen. Dascha kellnerte bei einem Firmenjubiläum im Hotel, und sonst fiel ihr niemand ein, der eine Hilfe wäre. Sie betrachtete ihn, seine verbrannte Haut, die wirr vom Kopf abstehenden roten Strähnen, den ausgefransten Bart, und aus einem Impuls heraus bot sie an, ihm die Haare zu schneiden. Kurz schien er irritiert. Dann befühlte er seinen Hinterkopf und willigte ein.

Boris' Haare waren dick und drahtig, die Farbe leuchtete im Mittagslicht. Marlene hatte den Stuhl extra an eine Stelle getragen, von der aus man durch die Häuserreihen in die Ferne schauen konnte, und nun saß er schweigend vor ihr, die Finger ineinandergehakt im Schoß. Zuerst dünnte sie seinen Oberkopf aus. Es war merkwürdig, ihn zu berühren; sie hatte nicht damit gerechnet, dass es einmal dazu kommen würde. Sein Nacken war gerötet und so verschwitzt, dass die abgeschnittenen Haarspitzen daran haften blieben.

»Zumindest haben wir die neue Wohnung schon«, sagte Boris in die Stille zwischen ihnen.

»Das klingt doch super.« Sie ging zu den Seiten über.

»Und wir haben alles gekauft. Wickeltisch, Kinderwagen.«

»Na siehst du«, sagte Marlene. Seine Hände lagen nun locker auf den Knien. »Und jetzt hast du sogar eine frische Frisur.«

»Ja«, sagte Boris bloß und sah weiter nach vorn, »endlich Schluss mit Deutschlandpark.«

Weil er so viele Haare hatte, brauchte sie fast eine Dreiviertelstunde. Seinen Bart hatte sie mit der Schere stutzen müssen, weil er seinen Rasierer schon im Koffer verstaut hatte. Aber nun waren sie fertig, und noch im Sitzen klopfte Boris seine Kleidung sauber.

»Und kannst du –«, er stand mit einer halben Drehung vom Stuhl auf, »– etwas nach Dascha gucken? Wenn ich weg bin?«

»Klar«, sagte Marlene.

»Danke«, sagte er, »guck nach Dascha, und guck nach Zappo. Da ist irgendwas komisch.«

»Okay«, sagte Marlene und säuberte die Schere in ihrer Hand.

Als sie am nächsten Tag zum Mittagessen in die Wohnung trat, hörte sie Toni und Arno in der Küche. Seit Sommerferien waren, saß Toni oft auf der Arbeitsplatte, während Arno kochte, und seine kleinen Fersen schlugen in einem lebhaften Rhythmus gegen den Unterschrank. Marlene öffnete die Tür zum Gästebad, hielt aber in der Bewegung inne.

»– meinst du, er findet den Weg zu mir?«, hörte sie Toni fragen, »wenn ich bei Mama bin?«

Arno schien nebenbei etwas anzubraten. »Er kommt dann vielleicht nicht mehr so oft. Aber wenn du wieder hier bist, besucht er dich bestimmt.«

»Und wenn der mich vergisst?«

»Bestimmt nicht. Wie kann man dich denn vergessen?«

Marlene verlagerte ihr Gewicht, der Boden unter ihr knarzte. Um keinen Verdacht zu wecken, öffnete und schloss sie noch einmal geräuschvoll die Tür zum Laden und ging durch den Flur in Richtung Küche.

»Hey«, sagte sie.

»Na«, sagte Arno.

»Na«, sagte auch Toni und baumelte ausladend mit den Beinen.

»Worüber redet ihr?«

»Eissorten«, sagte Arno, während er scheppernd eine Schublade schloss.

»Toni hat einen imaginären Freund oder so«, sagte Marlene später zu Janne, als sie an der Grabenkante unterhalb der Vogelwarte saßen und ihre Füße ins Wasser hielten.

»Ah ja?«

»Glaub schon. Ich hab ihn mit Arno darüber reden hören.«

»Das ist doch ganz normal in dem Alter.«

»Ich hatte nie einen.« Sie bewegte ihre Zehen unter Wasser. »Und du?«

»Hm?«

»Hattest du einen imaginären –«

Plätschernd nahm Janne ihre Füße aus dem Graben und

stellte sie an der Kante ab, die Haut schimmernd und nass. »Sowas in der Art«, sagte sie dann, den Blick weiter nach vorn gerichtet, die Augen zusammengekniffen.

Irgendetwas hielt Marlene davon ab, weiter nachzufragen. Verunsichert von der eigenen Verhaltenheit folgte sie Jannes Blick. Das Meer war heute dunkelblau. Weit hinten erhob sich Südfall aus den Wellen. »Wir könnten mal wieder campen gehen.«

»Auf Südfall?«

»Das war doch schön da.«

Janne holte Schwung und stand auf. »Mal sehen. Vielleicht.«

Marlene hörte, wie sie hinter ihr die Leiter hinaufstieg, und blieb noch einen Moment sitzen. Sie schämte sich, ohne zu wissen, wofür. Im Kopf ging sie das Gespräch noch einmal durch, aber keine ihrer Fragen kam ihr unangemessen vor. Noch einmal bewegte sie die Füße; das aufgewirbelte Sediment färbte das Wasser trüb und grau.

24

Als Marlene angekündigt hatte, dass Janne sie nach Husum begleiten würde, waren weder Robert noch Luzia überrascht gewesen. Sie nahm die Fähre am Freitagmittag, Janne würde einen Tag später nach ihrem Workshop dazukommen.

Sie wartete am Bahnhof, und als erst Luzia und dann Robert aus dem Zug stieg, liefen ihr spontan zwei dramatische Tränen über die Wangen.

»Oh nein, oh nein«, sagte Luzia und strich mit den Handballen über Marlenes Gesicht, »wir sind ja jetzt da.«

Das Licht spiegelte sich glitzernd in ihren Gelnägeln. Sie zog einen kompakten Rollkoffer hinter sich her. Robert trug einen Trekkingrucksack, dessen Hüftgurt tief in seinen Bauch einschnitt. Die Schwellung seiner Wangen war nur bei genauem Hinsehen zu erkennen.

»Du siehst toll aus.« Er umarmte sie vorsichtig.

»Danke. Tuts noch weh?«, fragte Marlene.

»Geht. Ich hab jetzt halt vier Löcher im Mund.«

Die Ferienwohnung, die er gebucht hatte, lag im Dachgeschoss und war maritim dekoriert. Alle Fenster standen offen; das Leder der Couch klebte an Marlenes Oberschenkeln.

»So, und jetzt erzähl«, sagte Luzia aus dem Bad. An heißen Sommertagen duschte sie zweimal täglich.

»Was?«, fragte Marlene, und Robert, der ihr gegenüber im Sessel saß, schnalzte mit der Zunge. Luzia schob die Duschkabine auf und das Rauschen der Duschbrause erklang. »Also?«, rief sie.

»Na ja«, sagte Marlene, »ich finde sie ziemlich gut.«
»Süß«, sagte Robert, »so ein richtiger Kurschatten.«
»Es fühlt sich irgendwie anders an.«

Luzia rief, »Was«, und Marlene rief, »Es fühlt sich anders an«, und Luzia fragte, »Als was«, und Marlene sagte, »Als sonst«. Das Geräusch des Wassers verstummte, Luzia erschien in einem Handtuch im Türrahmen. »Ich bin echt gespannt.«

»Ich auch«, sagte Marlene.

Während Luzia sich fertig machte, bot Robert Marlene eine Massage an. Sie band ihre Haare hoch. Robert sagte, »Du bist echt braun«, und grub seine Daumen in Marlenes Nacken.

»Au«, sagte sie.

Robert hielt inne. »Hä.«

»Nicht so fest.«

Er fuhr mit der Massage fort, diesmal sanfter, mit kreisenden Bewegungen. »Du bist viel weniger verspannt. Sonst bist du immer so ein Brett. Und dir tut doch nie was weh.«

»Jetzt aber schon.«

Am späten Nachmittag saßen sie direkt am Hafenbecken auf der Terrasse einer Gaststätte. Sie waren eine knappe Stunde durch die Stadt gelaufen und wussten nicht, was sie sonst noch tun sollten. In den Straßen war es ungewöhnlich leise; die Leute drückten sich in den Schattenstreifen an den Häusern entlang. Unter den Schirmen war die Hitze gerade so erträglich. Die weißgetünchte Fassade des Hauses strahlte grellweiß.

»Gibts was Neues von deinen Eltern?«, fragte Robert, nachdem sie eine Weile aufs Wasser und die Speicherhäuser gegenüber geschaut hatten.

Marlene fächelte sich mit der Speisekarte Luft zu. »Nicht wirklich.«

Die Bedienung stellte drei Bier auf den Tisch. Kraftlos stießen sie die Gläser aneinander, bevor sie tranken.

»Wann ist denn der Gerichtstermin?« Luzia zog unter dem Tisch ihre Sandaletten aus.

»Weiß ich gar nicht genau.«

Robert sagte, »Wie«, und Luzia fragte, »Nicht mal ungefähr«, und Marlene sagte, »Nein«. Robert stellte das Glas etwas lauter ab als nötig und nahm es sofort wieder in die Hand. Das Kondenswasser bildete einen nassen Kreis auf der Tischplatte.

»Was?«, fragte Marlene.

Robert nahm einen Schluck und stellte das Bier wieder hin, diesmal endgültig. »Ich frag mich nur, wieso du das so von dir wegschiebst. Man kann fünf Jahre ins Gefängnis kommen für Schwarzarbeit.«

»Meine Mutter hat gesagt, das wird nicht passieren.«

Robert schüttelte kaum merklich den Kopf.

»Sie erzählen mir ja nichts. Was soll ich denn tun? Ich bin auf einer Insel. Mitten in der Nordsee.«

»Und nach einem Job hast du dich auch nicht mehr umgeschaut?«

Luzia legte Robert eine sanfte Hand auf den Arm, und Marlene sagte, »Was willst du jetzt von mir hören«, und Robert sagte, »Nichts, ich will nichts hören, ich mache mir

Sorgen um dich, oder ist das verboten«. Er zuckte mit den Schultern.

Marlene trank einen Schluck. Das Bier war bereits nicht mehr kalt. »Tut mir leid«, sagte sie dann und stupste ihn unter dem Tisch an.

Am nächsten Nachmittag holen sie Janne vom Fähranleger ab. Luzia und Robert warteten auf einer Bank im Schatten. Marlene lief ihr entgegen, und sie küssten sich kurz, fast verstohlen.

»Ich bin aufgeregt«, sagte Janne und suchte mit den Augen die Umgebung ab.

»Brauchst du nicht«, sagte Marlene, obwohl sie ebenfalls den ganzen Tag schon eine vage Anspannung gespürt hatte.

»Hallo«, sagte Janne schüchtern, als sie sich der Bank näherten, und sofort sprang Robert auf und umarmte sie mit seinen langen Armen, und Luzia tat es ihm gleich. Marlene konnte nicht aufhören, sie anzusehen. Janne trug ein dunkelblaues T-Shirt und Jeansshorts, die nackten Beine voller kleiner Tätowierungen, die sonst verdeckt blieben; vor allem wirkte sie hier auf dem Festland eigenartig gelöst, als hätte sie gerade Ballast zurückgelassen.

Im Dachgeschoss war es so heiß, dass sich die Wohnung wie die Erweiterung des eigenen Körpers anfühlte. Sie waren bei ihrem Spaziergang an einem Chinarestaurant vorbeigekommen, das im ersten Stock über einem Getränkemarkt lag und auf einem handgeschriebenen Zettel mit einer Klimaanlage warb. Marlene hatte seit dem Abend bei Paul nicht mehr asiatisch gegessen und war spontan hineingegangen, um einen Tisch für vier Personen zu reservieren.

Als Luzia sich vor dem Essen ausgiebig schminkte, türkisfarbener Lidschatten, Mascara, Lipgloss, stand Marlene im Türrahmen wie ein Kind und beobachtete die routinierten Bewegungen. Ihre Blicke trafen sich im Spiegel.

»Kannst du mir Lidschatten draufmachen?«

Luzias Augenbrauen zuckten belustigt. »Komm her«, sagte sie dann.

Marlene trat neben sie und schloss die Lider. Als sie die Augen wieder öffnete, stand Janne hinter ihnen, die Hände in den Hosentaschen.

»Wow«, sagte sie, »sieht toll aus.«

»Willst du auch was?«, fragte Luzia, und Marlene sah Janne schon ablehnen, aber stattdessen beugte sie sich näher über die Utensilien und nahm einen dunkelroten Lippenstift von Chanel in die Hand.

»Kann ich den benutzen?«

Luzia sagte, »Klar«, und Janne zog konzentriert ihre Lippen nach und presste sie aufeinander. Die Farbe war dunkler, als Marlene erwartet hatte.

»Oh«, sagte sie und betrachtete Janne erst im Spiegel und dann aus der Nähe, »ich dachte irgendwie, du trägst keinen Lippenstift.«

»Warum?«

»Nur so.«

Janne schloss den Stift mit einem sauberen Klicken und gab ihn Luzia zurück. »Ich hatte gerade einfach Lust drauf«, sagte sie und verließ das Badezimmer.

Als sie um acht das Restaurant betraten, war nur ein weiterer Tisch besetzt. Es sah nach einem runden Geburtstag aus, und der Kellner führte sie ans andere Ende des Gastraums. Der Teppich war von einem ähnlichen Rot wie die Polster der Stühle. Auf den Fensterbänken standen rosafarbene Orchideen. Durch die Fenster konnten sie auf den Parkplatz des Getränkemarkts sehen, und die Klimaanlage kühlte den Raum so weit herunter, dass sich nach ein paar Minuten Gänsehaut über Marlenes Arme zog. Luzia fragte Janne nach ihrem Job an der Oper. Marlene hatte fast vergessen, was sie den Winter über tat, als läge ihr Leben in Berlin weit in der Vergangenheit.

»Ich weiß aber nicht, wie lange ich das noch mache«, sagte Janne. »Wie lange ich überhaupt in Berlin bin.«

Der Cocktail, den Robert bestellt hatte, kam in einem Weißbierglas. Sie gaben ihre Bestellung auf: Pekingsuppe, kleine Frühlingsrollen, eine heiße Platte mit Hummerkrabben und Morcheln. Danach fragte Janne Luzia nach dem Feinkostladen und erzählte von dem leerstehenden Imbiss am Campingplatz. Luzia beugte sich so fasziniert über den Tisch, dass Marlene sich fragte, ob sie selbst begeistert genug reagiert hatte. Sie berührte die Orchidee auf der Fensterbank. Die Blüten waren aus Plastik. Sie erkundigte sich nach Luzias Doktorarbeit, obwohl sie schon ahnte, dass es nichts Neues gab, und Luzia bedachte sie mit einem langen Blick und lenkte dann das Gespräch darauf, dass Robert im Copyshop nach einem Date gefragt worden war.

»Wieso passiert dir sowas immer?«, fragte Marlene.

Robert trank seinen Cocktail elegant durch den Strohhalm und zuckte dabei mit den Schultern. Janne lachte, und dann lachten sie alle.

»Mein Gott«, sagte Luzia, als Janne kurz vor dem Essen auf die Toilette ging, »sie ist ja total heiß.«

»Ja?«

»Komplett heiß«, sagte Robert und nickte zustimmend, »zu tausend Prozent.«

Marlene spürte, wie sie errötete. Verlegen zupfte sie an den Speisekarten, die am Kopf des Tisches in einem metallenen Ständer steckten, bis Luzia von gegenüber ihre Hand ergriff.

»Endlich mal was Schönes«, sagte sie, und Marlene grinste und nickte und drückte ihre Hand und sagte, »Ja«. Die Gruppe am Ende des Raumes stimmte ein Geburtstagslied an.

Marlene und Janne schliefen auf der breiten Ausziehcouch im Wohnzimmer. Durch die Schlafzimmertür hörten sie Luzia und Robert gedämpft reden und lachen, draußen fuhr hin und wieder ein Auto vorbei. Es war das erste Mal, dass sie gemeinsam in einem großen Bett schliefen, und der viele Platz fühlte sich ungewohnt und neu an.

»Das war richtig schön heute«, sagte Janne leise.

»Ja, sehr.«

»Ich mag die echt.«

»Die mögen dich auch.«

»Meinst du?«

»Auf jeden Fall«.

»Du bist eine gute Freundin.«

»Weiß nicht«, sagte Marlene.

»Doch«, erwiderte Janne, »das wusste ich von Anfang an. Wie du von ihnen erzählt hast – als würdest du beiden sofort eine Niere spenden, wenn es sein müsste.«

»Also eine bräuchte ich selbst«, sagte Marlene. Aber sie wusste, was Janne meinte, weil es stimmte.

Sie wachte davon auf, dass Luzia den Kühlschrank öffnete. Die digitale Uhr am Backofen zeigte halb drei an.

»Alles okay?«, fragte Marlene.

»Ja«, flüsterte Luzia, »sorry. Schlaf weiter. Robert braucht nur was zum Kühlen.«

Der Kühlschrank war leer bis auf ein paar Soßen. Luzia holte etwas heraus und schloss die Tür wieder. Marlene hörte ein Rascheln neben sich. Mit einem Ruck schreckte Janne hoch, Marlene spürte, wie eine Hand ihren Arm packte, sie hörte Jannes Atem, sah im Halbdunkeln ihren Oberkörper aufgerichtet neben sich. Marlene wand sich aus der Umklammerung und knipste die Lampe neben dem Sofa an. Vor dem Bett stand Luzia mit einem Glas Senf in der Hand. »Ich bins nur«, sagte sie. Sie trug eine großrandige Brille; kaum jemand wusste, dass sie knapp fünf Dioptrien hatte.

»Hast du dich erschrocken?«, fragte Marlene.

Janne rieb sich mit beiden Händen die Augen. »Kurz«, sagte sie und schluckte hörbar. »Schon.«

»Was hast du denn gedacht, wer es ist?«

Janne schüttelte nur den Kopf, die Hände noch immer vor den Augen. Marlene strich ihr durch die Haare, und Luzia wollte zurück ins Schlafzimmer, aber da stand Robert in

Boxershorts im Raum. Seine linke Wange war so stark angeschwollen, dass sein Kieferknochen nicht mehr zu sehen war. Luzia reichte ihm das Senfglas, das er sich sofort ans Gesicht hielt.

»Ach du Scheiße«, sagte Janne. »Du musst ins Krankenhaus.«

»Quatsch.«

»Wenn das morgen nicht besser ist, gehst du echt lieber zum Arzt«, sagte Luzia.

»Nein«, sagte Janne, »du musst jetzt ins Krankenhaus. Das kann ein Abszess werden. Ein Freund von mir hatte das letztes Jahr.«

Robert sah sie unglücklich am Senfglas vorbei an. Sie fragte ihn, ob die Wange hart sei, und er sagte »Ja, hart und heiß«, und Marlene zückte ihr Handy und suchte die Adresse der Notaufnahme raus.

»Vorhin war noch alles gut«, sagte Robert. »Ich hätte nichts trinken sollen.« Er trat geknickt von einem Fuß auf den anderen.

Die Notaufnahme war sechs Minuten entfernt, und weil sie Robert nicht allein lassen wollten und sich nicht darauf einigen konnten, wer ihn begleitete, brachen sie schließlich alle gemeinsam auf.

Auf den Straßen begegneten sie niemandem. Robert lief voran und presste sich weiter das Senfglas an die Wange. »Da wird einem halt einfach ein Körperteil rausgenommen«, sagte er leise, vermutlich mehr zu sich selbst, »war ja klar, dass das nicht gut geht. War ja klar.«

Die Notaufnahme war leer, und Robert wurde fast sofort aufgerufen. Zu dritt setzten sie sich in den Wartebereich auf eine Bank. Links von ihnen ein Snackautomat und ein großer Blumentopf mit braunen Tonkugeln, hinter ihnen bodenlange Lamellenvorhänge. Marlene fragte nach Hendrik.

»Dem gehts gut«, sagte Luzia.

»Und wie ist die Wohnung?«

Luzia öffnete umständlich die Smarties-Rolle, die sie sich gerade am Automaten gezogen hatte, schüttete sich ein paar in die Hand und betrachtete sie eingehend. Sie aß immer zuerst die braunen, weil sie am natürlichsten aussahen. »Ziemlich groß. Fünf Zimmer.«

Marlene sagte, »Was«, und Janne sagte, »Wow«. Luzia legte sich einen Smartie auf die Zunge.

»Wofür braucht man denn fünf Zimmer?«, fragte Marlene.

Luzia sah sie an, als hätte auch ihr Gesicht plötzlich die Form verändert, und sagte, »Für Kinder, Marlene«, und Marlene sagte, »Oh«.

»Deswegen haben seine Eltern die Wohnung ja ausgesucht.«

Janne begriff wohl langsam den Kontext und legte bedacht die Hände in den Schoß.

Marlene zwang sich, einen Moment abzuwarten. »Bist du sicher, dass du das so willst?«, fragte sie dann.

»Natürlich nicht«, sagte Luzia, »ich kann mir Besseres vorstellen, als mit meiner leeren Gebärmutter in einer Wohnung mit zwei leeren Kinderzimmern zu sitzen.«

»Dann sags ab.«

Luzia schnaubte und schloss die Hand zur Faust. »Das ist nicht so einfach. Ich wünsch mir das ja irgendwie auch. Kinder, Familie. Ich bin ja nicht du. Das ist ein Luxus, wenn man weiß, dass man das alles nicht will.«

Sie schwiegen kurz. Die Smarties hatten bunte Flecken auf Luzias Handfläche hinterlassen.

»Wann zieht ihr denn ein?«

»Im Herbst«, sagte Luzia, und bevor sie weiterreden konnte, kam Robert von rechts durch eine Sicherheitstür ins Wartezimmer. Statt des Senfglases presste er nun einen Kühlakku an die Wange und sagte, »Alles okay«, und Marlene fragte, »Sicher«, und er sagte, »Hab Antibiotikum«, und Janne sagte, »Sehr gut«.

»Tuts noch weh?«, fragte Luzia.

»Geht.« Er wiegte den Kopf hin und her. »Aber die haben mir hinten sowas reingetan, das ist echt eklig.«

Zurück in der Wohnung blieb Janne auf der Bettkante sitzen. »Ich wusste gar nicht, dass du keine Kinder willst«, sagte sie.

Marlene schlüpfte unter die Decke. »Wir haben auch nie drüber geredet.«

»Stimmt.«

»Ich hätte nicht gedacht –«, Marlene klopfte das Kopfkissen zurecht, »– dass das ein Thema für dich ist.«

Janne saß noch immer am Bettrand und drehte sich nun zu ihr um. In ihrem Gesicht lag ein Ausdruck, den Marlene nicht kannte.

»Wieso bist du eigentlich ständig so überrascht von mir?«

»Was meinst du?«

»Vorhin der Lippenstift, jetzt das. Als würde ich dich dauernd enttäuschen, weil ich anders bin als in deiner Vorstellung.«

»Das stimmt doch gar nicht«, sagte Marlene. Die wohlige Müdigkeit, die sie gerade noch empfunden hatte, verschwand. »Ich bin nur, ja, überrascht. Mehr nicht.«

»Okay«, erwiderte sie. Nach kurzem Zögern legte sie sich neben Marlene, hielt aber ein paar Zentimeter Abstand.

25

»Die Tage werden kürzer«, sagte Janne, als sie Sonntagabend die letzte Fähre zurück nach Strand nahmen. Sie standen auf dem Außendeck und betrachteten den pastellfarbenen Horizont, während es über ihnen zu dunkeln begann. Seit letzter Nacht behandelten sie einander mit Vorsicht, als hätten sie eine stille Übereinkunft getroffen.

Am nächsten Tag regnete es endlich. Die ewige Hitze war durchbrochen, über Nacht wurde es zehn Grad kälter. Der Regen prasselte auf die Baracken wie zu Beginn der Saison, eine Zeit, die Marlene vorkam wie ein anderes Leben. Wiesen und Felder sogen sich voll, zwischen den Laubengängen stand das Wasser, der Boden im Küchencontainer war permanent von feuchten Schuhabdrücken übersät. Nach ein paar Tagen war Marlenes Rocksaum steif vom getrockneten Schlamm. Die Holztreppen an Jannes Deichaufgang waren so glitschig, dass man kaum hinaufkam, und das Meer schien sich nie ganz aus den Salzwiesen zurückzuziehen. Nur in der Vogelwarte war es trocken und immer noch warm, doch mit der Hitze war das Gefühl verschwunden, in einen ewigen Sommer hineingeraten zu sein, und ihre Verabredungen gewannen wieder an Bedeutung, als könnte jede von ihnen die letzte sein. Sie hatten nicht mehr über die Nacht in Husum gesprochen, aber Marlene spürte immer häufiger, wie Jannes Blick auf ihr lag, wenn sie den Tisch abräumte oder auf der Veranda am Geländer stand. Wenn sie Janne danach fragte, schüttelte sie bloß den Kopf und wandte sich ab.

Durch das schlechte Wetter sah sie Dascha noch seltener, und wenn sie sich trafen, wirkte sie abgelenkt, in sich gekehrt. Marlene fragte sie mehrfach, ob es ihr gut ging, aber jedes Mal zuckte Dascha unter der Berührung zusammen, wenn Marlene ihr einen Arm auf die Schulter legte, und zwang sich dann zu einem Lächeln. Einmal zeigte sie ihr ein Foto von Boris' Baby, das schrumpelig und rothaarig auf einer Decke lag, aber nicht einmal das schien ihre Stimmung zu heben.

»Mit Dascha ist was«, sagte Marlene zu Jakub, als sie im Wohnzimmer ihren Kaffee tranken. Mittlerweile breiteten sie sich nach dem Mittagessen auf der Couchgarnitur aus.

»Meinst du?«, sagte er. »Ich kann Zappo fragen, was los ist.«

Die Kinder hatten den Obstkorb ausgeräumt und spielten am Boden mit den Früchten.

»Seid ihr jetzt eigentlich zusammen?«, fragte er, nachdem sie ein wenig zugesehen hatten.

Marlene fragte, »Wer«, aber Jakub hielt nur den Kopf schief, und Marlene sagte, »Äh, ich glaube nicht«.

»Nicht?«

»Na ja, ich hab mir da noch nicht wirklich Gedanken zu gemacht.«

»Dann solltest du das vielleicht mal tun«, sagte er, leerte seine Tasse und stand auf, »die Saison ist bald vorbei.«

Die ganze Insel kam in Bewegung. Die Hitze hatte die Landschaft wie eine träge Schicht überzogen, und nun waren die im Wind raschelnden Blätter wieder da, die Schafe auf den Weiden, die Möwen auf den Barackendächern. Die Farbe kehrte ins Gras zurück, und die Blätter des Schlehdornstrauches stellten sich auf, die Beeren wurden wieder prall und rund. Zwischen den Regengüssen meinte Marlene, den Boden pulsieren zu spüren, und einmal im Halbdunkeln hörten sich die Windstöße wie Atemzüge an.

Barbara verpasste das alles, weil sie mit ihrer Tochter im Urlaub war. Als sie schließlich wiederkam, bemerkte Marlene schon von Weitem, dass etwas nicht stimmte. »Wars schön?«, fragte sie und setzte sich in der Küche zu ihr an den Tisch.

Barbara kaute gleichgültig und zog die Augenbrauen hoch. »Na ja«, sagte sie dann, »das Wetter war schlecht. Meine Tochter ist sechzehn. Geht so.«

Sie erzählte von der Ferienwohnung, in der sie mehr Zeit verbracht hatten als geplant, und von dem Gefühl, ihre Tochter sei in den letzten Monaten zu einem anderen Menschen geworden, den sie gar nicht mehr kannte, reserviert und erwachsen. Dann saß sie unschlüssig vor ihrem leeren Teller.

»Das tut mir leid«, sagte Marlene und hielt einen Moment inne. »Ist sonst alles okay?«

Barbara starrte ins Leere. Marlene versuchte vergeblich, ihren Blick einzufangen.

»Ach«, sagte sie dann. »Nichts. Ich wollte einfach nicht hierher zurück. Ich musste mich richtig zwingen, die Fähre zu nehmen.«

»Dann war der Urlaub vielleicht doch ganz schön?«, fragte Marlene, aber Barbara blieb ernst und befangen und schüttelte kaum merklich den Kopf. Marlene spürte, wie sich die feinen Härchen in ihrem Nacken aufrichteten.

»Nein, daran liegts nicht«, sagte Barbara. »Ich weiß nicht, was das ist, das hatte ich noch nie. Am liebsten –«, sie sammelte ein paar Krümel mit der Fingerkuppe auf, »– würde ich sofort nach Hause fahren.«

Marlene stützte ihren Kopf in die Hände. »Ist ja nur noch ein Monat.«

»Ja«, antwortete Barbara mit leichter Verzögerung, den Blick weiter nach innen gekehrt, »stimmt.«

Dann waren die Schulferien zu Ende, und Denika holte die Kinder ab. Maja und Toni liefen aufgedreht durchs Haus, unempfänglich für die Tragweite des Umzugs. Arno hatte ihre Taschen schon gepackt, und nun trugen sie die letzten Dinge im Wohnzimmer zusammen. Sie polterten die Treppen hoch und runter, quietschten und lachten. Arno ging mit ausdruckslosem Gesicht umher, bis Maja ihn nach oben rief, damit er ihren Kalender von der Wand nahm.

Marlene spürte einen Kloß im Hals. »Ich werde sie schon vermissen«, sagte sie etwas unschlüssig zu Denika, und Denika lächelte. »Die finden dich ganz toll«, antwortete sie. Das Blut schoss warm in Marlenes Wangen, und sie lächelte zurück. Aber Denikas Miene hatte sich binnen Sekunden verändert, und nun sah sie Marlene mit unverhohlener Besorgnis an. »Arno hat erzählt, du triffst dich mit Janne.«

Marlene nickte.

Denika spiegelte ihre Bewegung, dann sah sie an ihr vorbei in den Raum hinein. »Und gehts dir gut damit?«

Marlene sagte, »Ja, voll«, und Denika sagte, »Schön«.

Plötzlich erinnerte sich Marlene an ihr Gespräch mit

Arno nach Johannisnacht, als auch er sie nach Janne gefragt hatte. »Stimmt was nicht mit ihr?«

»Nein, alles gut.«

»Und wieso fragt ihr mich dann sowas?«

Unter dem Dach rumpelten weiter die Schritte; noch waren sie allein unten. Denika schien mit sich zu ringen.

»Es hat nicht direkt was mit Janne zu tun. Ich sage nur«, sie senkte die Stimme und trat näher an Marlene heran, »dass es nicht leicht ist, von außen dazuzukommen.«

»Wohin?«

»Nach Strand. Es gibt hier Sachen, die versteht man nicht, wenn man von woanders ist. Ich habs versucht die ersten Jahre, aber –«

»Was für Sachen?«, fragte Marlene verhalten.

Denika wiegte unschlüssig den Kopf hin und her. »Ich will nur, dass du ein bisschen aufpasst und –«

Arno und die Kinder kamen die Treppe herunter. Arno sah bleich aus; er sprach wenig und tätschelte ihnen die Köpfe. Als Marlene sich hinunterbeugte und Maja und Toni umarmte, spürte sie ihre kleinen Schultern, ihre zerbrechlichen Oberkörper. Der Kloß in ihrem Rachen kehrte zurück und wurde größer und größer, als Arno die beiden drückte und seine Nase in ihren Haaren vergrub, als er sie ungeachtet ihrer Zartheit an sich presste, so lange, bis sie sich über seinen kratzenden Bart beschweren. Dann erst ließ er sie los und stand auf. Arno und Denika umarmten sich kurz und pragmatisch. Dann versicherten sie einander, dass die Kinder bald wieder nach Strand kämen, nächstes Wochenende vielleicht und ganz sicher in den Herbstferien, und

Arno versprach, nach Husum zu fahren, direkt nach Erntedank, wenn die Saison vorbei war, womöglich auch früher.

Dann teilten Denika und Toni und Maja die Taschen unter sich auf und verließen das Haus über die Terrasse. Arno winkte und schloss die Tür hinter ihnen und stand ratlos im Raum. Marlene strich ihm über den Rücken; er blieb unbewegt stehen wie eine Statue. Vermutlich hielt er sich mit dem Weinen so lange zurück, bis sie wieder im Laden war.

Sie konnte Denikas Worte nicht vergessen. Mehrfach war sie kurz davor, Janne darauf anzusprechen, aber es schien nie der passende Zeitpunkt zu sein, und als sich schließlich ein passender Zeitpunkt ergab, musste sie sich eingestehen, dass es nicht daran gelegen hatte.

Und gerade als das Gespräch mit Denika verblasste, sah sie Janne und Arno eines Morgens an der Außentür zum Laden in ein Gespräch vertieft. Sie stellte ihr Fahrrad ab, ohne die beiden aus den Augen zu lassen. Janne gestikulierte mit dem Rücken zu ihr, Arno schüttelte energisch den Kopf. Dann sah er sie kommen und legte Janne eine Hand auf die Schulter.

»Guten Morgen«, sagte Marlene, als sie zu ihnen in die Tür trat. Sie hatte die beiden noch nie zu zweit sprechen sehen.

»Morgen«, sagte Arno.

»Na, du«, sagte Janne.

»Gibts Stress?«

»Quatsch«, sagte Janne und nahm Marlenes Hand, tastete nervös ihre Finger ab. Auch Arno trat unruhig auf der Stelle und wich ihrem Blick aus.

»Ging bloß ums Dorf«, sagte er und verschwand durch den Laden in die Wohnung, »total langweilig.«

Die Tür zum Flur fiel hinter ihm zu. Auf dem Holzboden sah Marlene dicke Dreckklumpen, die seine Schuhe hinterlassen hatten.

Nach einem halben Monat Regen wurde klar, dass die Wärme nicht zurückkehren würde, dass der Sommer, nachdem er wochenlang alles stillgelegt hatte, sich tatsächlich vorschnell und endgültig davongestohlen hatte.

»Komisches Wetter dieses Jahr«, sagte Janne, »eigentlich haben wir ganz normale Jahreszeiten.«

»Vielleicht verändert sich gerade, was normal ist.« Marlene stand auf der Veranda der Vogelwarte und sah ihr dabei zu, wie sie die Sammlung ihrer Mutter aus dem Schuppen in Plastikkisten aus der Räucherei räumte.

»Wofür brauchst du denn den Raum?«, fragte sie; sie war gerade erst angekommen. Janne schlug eine lädierte Vase in Zeitungspapier ein.

»Ich nehm innen vielleicht die Wand raus. Dann hätte ich auch Platz für ein größeres Bett. Aber dieses Jahr wird das nichts mehr.«

»Wieso hast du es dann so eilig mit dem ganzen Zeug?«

Janne ließ ihren Blick über die gepackten Kisten schweifen, die an der Wand der Hütte aufgereiht standen. Dann trat sie neben Marlene und stützte sich aufs Geländer. »Das ist nicht gut, sich ständig mit alten Sachen zu umgeben.«

Seit ein paar Tagen bekamen die Salzwiesen eine rötliche Färbung, die fast stündlich an Intensität zunahm. Tatsächlich war es der Queller, der sich verfärbte, die Pflanze, deren Namen Marlene als Erstes von Janne gelernt hatte und deren Stängel nun noch mehr an Korallen erinnerten.

»Was meinst du?«

»Nichts.«

»Jetzt mal ernsthaft, was ist mit dir?«

»Weert kommt morgen«, sagte Janne.

Das war keine Antwort auf ihre Frage, aber in den letzten Wochen war Marlene behutsamer geworden. Janne war oft zurückhaltend, fast kühl, und immer öfter überlegte Marlene sich vorher, was sie sagen würde. »Oh«, entgegnete sie also nur. Seit dem Zusammentreffen am Laden hatte sie Weert nicht mehr gesehen, und er war für sie wieder zu einem Gespenst, zu einer abstrakten Idee geworden. »Woher weißt du das?«

»Von Silke.«

Janne legte einen Arm um Marlene, ohne den Blick vom Horizont abzuwenden. »Hab ich dir erzählt, dass die mal ein Paar waren?«

Marlene fragte, »Wirklich«, und Janne sagte, »Ja, vor Ewigkeiten, vor zwanzig Jahren oder so. Sie haben das Dorf zusammen aufgebaut, und irgendwann hatten sie andere Vorstellungen davon, aber na ja, es war eben Weerts Geld und nicht ihres. Und dann ist er weg von hier.«

»Und jetzt?«

»Schwer zu sagen. Ich hoffe, er hat ein schlechtes Gewissen und hilft mir mit dem Imbiss. Ich werd ihn die Tage nochmal fragen.«

Marlene war sich unsicher, ob sie weiter nachhaken sollte.

»Und wo kommt der ganze Kram jetzt hin?«, fragte sie schließlich.

»Ins Lager hinter der Räucherei. Ich will den nicht mehr hier haben.«

Ihr Tonfall ließ keine Zweifel, dass sie nicht weiter darüber reden wollte.

Zum Abendessen gab es eine Krabbenpfanne mit Petersilie und Kartoffeln, darüber ein Spiegelei mit flüssigem Dotter, ein Gericht, das genau so auch auf der Karte des Restaurants stand.

»Das war das Lieblingsessen meines Großvaters«, sagte Janne und zerstach das Eigelb. »In Peru kochen sie an Allerseelen für die Verstorbenen und bauen Festtafeln auf den Gräbern auf.«

Marlene hörte auf zu kauen.

»Aber mein Vater hat mir gesagt, das kann man auch das Jahr über zuhause machen, wenn man dabei eine Kerze anzündet.« Sie zeigte auf die Stumpenkerze auf der Fensterbank, daneben ein leerer Unterteller. »Ich find das schön«, sie zerdrückte die Kartoffeln, »Essen als Andenken.«

»Ja, sehr«, sagte Marlene. »Du erzählst so selten von deinem Großvater.«

Janne aß und nickte. »Er ist ja auch schon länger tot. Aber manchmal muss ich irgendwie seine Krabbenpfanne machen.«

Am nächsten Morgen lag auf den Pflastersteinen vor dem Laden das erste Herbstlaub. Das Fenster blieb nun geschlossen, und die Gäste waren keine Familien, sondern wieder vornehmlich ältere Paare in Funktionskleidung. Die Kälte kroch durch die Ritzen des Hauses, und Marlene fror weit mehr, als sie es aus dem Frühjahr in Erinnerung hatte. Sie zog eine Jeans unter ihren Rock und kam morgens ein paar Minuten eher, um sich eine Kanne Tee aufzugießen. Seit die Kinder weg waren, empfand sie die Leere der Räume fast körperlich. Sie spürte sie durch die Wand, wenn sie im Laden hinter dem Tresen stand.

Arno hatte zu pfeifen begonnen. Wenn sie die Wohnung betrat, hörte sie entfernt die einzelnen Töne, monoton und melodielos. Sie hingen in der Luft und verrieten, wo er gerade war, in der Küche, im Obergeschoss, auf der Terrasse. Vielleicht wollte er sich so von der Stille ablenken, aber sein Pfeifen brannte sich Marlene als das einsamste Geräusch ein, das sie je gehört hatte.

Er kochte weiter für sie und Jakub, obwohl sie versucht hatten, ihn davon abzubringen. Fast jedes Mal bereitete er zu viel zu, und es blieben zwei Portionen übrig, die er nach dem Essen in den Kühlschrank stellte und wohl abends aß, wenn er allein war.

»Weert ist wieder auf der Insel«, sagte sie nach dem Essen, als sie die Teller in die Spülmaschine räumte.

»Ach, der«, sagte Arno müde und griff knisternd in eine Packung American Cookies.

Marlene trat zurück ins Wohnzimmer, in dessen Ecken noch das Spielzeug der Kinder herumlag. »Du hast alles voller Krümel«, sagte sie.

Arno wischte sich über den Bart, und Marlene setzte sich

Jakub gegenüber wieder an den Tisch. »Hast du Zappo eigentlich mal nach Dascha gefragt?«

Jakub zuckte wie ertappt zusammen. »Noch nicht.«

»Könntest du das machen?«, fragte Marlene. »Sie ist immer noch so komisch.«

Arno saß wie benommen auf seinem Stuhl und hatte die Hände im Schoß gefaltet. »Wenn das Wetter so bleibt, mach ich den Ofen an. Ist mir egal, dass erst September ist.« Er stemmte sich hoch und ging langsam in Richtung Flur; im Vorbeigehen strich er mit einer Hand über den Kopf des Schaukelpferdes.

26

Am übernächsten Morgen waren die Tische im Container voll besetzt, und eine Aufregung lag in der Luft, die nicht zu den gedämpften Gesprächen passen wollte. Marlene trat zu Barbara und ihren Freundinnen und ging neben ihnen in die Hocke. »Was ist los? Ist was passiert?«

Barbara wandte sich von der Gruppe ab und stützte die Ellbogen auf die Knie. »Zappo ist weg. Gefeuert.«

Marlene dachte einen Moment nach. »Wieso?«

Barbara schnaubte und sagte, »Das weiß niemand«, und Marlene sagte, »Aha«, und dann zeigte Barbara verhalten in die Ecke des Containers. Dascha saß allein am letzten Tisch und aß apathisch ihr Frühstück.

»Hey«, sagte Marlene, als sie sich zu ihr setzte.

»Nicht hier«, sagte Dascha.

Als sie nach draußen gingen, folgte ihnen der ganze Raum mit den Augen. Sie stellten sich im Laubengang unter, Dascha sah nach unten auf die ausgetretenen Bohlen. »Also«, sagte sie so leise, dass Marlene dicht an sie herantreten musste, »weißt du noch, als wir uns gefragt haben, wie er von einem halben Jahr arbeiten das ganze Jahr leben kann?«

Marlene nickte, und Dascha formte fast lautlos ein Wort mit den Lippen, und Marlene sagte, »Was«, und Dascha wiederholte, »Falschgeld«.

»Quatsch«, sagte Marlene.

»Doch.«

Der Wind pfiff zwischen den Häuserreihen hindurch.

»Er macht das seit Jahren. Und jetzt hat ihn jemand verraten, und Weert hat ihn direkt weggeschickt. Und er kriegt eine Anzeige.« Dascha rieb sich mit ihrem kleinen Handteller die Nase. Marlene legte einen Arm um sie.

»Er denkt, dass ich es Weert gesagt habe.«

»Wieso das denn?«

»Er wollte mir auch was geben fürs Restaurant. Aber ich wollte nicht, und er ist sauer geworden.«

Marlene schloss jetzt beide Arme um Dascha, die ihr gerade bis zur Schulter reichte. Sie spürte ihre Nase am Schlüsselbein. Marlenes Schuldgefühl übertönte alles andere; sie dachte an Boris' Bitte, ein Auge auf Dascha zu haben, an all die Zeit, die sie bei Janne und nicht in den Baracken verbracht hatte. »Was für eine Scheiße«, flüsterte sie, »wie gut, dass du das abgelehnt hast.«

»Ich fühle mich so blöd«, sagte Dascha dumpf in Marlenes Schulter hinein, »ich dachte, er will wirklich, dass ich ihn im Herbst in Berlin besuche.«

Marlene schwieg und schlang die Arme noch fester um sie. »Du kannst mich besuchen, in Hamburg.«

»Okay. Wir könnten weiter Freundinnen sein, wenn du magst.«

»Das fänd ich schön.«

Sie lösten sich voneinander und lächelten sich an. Marlene strich ihr über die Wange. »Ich hätte besser aufpassen sollen. Das ist alles so absurd. Wie kommt er drauf, dass du es Weert verraten hast?«

»Na ja«, sagte sie, »es wusste doch niemand außer Jakub und mir.«

Auch bei Janne brannte bereits ein Feuer im Ofen. Abends saßen sie davor, und Marlene schnitt ihr im Licht der Campingleuchte die Haare. Die Dämmerung draußen beendete einen Tag, an dem es kaum richtig hell geworden war. Janne trug nur ein Unterhemd, die dunklen Haarspitzen fielen auf ihre Schultern, ihre Arme, ihre Oberschenkel, und obwohl sie sich eigentlich längst an Janne gewöhnt hatte, erschien es Marlene noch immer unglaublich, sie einfach so berühren zu können. Sie sprachen nicht miteinander, Janne hielt die Augen geschlossen. Zuletzt hockte sie sich vor Janne hin, um den Pony zu kürzen, und der Geruch ihres Körpers versetzte ihr einen wohligen Stich. Janne versuchte, ein paar Haare von der Oberlippe zu pusten. Marlene half mit dem Zeigefinger nach und küsste flüchtig ihren Mundwinkel. Janne lächelte schwach.

»Ich habe mir gedacht, dass ich aus Berlin weggehe.«

Marlene ließ von ihr ab. »Und wohin?«

Janne hielt die Augen weiter geschlossen. Sie saß sehr aufrecht auf einem der zwei Küchenstühle. »Ich dachte, vielleicht nach Hamburg«, sagte sie nach einer Pause.

Marlene spürte ihr Blut zirkulieren, spürte ein unbändiges Kribbeln in der Brust, doch kaum eine Sekunde später legte sich etwas anderes darüber, drängte die Freude zurück. »Aber nicht wegen mir, oder?«

Janne öffnete die Augen.

»Was ist denn mit dem Imbiss?«, fragte Marlene weiter, bevor sie antworten konnte.

Im Ofen fiel ein Holzscheit um; Janne kniete sich vor die Scheibe. Sie betrachtete erst das Feuer, dann ein paar einzelne Äste im Korb neben dem Ofen. »Das wird nichts. Ich hab heute mit Weert gesprochen.«

Marlene legte den Kamm und die Schere auf den Stuhl und setzte sich neben sie. »Was hat er gesagt?«

Janne sagte, »Nichts«, und Marlene fragte, »Wie«, und Janne sagte, »Keine Ahnung, er machts nicht«, und Marlene sagte, »Das tut mir so leid«.

»Er hat gesagt, das ist ihm zu viel Risiko, das kann er sich nicht leisten.«

»Was für ein Arschloch.«

»Ja«, Janne legte ein Stück Holz auf die rote Glut, »wenn Silke das mitkriegt – sie ist eh der Meinung, er schuldet uns was. Wegen allem.«

Die abgeschnittenen Haarspitzen waren noch immer überall auf ihrer Haut und nun auch auf dem Boden vor dem Ofen, in den Ritzen zwischen den Dielen.

»Wär es denn schlimm, wenn ich nach Hamburg komme?«, fragte Janne beiläufig, ohne sie anzusehen.

»Nein, gar nicht.« Marlene blickte ebenfalls in die Glut. Das Kribbeln kehrte zurück, schwächer als gerade, dumpf wie unter Wasser. »Ich bin nur überrumpelt, glaube ich.«

»Vielleicht erstmal für ein paar Monate, keine Ahnung. Wie hast du es dir denn vorgestellt?«

Marlene schwieg.

»Marlene«, sagte Janne, »hast du dir überhaupt was vorgestellt?«

Marlene knibbelte so lange an ihrer Nagelhaut, bis Janne ihre Hand festhielt.

»Ist es, weil ich kein Mann bin?«

Marlene zog die Augenbrauen zusammen, schüttelte energisch den Kopf.

»Ich wüsste einfach gern, wie dein Leben so ist«, sagte Janne weiter, »ich will alles von dir wissen.«

Sie verschränkten ihre Finger ineinander. Marlene wich ihrem Blick aus. Etwas an Jannes plötzlicher Entschiedenheit irritierte sie. In den letzten Wochen hatte sie das Gefühl gehabt, sie immer weniger zu kennen, als wäre zwischen ihnen eine durchsichtige Wand hochgezogen worden. »Manchmal denke ich«, begann sie zögernd, »vielleicht sind wir auf der Insel nur eine Version von uns. Und anderswo wären wir vielleicht ganz anders. Wir kennen uns ja noch gar nicht so lange.«

Janne ließ ihre Hand los. »Wenn das nur so eine Sommergeschichte für dich war, dann sag mir das. Du musst schon wissen, was du willst.«

Marlene dachte weiter an Jannes Zurückhaltung in den letzten Wochen. Dass sie nun wie selbstverständlich von ihr erwartete, ihr Inneres nach außen zu kehren, machte sie trotzig. »Ach, und du weißt, was du willst.«

Janne sah sie fassungslos an. »Ja. Ich will dich. Und ich will nicht, dass das schon zu Ende geht.« Ihre Stimme war brüchig geworden.

Sofort hatte Marlene das Bedürfnis, Janne zu umarmen. »Gib mir ein bisschen Zeit«, sagte sie. Der Trotz von gerade verhallte im Nichts. »Das war jetzt einfach viel auf einmal.«

Sie schlief ungewohnt unruhig. Mehrfach schreckte sie hoch, und immer war es noch düster, als dehnte sich die Nacht ins

Unendliche. Sie lag mit geschlossenen Augen in der Dunkelheit. Die hölzernen Wände um sie herum knarzten, das ganze Haus folgte einer kaum merklichen Schaukelbewegung. Im Halbschlaf hatte Marlene das unbestimmte Gefühl, dass sie nicht allein waren, und plötzlich meinte sie, draußen auf der Veranda Schritte zu hören. Sie hörte sie ganz deutlich, einen nach dem anderen, aber gerade, als sie Janne wecken wollte, verstummte das Geräusch. Mit pochendem Herzen lag sie da; die Schritte kehrten nicht wieder. Janne neben ihr regte sich nicht. Vielleicht lag auch sie wach, mit dem Gesicht zur Wand.

Am nächsten Morgen war die Ofenwärme aus dem Raum gewichen, und das Erste, was Marlene wahrnahm, war eine klamme Kälte. Sie tastete das Bettzeug ab; die Decke war feucht, ebenso das Laken und der äußere Rand der Matratze. Sie stützte sich auf. Neben dem Bett auf den Dielen war ein großer Wasserfleck, der von den Rändern her trocknete und einen weißen Salzrand hinterließ. Sie weckte Janne. »Wo kommt das her?«

Janne beugte sich träge über sie und schaute auf den Boden. Einen Moment lang geschah nichts. Dann wies sie nach oben. »Ist wohl die Decke undicht«, sagte sie und ließ sich zurück ins Kissen fallen, »ich kümmere mich später drum.«

Marlene starrte weiter auf die Pfütze. Sie traute sich nicht, den Blick zu heben. Als sie es schließlich doch tat, sah sie genau, was sie erwartet hatte: die ebenmäßige, helle Holzdecke, fleckenlos und trocken. Es war eine so offensichtliche Lüge, dass sie kurz sprachlos war. Sie wandte sich um;

Janne hatte die Augen geschlossen, aber ihre Lider zuckten nervös.

»Das ist doch nicht wahr.« Sie rüttelte an Jannes Schulter, bis sie endlich die Augen aufmachte.

»Es hat vielleicht geregnet heute Nacht. Die Hütte ist sechzig –«

»Es hat nicht geregnet«, sagte Marlene, »ich war ja ständig wach.«

Etwas mischte sich in Jannes Blick, vielleicht Angst, sogar Panik. Marlene dachte an das Gefühl von letzter Nacht, an das Gespräch mit Denika, und begann zu frösteln. Hastig stand sie aus dem Bett auf, ohne mit dem nassen Fleck auf den Dielen in Berührung zu kommen. »Was ist das hier?«

»Ich hab doch gesagt, das ist bestimmt nur vom Regen.«

»Das ist Salzwasser, Janne, das ist kein Regen, sag mir einfach, was hier los ist.« Sie war laut geworden und erschrak selbst davon. Und dann endlich sprach sie aus, was sie seit Langem mit sich herumtrug, was sie nie an die Oberfläche hatte kommen lassen: »Hier stimmt doch was nicht.«

Janne setzte sich auf, lehnte sich an das Kopfteil des Bettes und schwieg.

»Bitte«, sagte Marlene.

Janne sah sie lange an, dann schlang sie die Arme um die Knie. Plötzlich sah sie auf eine ungekannte Art traurig aus. »Ich kann es dir nicht sagen. Du würdest es nicht verstehen. Kannst du bitte einfach gehen?«

Eine Woche vor Saisonende brach mit aller Kraft der Herbst herein. Fast jeden Morgen stand der Nebel zwischen den Baracken und den Häusern im Dorf und lichtete sich manchmal den ganzen Vormittag nicht. Der Wind riss das Laub von den wenigen Bäumen. Die Küste von Husum, die sich sonst am Horizont abzeichnete, war verschwunden; vom Deich sah es aus, als läge Strand im Nichts. Das Meerwasser in den Salzwiesen war trüb, die Brandung gelb und schaumig. Es roch nach nassen Blättern, nach feuchter Kleidung. Wenn sich die Sonne überhaupt einmal zeigte, dann nur zögerlich und kurz, und die Schatten wurden immer länger.

Gänse flogen in Scharen über die Insel und ließen sich als dunkle Fläche auf den kahlen, umgepflügten Feldern nieder. Marlene konnte sich an keine Zugvögel im Frühjahr erinnern. Als sie mit dem Fahrrad zum Dorf fuhr, hörte sie Schüsse in der Ferne. Arno erzählte ihr von den Schreckschussanlagen gegen die Vögel auf den Äckern, und trotzdem ließ jeder Knall sie bis spät in den Abend hinein zusammenzucken. Die Möwen kamen Marlene größer vor; sie verhielten sich ungeniert und distanzlos, hackten ständig auf den Dächern, liefen über die Wege. Aus der Nähe waren ihre Körper kompakt und gedrungen. Ihre Schreie gellten über die aufgewühlte Landschaft und erinnerten Marlene an Menschenstimmen.

»Ich versteh das nicht«, sagte Arno. »Wir haben hier eigentlich so einen schönen Herbst.«

Auch die Gäste waren ratlos. Wer jetzt nach Strand gekommen war, hatte auf einen großzügigen Spätsommer gehofft. Die Tische im Restaurant und in der Teestube waren ab mittags ausgebucht, und Dascha musste ständig Leute bitten, ihre Plätze freizugeben. Auch im Laden drückten sich die Gäste deutlich länger als nötig zwischen den Regalen herum, die tropfende Regenkleidung färbte den Boden dunkel. Am folgenden Wochenende war als Saisonabschluss das Erntedankfest geplant. Wenn Marlene es richtig verstanden hatte, war es ungefähr das Gleiche wie die Johannisnacht, bloß mit Kürbissen statt der Blumenkränze, und sie fragte sich, wie sich das bei diesem Wetter feiern ließe. Für die nächsten Tage war Starkregen angesagt, hohe Windstärken, vielleicht sogar Gewitter.

Marlene fror unablässig. Jedes Mal, wenn die Ladentür aufging, fuhr eine Böe herein, direkt von draußen unter ihr Kostüm, so dass sie ein Schütteln unterdrücken musste. Sie fror beim Einschlafen, beim Frühstück, sogar nach dem Mittagessen. Sie fror so sehr, dass sie sich nach ein paar Tagen fragte, ob tatsächlich das Wetter der Grund dafür war. Seit ihrem Streit hatte sie nicht mehr mit Janne gesprochen. Ein paar Mal trafen sie einander auf der Straße zwischen Laden und Räucherei und blickten sich aus ein paar Metern Entfernung schweigend an, bis eine von ihnen wegsah.

Drei Tage vor Erntedank wurde ein Unwetter vorhergesagt.

»Das auch noch«, sagte Arno in der Pause, »da ist noch gar nicht Saison für. Die Tagesgäste fürs Wochenende können wir vergessen.«

»Ich hab haufenweise Leute abreisen sehen. Mit Rollkoffern und allem«, sagte Jakub.

»Ja«, sagte Arno, »das ist jedes Mal so. Das ist denen nicht geheuer so mitten auf dem Meer. Die sind bestimmt aus Bayern.«

»Und es ist nicht –?«, fragte Marlene, aber da winkte Arno schon mit der Hand, als verscheuchte er ein lästiges Insekt.

»Ach, so ein Wetter ist hier jetzt bis Februar. Ihr seid ja in drei Tagen weg.«

Als sie zum Feierabend aus dem Laden trat, war es so windstill wie lange nicht, und unwillkürlich dachte sie an die Glocken von Rungholt, an das Watt, an Janne. Es blieb nur das Wochenende, um die Dinge mit ihr zu klären, und je weiter die Zeit voranschritt, desto unmöglicher schien es ihr. Der Schlehdorn stand unbewegt neben dem Fenster. Einzelne Vögel flogen tief.

Nachdem Marlene im Edeka ein paar Sachen gekauft hatte, lief sie weiter die Straße hinunter. Das Tor zum Friedhof der Namenlosen war offen. Sie hielt kurz inne. Schließlich trat sie ein und ging zwischen den Grabreihen hindurch. Auf jedem Holzkreuz war nur ein einzelnes Datum eingebrannt. Das jüngste Kreuz, das sie fand, war über fünfzig Jahre alt. Der immergrüne Efeu auf den Gräbern hob sich üppig vom bräunlichen Gebüsch ab. Sie spürte das Gewicht ihrer Einkäufe. Und obwohl es schon auf dem Weg ruhig gewesen war, stellte sie sich vor, dass die Hecken ringsum diese kleine Fläche schützten, dass der Wind nicht bis hierher vordrang. Die Grabstellen ohne Namen wirkten befremdlich auf sie, unfertig, und Marlene dachte, dass die Bezeichnung des Friedhofs falsch gewählt war, denn die, die hier lagen, hatten ja Namen gehabt; es konnte sich bloß niemand erinnern.

Am frühen Abend zogen Wolken auf. Die Vorhersage für den nächsten Tag änderte sich stündlich. Die Stimmung in der Küche war angespannt und gereizt; obwohl alle die Nachrichten auf ihren Handys lasen, sprach niemand offen über das Wetter, sondern stattdessen über das Abendessen, über das Saisonende, sogar über Weihnachten, nur nicht über den Sturm, der sich ankündigte.

In der Nacht konnte Marlene vor Kälte nicht schlafen. Seit Anfang der Woche goss sie abends heißes Wasser in eine leere Plastikflasche, an der sie sich im Bett die Füße wärmte. Aber sie kühlte schnell ab, und als sie nach zwei Stunden Schlaf wieder hochschreckte, rang sie minutenlang mit sich, bis sie schließlich noch einmal aufstand, um warmes Wasser nachzufüllen.

Draußen musste sie daran denken, was Janne über den Winter auf der Insel erzählt hatte. Der Wind rüttelte an den Baracken. Einzelne Böen entlockten den Gebäuden hohle Klänge. Als sie aus der Küche zurückkam, sah sie, dass bei Barbara Licht brannte. Sie trat an die Tür und klopfte.

Ein paar Sekunden später steckte Barbara ihren Kopf heraus. »Kannst du nicht schlafen?« Sie schien nicht einmal überrascht.

»Nicht so richtig«, antwortete Marlene.

Sie war noch nie bei Barbara im Zimmer gewesen. Mit ihrer Flasche im Arm betrat sie den kleinen Raum, der viel wohnlicher aussah als ihr eigener: Auf dem Tisch lag eine blassblaue Decke, an den Wänden hing ein Poster von einer Aquarellmalerei. Über dem Bett zwei Fotos, eins von einer

Katze, eins von einem jungen Mädchen. Auf der Fensterbank stand ein Trockenblumenstrauß in einer Weinflasche, von der das Etikett abgelöst worden war. Die Elektroheizung knackte rhythmisch. Marlenes Blick fiel auf das Bett, auf dem ein Überwurf lag, darauf verschiedene Kartenstapel. Vier einzelne Karten waren in einer Kreuzform ausgelegt, auf dem Nachttisch stand ein fast leeres Glas Roséwein.

»Setz dich ruhig.«

Marlene ließ sich betreten am Matratzenende nieder.

»Hast du dir selbst Tarot gelegt?«

»Das sind andere Karten.«

»Was denn für welche?«

»Andere.« Barbara kehrte zu ihrem Platz zurück. Mit nervösen Fingern strich sie den Überwurf glatt und verbarg schließlich ihr Gesicht in den Händen, die Arme auf die Knie gestützt. »Ich benutze die eigentlich nicht mehr«, sagte sie leise, »die sind mir zu konkret.« Sie nahm einen Schluck aus ihrem Weinglas. »Das will man vorher ja alles gar nicht wissen. Aber heute –«

Marlene betrachtete die vier Motive. Sie erkannte einen Hund und einen Storch, einen Baum und auf der letzten Karte einen Strohballen.

»Marlene«, sagte Barbara. »Ich werde morgen zurück aufs Festland fahren.«

»Aber die Saison geht doch bis Sonntag.«

Barbara schwieg.

Marlene legte bedächtig ihre Hände in den Schoß. »Was sagen denn die Karten?«, fragte sie zögerlich.

Barbara schüttelte den Kopf, wich ihrem Blick aus. »Ich kann mich auch irren.«

»Irrst du dich öfter?«
»Nein.«

Marlene beugte sich vor und betrachtete die Karten genauer: Auf dem Strohballen lag eine Sense.

27

Marlene schlief ein paar Stunden. Es war ein nervöser, hellhöriger Schlaf, immer wieder vom Heulen des Sturms unterbrochen, von dem sie aufschreckte und dann mit pochendem Herzen dalag. Sie fragte sich, ob die Vogelwarte dieser Windstärke standhielt, und stellte sich vor, wie die Böen durch die Bretterritzen pfiffen, wie Janne wohl frieren mochte. Im Morgengrauen erklangen die ersten Schüsse von den Feldern, und sie schaltete traumwandlerisch und gleichgültig das Licht an.

Sie schlüpfte in ihr Kostüm und befühlte den Stoff, als hätte sie es lange nicht getragen; das raue Leinen des Rocks, die wulstigen Stickereien der Bluse. Ihre Schürze knotete sie im Rücken sorgsam zu einer perfekten Schleife. Bei diesem Wind Fahrrad zu fahren, war unmöglich. Auf dem Weg zur Kostümgrenze sah sie, dass auch andere die Räder neben sich herschoben, die Oberkörper in den Wind gelehnt. Die Abstände zwischen den Schreckschüssen erschienen ihr immer kürzer.

Die dunklen Beeren des Schlehdorns waren gegen die Fassade gepeitscht worden und dort zerplatzt; der rote Saft rann in dünnen Striemen die Hauswand hinunter. Der Aufsteller der Räucherei lag verbeult auf dem Kopfsteinpflaster. Sie hatte noch vor Schichtbeginn mit Arno sprechen wollen, aber nun war sie zu spät und schloss hastig den Laden auf.

Im Verkaufsraum war es still, und auch aus dem angrenzenden Flur kam kein Geräusch. Marlene drehte die kleine

Elektroheizung auf und lehnte sich dagegen. Langsam spürte sie die Wärme, zunächst nur oberhalb der Kniekehlen. Sie betrachtete die Regale hinter der Theke, denen sie sonst den Rücken zuwandte. Die Gläser und Flaschen standen aufgereiht da und präsentierten unschuldig ihre Etiketten, Arnos Handschrift ein blasses Zickzack, und obwohl sie schon hunderte Marmeladen und Senfgläser verkauft hatte, erschien ihr einmal mehr nichts davon echt, als hätte sie ein halbes Jahr ein lebensgroßes Puppenhaus bespielt. Ihr Blick glitt über das Emaillegeschirr, über die Anemonen auf dem Ölgemälde, den schmalen Stuhl darunter, und schließlich sah sie einer Eingebung folgend auf den Boden.

Unter dem Fenster lagen Dutzende tote Fliegen. Marlene trat einen Schritt zur Seite. Sie betrachtete die schwarzen Punkte einen Moment lang von oben, dann kniete sie sich hin. Die kleinen Körper streckten Flügel und Füßchen von sich, mitten in der Bewegung erstarrt. Vielleicht waren sie von den Sturmböen hineingetragen worden, vielleicht hatten sie Schutz gesucht vor dem Wetter der letzten Tage und waren auf der Suche nach einem Weg zurück nach draußen immer wieder gegen die Scheiben geflogen.

Die Straße vor dem Laden war nahezu menschenleer. Hin und wieder eilte jemand vorbei, keine Gäste mehr, fast alle kannte sie aus den Baracken und aus dem Dorf selbst; Janne war nicht darunter. Den Laden betrat niemand. Marlene öffnete die Bonboniere und biss wie in Zeitlupe in einen Keks. Es war ein guter Keks; er schmeckte genau, wie er aussah.

Sie hatte ihr Handy mitgenommen. Es war keine bewusste Entscheidung gewesen, aber als sie es jetzt hervorholte, stellte sie fest, dass sie sich die letzten Monate tatsächlich an das Verbot gehalten hatte. Nun lehnte sie am Ladentisch und aktualisierte die Vorhersage. Noch immer waren für Strand Gewitter angekündigt, die kleinen Wolken und Blitze wirkten comichaft, fast heiter. Sie klickte auf das Banner mit dem Warndreieck: Schwere Windwarnung, Starkregen. Nichts, was sie nicht schon aus Hamburg kannte, ein gewöhnlicher Herbststurm.

Kurz vor der Mittagspause beschloss sie, nach Arno zu sehen. Normalerweise hörte sie ihn in der Küche, oder er kam im Laden vorbei, rief ihr mit dreckigen Schuhen etwas von der Außentür zu. Sie betrat die Wohnung. Der Flur lag im Dunkeln, und selbst hier, am innersten Punkt des Hauses, war noch zu spüren, wie der Wind an den Außenwänden und am Dach riss. Die Küche war leer bis auf das Brummen des Kühlschranks, der Wohnzimmertisch stand unberührt da. Auf der Terrasse waren Eimer und Gerätschaften ineinander verkeilt. Und gerade als Marlene zu überlegen begann, ob Arno überhaupt zuhause war, erklang von irgendwo sein melodieloses Pfeifen.

Marlene rief nach ihm, er antwortete nicht. Stattdessen hörte sie wieder sein Pfeifen und folgte den Tönen aus dem Wohnzimmer in den Flur, folgte ihnen die Treppe hinauf, bis sie im Obergeschoss stockte und innehielt. Sie war noch nie hier oben gewesen. Das Gebälk der Dachschrägen knarzte. Marlene erkannte schummrig ein leeres Kinderzimmer, die Tür daneben war angelehnt. »Arno?«, fragte sie in den hellen Lichtspalt hinein.

Das Pfeifen verstummte. Marlene hörte ihren eigenen Atem, spürte ein Flattern im Brustkorb. Sie klopfte, dann schob sie die Tür auf.

Arno lag mit hinter dem Kopf verschränkten Armen auf der linken Seite eines Doppelbettes. Mit einer plötzlichen schneidenden Klarheit nahm Marlene alles wahr: Arnos zerdrückte Frisur, sein langes Unterhemd, die gestreifte Bettwäsche, die leere, abgezogene rechte Seite des Bettes, den Einbauschrank mit offenen Türen, die Kleiderhaufen am Boden.

»Bist du noch gar nicht aufgestanden?«, fragte sie.

Arno sah weiter an die Decke. Marlene trat näher an ihn heran, und dann entdeckte sie den nassen Fleck neben den Kleidern, angetrocknet, die Salzränder gut sichtbar auf dem dunklen Holz. Ihr Herz hämmerte, als versuchte es wegzulaufen.

»Wo kommt das her?« Ihre Stimme drohte zu brechen.

Arno begann wieder leise zu pfeifen, und sie fragte erneut, »Wo kommt der Fleck her, Arno«, und kurz war es, als hörte er sie nicht, als hörte er gar nichts, nicht ihre Stimme, nicht den Sturm draußen, nicht das eigene Pfeifen, und Marlene war knapp davor, nach ihm zu greifen, an einem Arm, einem Bein zu rütteln, so lange zu rütteln, bis er ihr die Wahrheit sagte, bis ihr endlich irgendwer die Wahrheit sagte, da drehte er den Kopf zu ihr und war wieder der, den sie kannte, ein müder Mann, bärtig und sanft.

»Ach«, sagte er ohne Überraschung, »Denika hat schon gesagt, du würdest es mitkriegen. Früher oder später.«

Er hatte nicht einmal auf den Boden gesehen. Als hätte er nur darauf gewartet, dass sie ihn darauf ansprach.

Marlene fragte, »Was soll ich mitkriegen«, und Arno antwortete, »Sag du es mir«, und Marlene sagte drängender, »Erklär mir jetzt, wo diese Flecken herkommen«. Sie betrachtete das feuchte Holz, die unregelmäßigen Ränder.

»Wir reden da eigentlich nicht drüber«, sagte Arno, »also, nie.«

»Wer?«

»Na, wir. Von der Insel. Sie kommen ja nur zu uns.«

Marlene hielt sich am metallenen Bettpfosten fest.

Arno bemerkte ihre Bewegung und richtete sich auf. »Willst du dich setzen?«

Marlene schüttelte den Kopf. Arno starrte auf das Muster des Bettzeugs, seine Lippen bewegten sich, als formte er bereits Worte vor.

»Ich kann es dir als eine Art Geschichte erzählen«, sagte er schließlich, »so hab ich es damals bei Denika gemacht.«

»Dann erzähl«, sagte Marlene.

»Okay.« Er befeuchtete seine Lippen. »Es ist so: Wenn auf See jemand ertrinkt, findet er keine Ruhe. Aber solange an Land jemand an ihn denkt, die Eltern, die Kinder, die späteren Nachkommen, ist das nicht schlimm. Dann ist er ja in den Köpfen. Aber irgendwann, nach hundert, hundertfünfzig Jahren, wird er vergessen. Und dann – dann kommt er wieder. Und geht nachts zu denen, die von ihm abstammen, und legt sich zu ihnen ins Bett –«

Marlene spürte ein Prickeln auf der Haut, das sich von ihrem Rücken ausgehend in alle Glieder ausbreitete.

»– und er trägt immer noch die Kleider, in denen er ertrunken ist, vollgesogen mit Meerwasser. Und meistens kriegt man davon gar nichts mit, man schläft einfach, und am nächsten Morgen – sind da diese Spuren –«

Arnos Stimme wurde brüchiger, und kurz war es Marlene, als ob er weinte, aber dann merkte sie, dass er leise lachte, fast, als glaubte er sich selbst nicht.

»Man erzählt sich, er tut das so lange, bis man sich an ihn erinnert.« Er rieb sich mit Daumen und Zeigefinger die Augen. »Ich weiß nicht, was du von Rungholt weißt, aber damals ist ja nicht nur einer ertrunken, sondern viele, furchtbar viele, die heute niemand mehr kennt und die jetzt –«

Marlene meinte, das Prickeln nicht mehr nur zu spüren, sondern auch zu hören, erst ein Raunen, das alles überdeckte, dann schwoll es weiter an, bis es in ihr lauter toste als draußen der Sturm.

Arno hob den Blick. Das Tosen verstummte.

»Und seit wann –?«, fragte sie. Dann erst wurde ihr bewusst, was offenbar auch Arno unfassbar erschien: Sie glaubte ihm.

»Also, schon immer«, sagte er überrumpelt, »immer mal wieder. Alle paar Wochen vielleicht, aber in letzter Zeit –«

»Was?«

»Mittlerweile kommen sie fast jede Nacht. Hast du nie was bemerkt?«

Die Bilder, die Marlene wie lose Teile aufbewahrt hatte, schoben sich ineinander: das offene Zelt, die nasse Bettwäsche, die Schritte auf der Veranda. »Doch«, sagte sie, »aber – an sowas denkt man ja nicht.«

»Denika hat das nicht mehr ertragen irgendwann. Konnte nicht mehr schlafen. Hatte Angst, verrückt zu werden. Ist auch nicht leicht auszuhalten, wenn man von woanders kommt. Sowas glaubt einem ja keiner.«

»Eher nicht«, sagte Marlene.

»Jannes Mutter konnte das auch nie. Damit umgehen. Sie dachte, es hört auf, wenn sie das ganze alte Zeug aufbewahrt, aus Rungholt, als Andenken sozusagen, aber wenn das funktionieren würde, hätten das schon andere gemacht. Ja, und dann ist sie weg.«

Plötzlich war Marlenes Kopf klar und rein. Als könnte sie endlich wieder ungetrübt denken. Sie setzte sich nun doch auf die Bettkante. »Meinst du nicht, das bedeutet was? Wenn sie immer öfter kommen?«

Arnos Schultern waren zusammengesunken, das Oberteil hing lose an ihm wie an einem Gerippe. Wieder mied er ihren Blick und strich entlang der Streifen über den Bettbezug. »Nein«, sagte er merkwürdig bestimmt.

Marlene sah aus dem kleinen Fenster, das Stück Himmel davor gelblich und rastlos. Die Welt draußen war noch dieselbe.

»Denkst du nicht, sie kommen aus einem Grund?« Sie fragte das mit wachsender Sicherheit. Die Verbindungen, die sie gesucht hatte, schlossen sich nun klickend und knackend ganz von selbst, und sie sagte, »Vielleicht wollen sie euch auch warnen«, und Arno fragte nicht, »Was meinst du«, er fragte nicht, »Wovor denn«, er schüttelte stur den Kopf, immer und immer wieder, und sagte dabei nur ein Wort: »Nein.«

Marlene ließ von ihm ab. Sie musste ihm nichts erklären, was er längst wusste. »Arno«, sagte sie. »Komm mit nach Husum. Ich nehme die nächste Fähre.«

Aus seinen Augen sprang ihr bereits die Entscheidung entgegen. »Ich kann hier nicht weg. Das ist mein Zuhause, und das von meinen Kindern.«

Marlene konnte dem nichts entgegensetzen.

»Diesem Haus wird nichts passieren«, sagte er und griff nach ihrer Hand. Seine Finger waren länglich und dünn und viel weicher, als Marlene es vermutet hatte. Er wiederholte den letzten Satz, und beim dritten Mal stimmte Marlene mit ein, sie sagten ihn auf wie ein Mantra, dreimal, viermal, fünfmal, drückten sich die Hände im Rhythmus. Einen Moment noch saßen sie beieinander, Arno unter der Bettdecke, Marlene darauf. Dann stand sie auf, ging die alte, laute Treppe nach unten und verließ den Hof.

Der Rückweg zu den Baracken war einfacher. Der Wind trieb sie von hinten an, und seit sie ihr Vorhaben, die Insel zu verlassen, laut ausgesprochen hatte, empfand sie irgendwo in sich ein Gefühl von Erleichterung. Schon von Weitem sah sie Barbara in Daschas Tür stehen.

»Sie will nicht mit«, sagte sie an Marlene gewandt.

Dascha stand ratlos in der Zimmermitte. »Mein Vertrag geht halt bis Sonntag. Und ich will nächstes Jahr wieder hier arbeiten, also –«

»Hast du mal den Himmel angeschaut?«, fragte Barbara.

Dascha sagte, »Der sieht jetzt nicht so schlimm aus«, und da trat Marlene in den Raum und sagte, »Es geht nicht um den Himmel«. Dascha war kurz davor, in Tränen auszubrechen.

»Dascha«, sagte Marlene beschwörend, »fahr einfach mit uns mit.«

Kurz froren sie zu einem Standbild ein, Barbara in der Tür, Marlene und Dascha im Inneren des kleinen Zimmers; keine der drei rührte sich, die Zeit geriet ins Stocken.

»Na gut«, sagte Dascha endlich.

Marlene spürte etwas in sich hochsteigen, das sie sofort zurückdrängte.

»Aber wieso –«

»Später«, sagte Marlene.

Die Klarheit von gerade hielt weiter an. Sie fragte Dascha, wie lange sie zum Packen brauchte, und Dascha sagte, »Nicht lange«, und nach einer weiteren Sekunde zog sie ihren Koffer unter dem Bett hervor, und Marlene und Barbara stoben nach draußen.

Es dauerte kaum mehr als fünf Minuten, bis Marlene gepackt hatte. Aus Gewohnheit hatte sie sogar flüchtig das Bett gemacht, und nun lag ihr Kostüm darauf wie eine abgestreifte Haut. Sie stand mit geschultertem Rucksack in der Tür und konnte den Blick nicht davon lösen. In ihrer Erinnerung war sie die letzten Monate damit beschäftigt gewesen, die Kleider anzuziehen, zu tragen und wieder auszuziehen, und dazwischen war alles andere passiert. Die Bluse im Wasser der Salzwiesen, die Blusen, die Janne eine um die andere aufgeknöpft hatte, danach schaukelnd auf den Bügeln im Waschraum, der Rock über der Jeans, der Saum im Dreck, ein nicht enden wollendes An- und Ausziehen, Arbeit und Leben, und nun war es Herbst. Das Zimmer sah aus wie zu Beginn der Saison. Nichts würde daran erinnern, dass sie hier gewesen war.

In einer guten Stunde ging die Fähre. Sie hatte sich mit den anderen am Hafen verabredet und lief allein in Richtung Dorf. Der Sturm trieb die Wolkendecke vor sich her, ein unstetes Übereinander verschiedenfarbiger Schichten. Der Schornstein der Räucherei fügte sich wie getarnt ins Grau des Himmels ein, und Marlene kniff die Augen zusammen, konnte aber keinen Rauch erkennen. Sie spürte ihre kalten Augäpfel, wenn sie blinzelte.

Seit sie die Kostümgrenze passiert hatte, empfand sie eine Schwere, die nichts mit ihrem vollen Rucksack, nichts mit dem Gegenwind zu tun hatte. Es war, als wären ihre Organe durch Steine ersetzt worden, und bei jedem Schritt klunkerten sie dumpf aneinander.

Sie betrat die Räucherei durch den Nebeneingang, den sie zuletzt in der Johannisnacht genutzt hatten. Im Lagerraum brannte die Neonröhre. Als Marlene die Tür zum zweiten Raum öffnete, stand Janne am Metalltisch unter dem Fenster, als wäre nichts, und dieser Anblick wühlte sie so auf, dass es ihr unmöglich war, die Schwelle zu übertreten. Vom Räucherofen ging eine diffuse Wärme aus. Janne drehte sich um. Sie hielt die Arme angewinkelt und trug Handschuhe. Wieder stieg Marlene etwas die Kehle hinauf. Überrascht stellte sie fest, dass es Wut war. »Hast du mal rausgeschaut?«, fragte sie.

»Soll ich deswegen die Fische liegen lassen? Ich hab bei dem Nebel die letzten Tage kaum den Ofen anbekommen.«

Marlene erspähte die Innereien auf der Arbeitsplatte hinter Janne, zu dunklen Haufen zusammengeschoben, daneben die Fische mit aufgeschlitzten Bäuchen. »Warum hast du mir nichts gesagt?«

»Was meinst du?«, fragte Janne, aber ihre Arme sanken bereits nach unten.

»Arno hats mir erzählt.«

Von den Handschuhen tropfte das Fischblut auf den Boden.

Marlene fragte wieder, »Wieso hast du nichts gesagt«, und Janne antwortete, »Was hätte ich denn sagen sollen, du hättest mir doch nicht geglaubt«, und Marlene sagte, »Wieso denkst du sowas«, und Janne wurde laut, »Ach, und jetzt glaubst du es also«, und Marlene rief, »Ja, natürlich tue ich das«. Janne ließ die Handschuhe nass klatschend ins Waschbecken fallen und wusch sich die Hände. Danach blieb sie weiter mit dem Gesicht zur Wand stehen.

Marlene wartete einen Moment und dann noch einen, aber Janne rührte sich nicht. »Können wir bitte reden?«

Janne kehrte ihr weiter den Rücken zu. Kurz durchschoss Marlene eine unbestimmte Angst, sie sah die Szene vor sich wie aus einem Horrorfilm, wie Janne sich umdrehte, ihr Gesicht eine verzerrte Fratze, entstellt und fremd. Stattdessen erahnte sie ein Flattern der Schulterblätter, und als sie endlich über die Türschwelle trat und sich von hinten näherte, erkannte sie, dass Janne weinte. Sie weinte lautlos, und als Marlene neben sie trat, verdeckte sie ihr Gesicht mit den Händen.

Marlene hatte sie noch nie weinen sehen. Es war fast so ungewohnt wie der Lippenstift in Husum, und schnell verbot sie sich diesen Gedanken. Sie griff nach Jannes Händen, zog sie sanft vom Gesicht weg. Janne ließ es zu. In ihren Wimpern hingen lauter kleine Tropfen, und zum ersten Mal konnte Marlene sich vorstellen, wie sie als Kind ausgesehen hatte.

»Ich habe das noch nie erzählt. Wir sprechen nicht darüber, das war immer schon so. Ich wollte nicht, dass du mich für verrückt hältst.«

Marlene wischte mit dem Zeigefinger ihren Nasenrücken entlang, verstrich die Tränen bis zum Ohr. Janne versuchte, mit dem Weinen aufzuhören, aber ihre Augen quollen weiter über.

»Ich wollte einfach eine normale Person sein, die in dein Leben passt.«

»Du bist doch eine normale Person«, sagte Marlene, und Janne weinte noch mehr, so sehr, dass der ganze Oberkörper vibrierte. Noch immer machte sie keinen Laut, als würden die Dinge erst Wirklichkeit, wenn man sie hören konnte.

Als Marlene sie umarmte, beruhigte sie sich. Sie hatten das so oft gemacht, dass jeder Körperteil einen festen Platz hatte, und so war es auch jetzt, sie griffen ineinander wie zwei Zahnräder, als ließe sich die Distanz der letzten Tage dadurch ungeschehen machen.

»Tut mir leid«, sagte Janne.

»Mir auch«, sagte Marlene. Sie roch an Jannes Haaren, und wie immer hing der Räuchergeruch darin, und sie dachte an das Holz, an den Ofen, an den Rauch selbst, der durch den Schornstein aufstieg, den Rauch, unsichtbar heute bei Sturm, und plötzlich waren sie wieder Teil eines größeren Bildes: sie beide verschlungen im Haus, das Haus im Dorf, das Dorf auf der Insel, die Insel im Meer und drum herum das weite, blasse Nichts. Marlene schreckte zurück und ließ Janne los. »Kannst du mit mir die Fähre nehmen?«

Janne zog die Nase hoch. »Jetzt gleich?«

»Bitte.«

Sie fragte, »Wegen dem Sturm«, und Marlene sagte, »Wegen allem«, und Janne sagte, »Wir haben oft so ein Wetter wie heute«, und Marlene sagte, »Bitte, bitte komm mit«.

Jannes Blick sprang durch den Raum, während sie nachdachte. »Okay«, sagte sie schließlich.

»Okay«, sagte auch Marlene. Ihr Herz stolperte und fand nur mühsam in seinen Rhythmus zurück.

»Ich muss noch meine Sachen holen und das hier fertig machen.« Sie deutete auf die aufgeschlitzten Fische hinter sich. »Ich nehme die nächste Fähre.«

Etwas in Marlene sträubte sich, aber sie zwang sich zur Ruhe; sie wusste, dass Janne ohnehin nur ihr zuliebe mitkam. Sie umarmten sich kurz und fest. Plötzlich dachte sie wieder an die Salzflecken, an die Schritte vor der Tür und dass sie sich in den Nächten neben Janne nie wirklich gefürchtet hatte. »Machen sie dir denn gar keine Angst?«

Janne starrte einen Moment ins Leere, dann zuckte sie mit den Schultern.

»Die tun ja nichts. Das sind einfach nur Leute von früher.«

Als Marlene zum Hafen ging, spürte sie deutlich eine Bewegung unter ihren Füßen. Mehrfach blieb sie stehen, und sobald sie stillhielt, verstärkte sich der Eindruck noch. Ihr fiel ein, wie sie zu Saisonbeginn bei der Fahrt nach Hamburg etwas Ähnliches festgestellt hatte: Kaum hatte sie das Festland betreten, hatte es zu schaukeln aufgehört. Nun war es nicht mehr zu leugnen – die Insel schwankte.

28

Die Fähre war so voll gewesen, dass nur mit Mühe alle Platz gefunden hatten. Marlene hatte mit Barbara und Dascha zwischen den hölzernen Sitzbänken unter Deck gestanden und sich an den Lehnen festgehalten. Marlene hatte nach Jakub gefragt, und Barbara meinte, gehört zu haben, dass er schon früher abgereist war; Marlene entschied sich, ihr zu glauben. Die restliche Fahrt hatten sie geschwiegen und um ihr Gleichgewicht gerungen. Die Wellen schlugen hart gegen die Außenwände. Am Hafen hatten sie sich verabschiedet, Barbara war anschließend zum Bahnhof gelaufen. Dascha war von Boris abgeholt worden, der nervös mit dem Autoschlüssel klimperte, als er ihr entgegenkam. Aus der Entfernung hatte er Marlene zugenickt, dann waren sie verschwunden.

Nun stand sie geduckt in einem Hauseingang und verglich die Hotelpreise im Umkreis von einem Kilometer. Sie ließ sich den Weg zu einer billigen Pension anzeigen, der quer durch die Innenstadt führte; ihr Handy hatte nur noch zehn Prozent Akku. Die Farbe des Himmels war mittlerweile eher rötlich als gelb, und noch immer war kein Tropfen des angekündigten Regens gefallen. Bloß der Wind riss weiter an den Fahrrädern und Stühlen auf den Caféterrassen.

Als sie den Hafen und das offene Wasser hinter sich ließ, spürte sie eine vorsichtige Gelöstheit. Die Fußgängerzone war beschaulich und freundlich, sogar bei Sturm, und die Anspannung, die sich seit letzter Nacht in ihr aufgebaut hatte, wich langsam aus ihrem Körper. Marlene hatte Gewitter eigentlich immer gemocht. Ihr fiel ein, dass sie Janne zum Abschied nicht geküsst hatte, und sie stellte sich vor, wie sie beim nächsten Kuss in einer Kneipe in Husum sitzen würden oder womöglich in einem Hotelbett, weiße Laken, ein Fernseher gegenüber, der Singsang des Regens von draußen.

Sie war nur noch vierhundert Meter vom Hotel entfernt, als sie eine Nachricht von ihr bekam.

Die Fähre fällt aus.

Marlene blieb stehen und starrte einige Sekunden auf den Bildschirm. *Wieso?*

Zu hoher Wellengang. Passiert öfter mal.

Fährt denn noch eine heute?

Nee, schrieb Janne, und dann tippte sie, brach ab, tippte wieder, bis endlich eine neue Nachricht erschien. *Mach dir keine Sorgen.* Und dann: *Wir haben echt jeden Herbst Sturmflut.*

Marlene hielt weiter ihr Handy in der Hand. Der Akkustand war bei zwei Prozent. Sie versuchte, sich den Weg zur Pension einzuprägen, dann lief sie los, hielt aber sofort wieder inne und öffnete den Chat mit Janne. *Sehen wir uns dann morgen?*, schrieb sie.

Janne war offline, und Marlene kam es plötzlich merkwürdig vor, allein ein Hotelzimmer zu buchen. Sie suchte die Bahnverbindungen nach Hamburg heraus, stellte aber fest, dass auch die nächsten drei Züge ausfielen. Dann ging ihr Handy aus. In der Häuserflucht versperrten ihr große, umgekippte Blumenkübel den Weg. Sie bog einmal falsch ab, und obwohl es nur ein paar hundert Meter waren, brauchte sie über zwanzig Minuten zum Hotel.

In der Lobby liefen Instrumentalversionen von Popsongs aus den letzten zwei Jahrzehnten. Während sie wartete, betrachtete sie den Inhalt des Snackautomaten neben der Tür, konnte sich aber nicht dazu durchringen, etwas zu kaufen. Sie bekam die Schlüsselkarte zu einem Einzelzimmer im ersten Stock, und gerade als sie den Raum betrat und ihren Rucksack auf dem einzigen Stuhl abstellte, fing es an zu regnen.

Es begann mit ein paar Tropfen, die verloren gegen die Scheibe wehten. Aber schnell wurden es mehr, und die Geräusche verdichteten sich zu einem Trommeln, das Marlene an das Wellblech der Baracken denken ließ. Sie trat ans Fenster. Die Straße unter ihr lag da wie ausgestorben. Dieser Regen überraschte niemanden. Das Wasser stürzte herab und sammelte sich in Lachen auf dem Asphalt, und einen Moment sah alles seltsam gewollt aus, als ob es nicht einfach so, sondern mit Absicht regnete. Als löste dieser Regen etwas ein, das sich lang und düster angebahnt hatte, und Marlene sah wieder die Wasserflecke auf den Dielen vor sich, sah Arno mit zusammengesunkenen Schultern im Bett sitzen, und Janne, die von ihr abgewandt weinte.

Sie zwang sich dazu, vom Fenster zurückzutreten. Das Zimmer hinter ihr lag im Dämmerlicht. Sie knipste die kleine Lampe auf dem Nachttisch an. Dann packte sie die obere Hälfte ihres Rucksacks aus und beschloss, heiß zu duschen. Sie fühlte sich wund von innen; die Unruhe, die sie vorhin kurz verlassen hatte, war zurück. Ihre Haut war empfindlich und spannte am ganzen Körper. Im Spiegel fiel ihr auf, wie lang ihr Haar geworden war. Die nassen Strähnen lagen auf ihren Schultern wie leblose Finger. Nicht ein Mal hatte sie im letzten halben Jahr daran gedacht, sich selbst die Haare zu schneiden.

Als sie aus dem Badezimmer trat, war es draußen vollständig dunkel geworden. Erst jetzt erinnerte sie sich an ihr Handy und wühlte, in ein Handtuch gewickelt, in ihrem Rucksack, bis sie das Ladekabel gefunden hatte. Als der Bildschirm aufleuchtete, sah sie, dass sie drei verpasste Anrufe von Robert und acht von Luzia hatte. Bevor sie zurückrief, las sie die Nachrichten von Janne noch einmal; ihre letzte war noch immer ungelesen, seitdem waren fast zwei Stunden vergangen. Das Prasseln des Regens machte das Zimmer kleiner, als es eigentlich war. Sie legte sich mit dem Handtuch ins Bett und deckte sich zu. Wieder rief Luzia an.

»Hallo«, sagte Marlene.

Luzia gab einen Laut von sich, womöglich ein Wort, eher einen Schrei. »Wo bist du?«, rief sie.

»Im Hotel«, sagte Marlene und rieb unter der Decke die Fußsohlen aneinander, »in Husum.«

Augenblicklich fing Luzia an zu weinen. Sie weinte nicht diskret wie Janne vorhin, sondern laut und ungehemmt, sie konnte sich gar nicht beruhigen. »Sag doch Bescheid«, schluchzte sie, »sag doch einfach Bescheid.«

»Was ist denn passiert?«

»Hast du nichts mitbekommen?« Luzia schnäuzte sich. »Robert ist auch bei mir«, sagte sie, bereits wieder gefasster.

»Kann ich ihn sprechen?«

»Der weint gerade noch.«

»Okay«, sagte Marlene.

Während sie an die Decke starrte, fasste Luzia die Entwicklungen der letzten Stunden zusammen, die Begriffe rauschten durch Marlene hindurch: falsche Prognosen, schwere Sturmwarnung, Orkantief, Schnellläufer, die Nordsee, die Inseln, die Höhe der Deiche. »Ich weiß auch nicht«, sagte Luzia, »die haben sich verschätzt irgendwie. Die dachten, das zieht fünfzig Kilometer weiter links vorbei.«

»Ach so«, sagte Marlene. Etwas Unsichtbares legte sich eng um ihre Brust.

»Mach doch einfach mal den Fernseher an oder so.«

»Ja, gleich.«

Luzia fragte vorsichtig nach Janne. Marlene erzählte von der Fähre. Luzia wartete eine Sekunde zu lang. »Wird schon gutgehen«, sagte sie dann. »Jetzt mach dir keine Sorgen.«

Marlene wusste, dass die Unwissenheit, die sie gerade noch schützte, gleich unwiederbringlich verloren sein würde, also blieb sie ein paar Minuten reglos liegen, bevor sie schließlich aufstand. Sie föhnte sich die Haare und zog sich an. Dann schüttelte sie die Decken auf, setzte sich aufrecht aufs Bett und schaltete mit der Fernbedienung den Fernseher ein.

Auf den ersten drei Kanälen standen je zwei Leute vor Wetterkarten oder Webcamaufnahmen mit Regentropfen auf der Linse. Der Moderator sagte, »Eine dringliche Warnung, die Aufdeichung anzugehen«, und die Expertin sagte, »Wir hoffen, dass es bei der Warnung bleibt, ja«. Auf der Karte war die Küstenlinie zu sehen, von blassblauen Streifen überlagert. Es war ein schönes Muster, wie ein stark vergrößerter Fingerabdruck, und Marlene stellte fest, dass sie dem Gespräch im Vordergrund längst nicht mehr folgte.

Sie rief Janne an, erreichte aber nur die Mailbox. Ihre letzte Nachricht war noch immer ungelesen. Sie dachte an Arno, an das alte Haus. Irgendwo in dieser Stadt, hinter einem anderen Fenster, starrten Denika und die Kinder wohl wie sie in die Nacht hinaus. Das Prasseln des Regens hatte nicht nachgelassen, und Marlene sah im orangefarbenen Laternenlicht, wie das Wasser die Straße hinunterfloss.

Zurück auf dem Bett zappte sie durch die Programme und schaute die zweite Hälfte eines alten *Polizeirufs*. Als sie danach wieder zurückschaltete, hatte sich der Ausschnitt der Landkarte im Hintergrund verändert. Sie erkannte die Hufeisenform von Strand, den Hafen, wo sie nachmittags noch auf die Fähre gestiegen war. Die Personen im Studio waren nicht mehr dieselben, was Marlene erst auf den zweiten Blick bemerkte, sie sprachen vom Pegelstand, vom Klimadeich, den fehlenden Zentimetern, von irgendwelchen Wahrscheinlichkeiten. Ein verwackeltes Video im Hochformat wurde abgespielt, Flutwellen, die sich auf die Deichkrone zufraßen, das Gras und die Steine dahinter verschwunden. Marlene fiel ein, was Janne von ihrem Großvater erzählt hatte, wie er überlebt hatte, weil der Sturm genau über Rungholt verstummt war.

Luzia rief noch einmal an. »Soll ich kommen?«

Marlene atmete ruhig und gleichmäßig. Sie nahm den Fernseher nur noch als bewegten Farbfleck an der Wand wahr.

»Ich versuche zu kommen, aber es fahren keine Züge, und Hendrik will mir bei dem Wetter sein Auto nicht leihen.«

»Du musst nicht –«, sagte Marlene.

Irgendwie verging der Abend. Sie versuchte noch mehrfach, Janne zu erreichen, aber mittlerweile war das Handy aus. Das Geräusch des Regens war ihr unerträglich. Sie spürte ein immer stärkeres Unwohlsein – ein pochender Schmerz im Becken, der rhythmisch wiederkehrte, bis es irgendwann so war, als stülpte sich ihr Unterleib nach außen. Auf der Toilette stellte sie fest, dass sie blutete; das Blut lief bereits ihren Oberschenkel hinab. Ihr war so übel, dass sich wässriger Speichel in ihrem Mund sammelte, den sie neben sich ins Waschbecken spuckte.

Der Deich brach zwei Stunden nach Mitternacht. Marlene lag erschöpft auf dem Bett und empfing die Nachricht nahezu gleichgültig. Sie hatte den Ton des Fernsehers so leise gestellt, dass sie kaum noch etwas verstand. Das Geschehen kam ihr nicht wirklich echt vor. Ihre Lippen waren spröde und trocken; der Schmerz im Unterbauch betäubte alles andere, und sie wusste bloß, dass sie diesen Raum nie wieder verlassen wollte. Mit Mühe ging sie zum Fenster und zog die Gardinen zu.

Mitten in der Nacht vibrierte ihr Handy auf dem kleinen Tisch neben der Steckdose. *L. Marl.*, schrieb ihre Großmutter, *liege wach u. kann nicht schlafen bei d. Wetter. Ist es in Hamburg auch so schlimm? Alle Fenster zumachen!!*

Als sie die Nachricht ein zweites Mal las, wurden die Buchstaben immer unschärfer. Und plötzlich, ohne Vorwarnung, spürte sie ihr Herz brechen. Sie spürte es so körperlich, als wäre es keine Metapher, spürte dann ihren Puls im Körper umherwandern, in die Schläfen, in die Handgelenke, in den Bauch. Sie sackte neben dem kleinen Tisch zusammen, der Teppich rau an ihren nackten Knien, das Kinn auf der Brust, dann biss sie sich in den Unterarm, bis sie den Schmerz nicht mehr aushielt und in ihre Armbeuge schrie, aber nur ein heiserer Ton kam heraus, und sie atmete immer schneller, bis ihr schwindelig wurde, immer schneller, bis sich alles zu drehen begann. Dann hielt sie die Luft an.

Das Zimmer kehrte unverändert zurück. Neben ihr lag das Handtuch in Falten. Sie wusste, dass es allein ihre Schuld war, dass ihre Großmutter und ihre Eltern nicht wussten, wo sie war. Aber nun wollte ihr der Grund dafür nicht mehr einfallen, und alle Lügen des letzten halben Jahres kamen ihr sinnlos vor. Als hätte sie aus Reflex gelogen, im Hinterkopf die fixe Vorstellung, niemanden zu brauchen. Sie hatte falschgelegen und war zu einer Fremden geworden, allein in einem Hotelzimmer.

Sie dachte an die Johannisnacht, dachte an das große Feuer, an ihre Wurzelstücke, die darin verbrannt waren, wie sie danach mit Janne im Graben gebadet hatte: Das Glück stand ihnen zu gleichen Teilen zu. Sie stellte fest, dass sie nichts von Janne bei sich hatte, kein Geschenk, kein Kleidungsstück, nichts, woran sie sich festhalten konnte. Also verschränkte sie ungeübt die leeren Hände ineinander und setzte sich noch immer nackt und auf Knien aufrecht hin.

Lieber Gott, dachte sie und schloss sogar die Augen dabei,
wenn ich nur einen
Lieber Gott, wenn ich nur einen
einen einzigen Wunsch frei hätte, dann würde ich ihn
dann würde ich ihn jetzt verwenden
dann
bitte bitte bitte bitte bitte
lass es gutgehen
Minutenlang wiederholte sie die letzten Worte, sie bewegte lautlos die Lippen und begann immer wieder von vorn, und sie hörte erst auf, als sie den ganzen Raum erfüllten, als sie an den Wänden klebten und in den Vorhängen, als sie den Teppichboden bedeckten, als sie schließlich kein Gebet mehr waren, sondern ein Zauberspruch.

29

Es klopfte. Marlene rührte sich nicht. Mittlerweile war es früher Morgen. Es klopfte noch einmal. Sie erhob sich schwerfällig; das Aufstehen kostete sie alle Kraft, die sie noch hatte. Ihr Unterleib krampfte, und kurz glaubte sie, sich übergeben zu müssen, aber selbst dafür war sie zu schwach.

Sie öffnete, und vor der Tür stand Luzia. Marlene spürte ihre Beine einknicken, als sie sich umarmten. Luzia hielt sie fest an sich gedrückt und bugsierte sie im Dämmerlicht wieder ins Bett. Dann zog sie die Gardinen zurück, öffnete das Fenster. Der sichtbare Ausschnitt des Himmels war hellgrau, die Luft frisch, aber nicht kalt. Der Sturm war abgeflaut. Von draußen war nichts als ein einzelner, zaghafter Vogel zu hören. Marlene schloss die Augen. An der Bewegung der Matratze spürte sie, dass Luzia sich neben sie legte.

»Ich weiß nicht, was ich sagen soll.«

Marlene zuckte mit den Schultern, dann öffnete sie ein Auge. Luzia lag dicht bei ihr.

»Janne hat gesagt, dass sie nach Hamburg ziehen will«, sie drehte sich auf den Rücken, »hab ich das erzählt?«

»Nein, hast du nicht. Wie schön.«

Marlene nickte. »Ich hätte sagen sollen, dass das schön ist.«

»Was hast du denn gesagt?«

»Nichts, irgendwie.« Marlene setzte sich auf und suchte ihr Handy zwischen den Laken. Luzia zog mehrfach die Nase hoch, verstohlen um Fassung bemüht. Marlene wählte noch einmal Jannes Nummer; wieder erreichte sie nur die Mailbox.

Luzia griff nach ihrer Hand und drückte sie fest. »Noch ist gar nichts klar«, sie umklammerte Marlenes Finger, als bräuchte sie selbst Halt, »man weiß nicht mal, was genau passiert ist.«

Marlene schwieg und blickte auf ihre verschränkten Hände wie auf einen Fremdkörper. »Ja«, sagte sie schließlich.

Das Handy in ihrer Hand begann zu vibrieren. Nach einem flüchtigen hoffnungsvollen Moment wandte sie den Kopf. Es war ihre Mutter.

»Willst du rangehen?«, fragte Luzia.

Das rhythmische Summen kitzelte in ihrer Handfläche. Kurz war sie versucht, den Anruf anzunehmen und alles zu erzählen, die ganzen letzten Monate, die letzten Tage, die letzte Nacht; dann schüttelte sie den Kopf. Im selben Moment hörte es auf zu klingeln. Ein Gefühl von Scham überkam sie, aber auch das plötzliche Bedürfnis, die Stimme ihrer Mutter zu hören. »Später.«

Als hätte die Unterbrechung sie aus ihrer Starre gelöst, setzte Luzia sich nun ebenfalls auf. »So«, sagte sie und strich Marlene über den Kopf, »hast du Hunger?«

Marlene wusste nicht, ob sie hungrig war. Von dem Gedanken, jetzt etwas zu essen, wurde ihr übel. Sie sagte, »Weiß nicht«, und Luzia sagte, »Was Kleines, ein Croissant«, und Marlene sagte, »Vielleicht, ja, ein Croissant könnte gehen«.

Luzia zog Schuhe und Mantel an.

»Wie viel Uhr ist es?«, fragte Marlene leise.

»Halb neun. Ich bin gleich wieder da.«

Luzia verließ das Zimmer, Marlene hörte ihre Schritte im Treppenhaus. Der Vogel war verstummt, stattdessen erklangen draußen die ersten Stadtgeräusche, Stimmen, die sich etwas zuriefen, das sie nicht verstand. Durch das geöffnete Fenster betrachtete sie den Himmel, der nun blau war und leer, als wären alle Wolken aufgebraucht. Sie fragte sich, ob Toni und Maja schon wach waren und was Denika ihnen erzählt hatte. Plötzlich fror sie so stark, dass sie das Federbett über den Kopf zog. Ein paar Sekunden genoss sie die Dunkelheit darunter, aber dann überfiel sie eine Erinnerung: sie selbst unter Wasser in der Salzwiese, das Schwarz, die Kälte um sie, die dumpfen Klänge, die Luftblasen, die von ihrem Mund aufstiegen. Die Angst, nie wieder aufzutauchen, die vielleicht auch eine Versuchung war; die Gewissheit, dass alles im Wasser begann und alles im Wasser enden konnte –

Marlene schlug das Bettzeug zurück. Sie konzentrierte sich auf die Geräusche von draußen und darauf, wie sich ihr Brustkorb hob und senkte.

Als Luzia irgendwann zurückkam, hatte sie zwei Kaffeebecher in der Hand und eine Papiertüte unterm Arm. »Totale Schlange«, sagte sie, stellte die Becher auf den Nachttisch und zog ihren Mantel aus, »das war die einzige Bäckerei, die heute aufgemacht hat«.

Marlene sah in die Tüte. »Ich weiß nicht, ob ich was essen kann«, sagte sie. Luzia stand mit ihrem Handy mitten im Raum und antwortete nicht. Marlene holte vorsichtig eins der beiden Croissants heraus, es war noch warm. Die äußerste Lage des Blätterteigs hatte sich abgeschält und lag nun am Boden der Tüte. »Willst du?«, fragte sie und streckte die Hand aus.

»Warte mal kurz, bitte«, sagte Luzia, ohne hinzusehen, »Robert hat mir was geschickt.«

Marlene fragte, »Was denn?«, aber Luzia reagierte nicht, starrte weiter auf ihr Handy, zog die Augenbrauen zusammen, scrollte mit dem rechten Daumen, öffnete den Mund, schloss ihn wieder. Dann setzte sie sich auf die Bettkante.

Marlene ließ das Croissant zurück in die Tüte fallen und rutschte neben sie. »Was ist?«

Luzia zeigte ihr das Handy. Ein Zeitungsartikel, bebildert mit einer Luftaufnahme, vermutlich im ersten Licht des Morgens aufgenommen. Die braune, schlammige Nordsee von oben, aus der nur der Kirchturm von Strand herausragte. Die Wellen leckten wenige Meter unter dem Dach an den Mauern, und nichts sonst wies darauf hin, dass sich dort einmal ein Dorf befunden hatte.

Marlenes Gaumen war trocken. Sie versuchte zu schlucken, aber es gelang ihr nicht. Sie schloss die Augen, als könnte sie dadurch etwas ungeschehen machen, ließ sich zurück aufs Bett fallen, grub das Gesicht ins Kissen. Sie wünschte sich das Schwarz von eben zurück, wollte unter der Decke verschwinden und nie wieder herauskommen. Hinter ihren Lidern tauchten Bilder auf wie Lichtblitze, und alle zeigten dasselbe: der Laden unter Wasser, der Hof unter Wasser, die Räucherei, der Dorfplatz, die Baracken unter Wasser. Ein einzelnes Geräusch entfuhr ihr, ein kehliger Laut.

Luzia berührte ihren Oberschenkel. »Marlene«, sagte sie tonlos.

Marlene bewegte sich nicht. Eine dumpfe, apathische Traurigkeit erfasste sie. Luzia zog sanft an ihrer Schulter und hielt ihr erneut das Handy hin. Marlene hatte keine Kraft, sich zu wehren, und sah schließlich auf den Bildschirm. Kurze Nachrichten, mit Zeitstempeln versehen. Ganz oben ein zweites Foto des Kirchturms im Wasser, aber aus einem anderen Winkel aufgenommen, und noch bevor Marlene den Text dazu lesen konnte, vergrößerte Luzia das Bild mit Zeigefinger und Daumen.

Und zwischen ihren glänzenden Gelnägeln entdeckte Marlene das kleine Turmfenster und, ja, eine aus dem Fenster gestreckte Hand, in der Bewegung eingefangen, und sie meinte, dunkle Striche auf den Fingern zu erkennen, die schwarze Linie auf dem Handrücken. Und sicher konnte das auch Dreck sein oder Schatten, eine Fehlsortierung der Pixel, eine optische Täuschung. Aber daran glaubte sie nicht.

DANKE

Ich danke meiner Agentin Meike und meiner Lektorin Martina für ihr Vertrauen in die anfänglich noch etwas wirre Idee, für erbauliche Telefonate und schlaue Anmerkungen. Der Roger-Willemsen-Stiftung danke ich für die Zeit im mare-Künstler*innenhaus in Hamburg, wo ich so viel geschrieben habe, dass es schließlich keine Option mehr war, alles hinzuschmeißen.

Außerdem danke ich meiner Familie und vor allem meinen tollen Freund*innen:

Isi, Janka, Paula, Elli, Sophie, Miri, Amelie, Ria, Bettina und Doro – für Leseempfehlungen, offene Ohren, Ablenkung, fürs Begleiten ins Freilichtmuseum und Bereitschaft in Notfällen aller Art.

Tim fürs Lesen und Grübeln, für kluge Einwände und natürlich für Luzias Promotionsthema. Ohne dich wäre das ein anderes, vermutlich schlechteres Buch geworden.

Cécil für die Tage im Studio (wo die Grenze zwischen Arbeit und Freizeit verschwimmt) und für die sorgfältig kuratierten TikToks.

Taiina für die Freude an den ersten Einfällen und das Beharren auf der Work-Life-Balance.

Fayer für die allgemeine Begeisterung und dafür, dass du den Titel dieses Romans mal eben auf dem Fahrrad gebrainstormt hast, wow?

Sarah, dein beharrliches Weiterlesen-Wollen hat mich

immer wieder daran erinnert, dass aus dem Dokument auf meinem Bildschirm mal ein Buch wird. Danke für Arbeit und Leben besprechen und für etwa hundertmal Pony schneiden. Was täte ich ohne dich?

Und Luca: Danke, dass es so lustig, schön und leicht ist mit dir. Vieles davon steckt in diesem Text.

ÜBER DIE AUTORIN

Foto © Anna Luisa Richter

Kristin Höller, geboren 1996, aufgewachsen in Bonn. Sie studierte Sprach-, Literatur- und Kulturwissenschaften in Dresden. Sie schreibt Hörspiele, Theaterstücke und Romane, für die sie mit mehreren Stipendien und Preisen ausgezeichnet wurde, u. a. mit dem Kranichsteiner Jugendliteraturstipendium 2019 für ihren Debütroman *Schöner als überall*. Kristin Höller ist Mitveranstalterin der queeren Lesereihe und Karaokeshow *SMASH* und lebt in Leipzig.